안부를 전합니다

A
L
O
N
E

T
O
G
E
T
H
E
R

안부를 전합니다

코로나 시대의 사랑과 슬픔과 위안

제니퍼 하우프트 외 69인 지음 | 김석희 옮김

열림원

책머리에

∧

가스 스타인[*]

뭔가 더 중대한 것이 다가오고 있을지도 모르지만, 내 생각에 미국은 어떤 면에서 운이 다한 듯하다. 세상이 무너지는 것을 즐기는 것은 오직 소설가뿐이다. 내려가고 올라가는 가치의 아름다움을 분석할 수 있는 기회이기 때문이다…… 사람들이 위대한 문명의 몰락을 고대하는 것은 그것이 우리에게 위대한 예술을 주기 때문이다.

— 존 가드너[1], 찰스 존슨과의 인터뷰에서(1973년 1월)

---

[*] 가스 스타인(Garth Stein): 소설가. 베스트셀러인 『빗속을 질주하는 법』을 썼으며, 워싱턴주 시애틀에 살고 있다.

[1] 존 가드너: 소설가·영문학자. 찰스 존슨: 작가·만화가. 서던 일리노이 주립대에 다닐 때 존 가드너에게 창작을 배웠다.

문명은 예술과 함께, 즉 자신의 문화를 형이상학적으로 표현하려는 욕구와 함께 시작된다. 예컨대 프랑스의 라스코동굴 벽에 그려진 목탄화, 잔치가 끝난 뒤의 음악과 북소리와 춤, 시와 노래와 이야기와 캠페인에 대한 공개 토론과 비판, 개인의 삶에 대한 증언록. 예술은 인간의 경험을 유지하거나 보존하기 위한 어떤 행동보다도 그것을 잘 반영하기 때문이다. 도심은 사람들로 붐비는 광장에 지나지 않지만, 미몽에서 깨어나 환멸을 느낀 한 젊은이가 스프레이 페인트 통을 손에 들고 나서면, 그때 도심은 하나의 표현 수단이 된다.

예술은 인간성의 결정적인 요소다. 하지만 배가 가라앉고 있을 때, 생존자들이 어둠 속에서 차가운 비를 맞으며 몸을 움츠리고, 두려움에 서로를 끌어안은 채 누가 먼저 먹힐 것인지를 결정하고, 그들에게 과거의 노래를 불러줄 호빗을 여행에 데려오지 않은 것을 후회할 때, 예술은 아주 쉽게 뱃전 너머로 던져진다.

바이러스가 우리 세계로 들어왔다. 그런데 우리는 어떻게 대응했는가? 우리는 예술을 폐쇄했다. 공연장과 극장, 미술관과 박물관, 한때 예술로 활기찼던 공원과 광장들. 모두 폐쇄되었다. 한때 시인들로 북적였던, 책을 읽고 사람들이 모였던 공간도 문을 닫았다. 도서관과 서점들, 커피숍과 술집들, 우리 도시들의 길모퉁이, 버스커(길거리 공연자)들의 신나는 무대까지…… 모두 폐쇄되었다. 우리는 가라앉고 있는 배의 뱃전 너머로 예술을 던져버린 것이다.

예술이 없는 생존이라니! 우리는 집 안에 발이 묶인 채, 입에는 재갈이 물리고 두 손은 묶인 채, 아이돌들이 사회적 거리 두기의 공허한 장치인 휴대폰에다 대고 공연하는 것을 바라본다. 그들의 눈빛 속에는 어떤 신념이나 열의도 없어 보인다. 그들은 자기만족에 빠져 잊어버렸을지 모르지만, 예술은 소통이고 대화라는 것을 무엇보다도 잘 알고 있다. 독자나 관객이나 청중의 확실한 반응이 없으면, 예술가의 노력은 아무 의미도 없다.

시애틀에는 독자보다 작가가 더 많다고들 말한다. 내게는 이 농담이 별로 재미있게 들리지 않는다. 그것은 우리가 타인을 이해하려는 노력을 그만두고 이제는 우리 자신만을 이해하려 애쓰고 있을 뿐이라는 의미이기 때문이다. 자신을 돌아보는 것도 좋지만, 남들과 어울리는 것은 거룩하다.

나는 작가로서 문학 생태계의 민감한 속성을 알고, 그 생태계의 균형이 얼마나 빠르게 무너질 수 있는가를 알고 있다. 2009년에 나는 나와 마찬가지로 문학 생태계를 지원하기 위해 애써야 한다고 생각하는 소수의 예술가들과 함께 '시애틀의 일곱 작가'(Seattle 7 Writers)를 창립했다. 작가들은 자신의 작품만이 아니라 다른 작가들의 작품도 읽어야 한다. 작가들은 우리의 생각을 널리 퍼뜨리는 서점들을 지원해야 한다. 도서관 사서, 학교 교사, 독자들을 지원해야 한다. 작가들은 자신을 포함하여 모든 사람이 먹을 수 있도록 우리의 텃밭을 가꾸어야 한다.

나는 2년 전에 '도서 산업 자선 재단'(Book Industry Charitable

Foundation: Binc)에 관여하게 되었다. 나에게는 그 취지가 타당하다고 생각되었기 때문이다. 서점들도 우리처럼 불운을 만나 경제적으로 어려운 시기를 겪을 수 있다. 작가의 작가다움을 유지해주는 주요 수단인 복지를 확보하는 것은 도덕적으로 필요할 뿐만 아니라 재정적으로도 필요하다. 하지만 우리의 동료 시민들, 대화에 참여하고 싶어 하는 사람들, 우리 문화의 최전선에서 싸우는 투사들의 생계를 확보하는 것도 절대적으로 필요하다.

아마 미국은 이제 운이 다했을 것이다. 소동이 진정되어 먼지가 가라앉을 때까지는 아무도 알 수 없다. 존 가드너가 암시했듯, 뭔가 더 중대한 사태가 일어날까? 나는 그것이 기정사실이거나 하나의 가능성일 뿐이라고는 믿지 않는다. 예술이 오랫동안 물속에 잠겨 있고 우리가 예술을 되살리지 못할 가능성도 있다. 아이디어가 산출되는 병목이 점점 좁아져서 결국에는 다양성도 존재하지 않고, 최대한 많은 각도에서 우리 사회를 반영하려는 정신적 기동력도 존재하지 않으며, 안전을 위협받는 우리 가정과 오락가락하는 우리 정부와 재미없는 우리 일상에 둔감해지고, 우리 문명이 종말을 향해 다가가고 있는 것에 대해 별로 걱정하지 않게 될 가능성도 있다.

이 책에 기고한 작가들은 걱정한다. 그들의 발상은 타오르는 불길이다. 그들의 말은 번득이는 영감이다. 그들은 어둠을 보고, 불길이 꺼지지 않게 하려고 애쓴다. 이 책의 판매 수익금은 'Binc'를 지원하고 서점들을 지원하는 데 쓰일 것이고, 젖은 나뭇잎 더미

아래서 아이디어가 계속 연기를 내게 해줄 것이다. 젖은 나뭇잎이 언젠가 산에서 불어오는 바람에 마르면 불길은 불똥을 날리며 살아날 것이고, 나뭇잎은 다시 타오를 것이고, 사람들은 동굴 벽에 우리 역사를 그릴 수 있는 목탄을 갖게 될 것이다.

예술이 죽는 날은 암흑의 날일 것이다. 예술의 죽음이 종말의 시작을 알리는 신호인지, 시작의 종말을 알리는 신호인지, 아니면 종말의 종말을 알리는 신호인지는 나도 모른다. 하지만 작은 불은 도처에서 타오르고 있다. 당신이 지금 들고 있는 이 책의 책장에서도 불길이 타오르고 있다! 그래서 나는 말한다. 종말을 두려워하지 마라. 펜을 들어 글을 쓰라. 책을 들고 읽으라. 당신의 세계에 참여하라. 거기서 뒷걸음치지 마라. 우리 문명의 운명은 전적으로 당신 손에 달려 있다는 것을 이해하기 바란다.

들어가는 말

∧

제니퍼 하우프트[*]

나는 많은 작가들처럼 내향적이어서 내 다락방 작업실의 고독을 사치로 생각한다. 하지만 나는 균형도 필요로 한다. 친구들과 만나서 커피를 마시고, 헬스장에 가면 내 옆에서 바벨을 들어 올리는 여자와 유대감에서 우러나오는 미소를 나누고, 우리 동네 서점에 이달의 추천 도서를 부탁하기도 한다. 나는 이런 일상적인 상호작용을 통해 나에게 활력을 주려고 애쓴다. 이들은 모두 내 안전망을 이루는 끈이며, 대부분은 내가 만성적이고 때로는 나를 피폐하게 만드는 우울감에 잠기지 않도록—그런 줄도 모른 채—나를 도와준다. 집 안에 틀어박혀 있으면 그 즐거운 사치가 너무 쉽게 무기력 상태로 바뀔 수 있다는 것을 나는 경험으로 알고 있다.

---

[*] 제니퍼 하우프트(Jennifer Haupt): 저널리스트·작가·글쓰기 강사. 이 책의 편집자. 워싱턴주 시애틀에 살고 있다.

외출 금지령이 내려졌을 때 나는 치명적인 바이러스가 미국 전역을 휩쓰는 것을 텔레비전 화면으로 지켜볼 수밖에 없는 신세가 되었기 때문에 바깥세상과 나의 관계는 몹시 날카로워져 있었다. 트럼프 대통령은 기자회견을 열어 "바이러스는 곧 사라질 것"이라고 자신만만하게 선언했고, 나는 정말로 그 말을 믿고 싶었다.

3주간의 자가 격리가 끝났을 때쯤, 이 바이러스가 곧 사라지지 않으리라는 것이 분명해졌다. 이 시기에 나는 차를 몰고 집으로 돌아오다가 통렬한 타격을 받았다. 내 두 번째 소설의 출판 계약이 곤두박질치는 경제 상황 때문에 취소된 것이다. 생계 수단을 잃은 것은 물론 나뿐만이 아니었다. 실업수당을 신청한 사람은 1,500만 명이 넘었고, 공급이 딸린 푸드 뱅크 앞에 생긴 줄은 시야 끝까지 뻗어 있었다. 지난 몇 주 동안 문을 닫아야 했던 영세 상점들은 다시 몇 달 동안 영업이 중단되면서 줄줄이 도산하고 있었다. 아직은 자금 여력이 있다고 생각하면서도 언제쯤이면 다시 문을 열 수 있을지는 아무도 확신하지 못했다. 끝이 보이지 않는 이 불확실성은 미국 전역을 의식이 몽롱해진 것과 비슷한 쇼크 상태로 몰아넣었다.

다시 밖으로 나가서 세상으로 들어가는 적극적인 행동을 취하는 것은 내 생존을 위해 필수불가결한 노릇이 되었다. 하지만 내가 무엇을 할 수 있겠는가? 나는 돈도 없고 영향력도 별로 없었으며, 가진 것은 작가 공동체뿐이었다. 그 작가들 가운데 몇몇은 사회적 불의에 맞서 기금을 모으고 사람들의 의식을 일깨우는 캠페인을 이미 시작한 터였다. 제시카 키너는 지난여름에 나를 비롯한 수십 명의 작가들에게 이메일을 보내, 국경의 불법 입국자 수용소에서 벌어지는 학대를 막으려고 애쓰는 단체들을 위한 기금을 모으기 위해 원고 자문 용역을 기부해달라고 요청했다. 한 사람의 행동이 그녀의 공동체를 움직였고, 그 사람들이 범위를 넓혀 수백 명에게 영향을 미쳐서 결국 나에게 연락이 와 닿았던 것이다. ('국경 학대에 반대하는 작가들'은 석 달 만에 18,000달러를 모금했다.)

결정적인 전환점은 내가 〈데일리 쇼〉[1]에서 록산 게이를 보았을 때였다. 그녀는 열 명의 사람에게 아무 조건 없이 각각 100달러를 주겠다고 트위터에 제안한 이유를 설명했는데, "더 나은 세상에서는 정부가 이런 일을 맡아서 처리하겠지만, 우리는 지금 그런 세상에 살고 있지 않다"라고 말했다.

나는 더 나은 세상에서 살고 싶었다.

한 가지 아이디어가 차츰 형태를 갖추기 시작했다. 그것은 몇 주 만에 처음으로 나에게 활력을 안겨준 본능적인 느낌이었다. 어쩌면 작가들을 결집해서, 그동안 우리 책을 많은 독자들 손에 안겨주었고 지금은 우리의 도움을 필요로 하는 서점들을 지원할 수 있을지도 모른다. 팬데믹(감염병의 세계적 대유행)이 우리를 강타하기 전에 독립 서점들은 오랫동안 전 세계적 문학 공동체의 기둥이었

---

1   미국의 코미디 전문 채널인 '코미디 센트럴'에서 방영하고 있는 정치 풍자 뉴스 프로그램.

고, 전국에 퍼져 있는 동네들의 사랑방으로서 이웃과 대화와 커피를 나누며 유대를 맺는 유쾌한 공간을 제공하고 있었다. 나와 관련된 지방 서점들은 내 개인적인 안전망의 주요 부분이었을 뿐만 아니라 내가 여행을 떠나면 '반드시 방문해야 하는' 문화적 허브이기도 했다. 아마 가장 중요한 것은 이 서점의 주인들과 종업원들이 민주 사회의 기둥이기도 하다는 점이다. 그들은 다른 데서는 찾을 수 없는 책들이 돋보이도록 스포트라이트를 비춰주고, 작품 낭독회 같은 행사를 통해 과소평가된 작가들이 제 목소리를 낼 수 있게 해주기도 한다.

나는 우선 페이스북에 사연을 올려 사람들의 반응을 살피고, 내가 저널리스트와 소설가로 활동하면서 알게 된 작가들에게 이메일을 보냈다. 나는 단도직입적으로 구체적인 질문을 던졌다. 요즘 독립 서점들이 큰 어려움을 겪고 있다. 그들을 돕기 위한 자금을 마련하기 위해 작품집을 구상하고 있는데, 여기에 당신의 '코로나 19' 경험담을 기고해줄 수 있는가? 24시간도 지나기 전에 수십 명의 작가가 참여하겠다고 알려왔다. 나는 더욱 용기가 나서 내가 존경하는 다양한 부류의 작가들에게도 연락을 취했다. 그다음 달에는 아침마다 들뜬 기분으로 일어나 밤사이에 도착한 이메일을 확인하곤 했다. 내가 무엇을 만들려 하고 있는지는 나 자신도 정확히 알지 못했지만, 새로 들어오는 시와 수필들은 모두 내가 '사랑스러운 괴물'이라고 부른 것의 영혼을 이룰 수 있는 잠재적 단편들이었다.

팬데믹이 지속되는 동안 우리가 느끼는 엄청난 불안의 일부는 우리가 변화의 한복판에 있는데도 그 변화가 우리를 어디로 데려갈지 분명히 알 수 없고, 길을 안내해줄 든든한 지도자도 없다는 인식이었다. 날마다 도착하는 글들은 나에게 자양분을 주었다. 사회적 거리 두기의 불편을 사랑으로 이겨낸 이야기도 있었다. 화상 결혼식의 즐거움, 밤중에 에로틱하고 재미난 문자를 주고받는 팬데믹 데이트, 휴대폰을 통한 요리 교습으로 더욱 가까워진 어머니와 딸. 슬픔과 위안과 한데 뒤얽힌 놀랍고 감동적인 사랑의 이미지도 있었다. 사회적 거리 두기를 하는 동안 소원해진 언니와 연락하려고 애쓰지만 실패하는 여자. 병든 아버지의 삶과 그 자신의 삶, 그리고 그들의 라틴계 문화가 걸어온 소란스러운 역사에서 그들에게 위안을 주는 라벤더의 역할을 깊이 되새겨보는 남자. 고독에 대한 자신의 강한 애착을 고백하고, 자신은 인간이 아니라 자연에 깊은 매력을 느낀다는 것을 깨달은 여자. 시편들은 희망과 가능성으로 이루어졌다. 단단한 껍데기가 깨지고 새로운 무언가가 열리는 이미지, 찬란하게 빛나는 길의 이미지, 증오와 두려움을 바이러스처럼 버리는 이미지.

팬데믹이 5월에도 계속되자, 이야기와 시들은 미국에 널리 퍼져 있는, 점점 고조되는 불안과 분노를 반영했다. 한 여자는 남편이자가 격리에 대처하는 방식과 그들의 흑인 공동체가 받고 있는 불공평한 대우를 걱정했다. 또 다른 여자는 주로 집에서 탈출하기 전에 날마다 차를 몰고 식품점에 가고, 세상에 존재한다는 불안 때문에 기진맥진한 상태로 집에 돌아와, 그녀가 만들곤 했던 호화로운 식사를 꿈꾸면서 잠들었다. 한 흑인 남자는 평생 동안 쓰도록 강요당한 '마스크'를 깊이 성찰했다.

그때 조지 플로이드[2] 사건이 일어나 많은 사람이 슬픔으로 하나가 되었다. 그 슬픔은 분명히 생소한 것은 아니었다. "숨을 쉴 수가 없어요"라는 그의 마지막 절규는 우리의 연대 의식을 불러일으켰고, 코로나19의 우울한 몽롱 상태에서 우리를 끌어냈다. 그것은 우리로 하여금 이 책의 고동치는 심장이 된 질문을 던지게 했다. "이제 어떡하지?"

이 '사랑스러운 괴물'을 한데 묶는 특권과 보상은 내가 다양한 문화와 배경을 가진 아흔한 명의 작가들(예순아홉 명은 인쇄된 책으로, 스물두 명은 전자책과 오디오북으로)과 공동선을 위해 협력할 수 있었다는 것이다. 그 모든 분들 덕분에 이 책은 하나의 정신을 개발해냈다. 거기엔 우리의 꿈과 집단적 고통이 담겨 있다. 그것이 나에게 준 것을 여러분에게도 주기 바란다. 그것은 가능성에 대한 새로운 깨달음이다. 우리는 우리 이야기를 하면서, 당신도 당신 자신의 이야기를 할 수 있게 되기를 바란다. 그것은 연대가 이루어지기에 가장 좋은 지점이고, 거기에서 힐링이 일어날 것이다.

---

2 2020년 5월 25일 미국 미네소타주 미니애폴리스에서 경찰의 과잉 진압으로 비무장 상태의 흑인 남성 조지 플로이드가 질식사한 사건.

차례

2부 슬픔

3부 위안

4부 소통

5부 멈추지 마

1
부

이제 어떡하지?

콰미 알렉산더와의 대화

∧

"누군가가 당신의 말을 듣고 있는 것처럼 느끼려면
당신이 뭔가를 말할 필요가 있다."

콰미 알렉산더*는 미국 공영 라디오 방송(NPR)의 〈모닝 에디션〉
에서 자주 보여주었듯이 "우리의 울적한 기분을 아름답게 만드
는" 재능을 갖고 있다. 〈모닝 에디션〉은 미국 전역에서 1만 명이
넘는 청취자들이 보낸 시구를 토대로 감정이 듬뿍 담긴 한 편의
시를 창작하는 프로그램이다. 미국의 보건과 경제와 민주주의가
위기에 빠진 이 시기에 콰미 알렉산더는 우리말의 아름다움을 통
해 우리나라가 통합할 수 있는 공간을 제공하고, 함께 느끼는 슬
픔과 두려움을 표현하고 더 나은 날들을 기대할 수 있는 수단을
제공했다. 우리의 이야기를 공유하는 효과에 대해 NPR의 주재 시
인은 이렇게 말한다.

---

* 콰미 알렉산더(Kwame Alexander): 작가·교육자·시인. 2015년에 운문소설 『크
   로스오버』로 '뉴베리상'을 받았다. 뉴욕에 살고 있다.

＊ ＊ ＊

제니퍼 하우프트: 우리의 삶, 우리의 이야기는 팬데믹으로 인한 봉쇄 기간 동안 모두 변하고 있다. 당신 가족에게 뉴노멀[1]은 무엇인가?

콰미 알렉산더: 우리 집에는 열한 살 난 딸이 있는데, 나는 그 아이가 일상을 계속 영위하도록 애쓰면서 많은 시간을 보낸다. 지난 40일 동안 딸아이와 나는 우리 아파트 앞에서 소프트볼을 했고, 캐치볼도 했고, 훌라후프도 했고, 프리스비도 던졌고, 얼마 전에는 스케이트보드도 하나 샀다. 요즘 나는 아이한테 스케이트보드 타는 법을 가르치고 있다. 과거에 우리는 너무 바쁘게 사느라 그런 놀이를 할 시간을 내지 못했지만, 이제는 이런 일들을 하면서 지내고 있다.

지금, 뉴노멀은 무엇인가? 나는 우리가 과거에 자라면서 했던 일들로 돌아가고 있고 딸아이는 그걸 즐기고 있다는 사실을 깨닫고 있다. 부모로서 나에게는 고무적이고 신나는 일이다. 그것은 나에게 테크놀로지와 이 본능적이고 민감한 것 사이에서 균형을 유지하는 법을 보여주고 있다. 그것을 당신들은 뭐라고 부르는지

---

1   대변환기에 새롭게 나타나 보편화되는 기준이나 표준.

모르지만, 나는 그렇게 자랐다. 이런 경험을 공유하면서 우리는 점점 가까워지고 있고, 그것은 이 시대가 주는 선물의 하나라고, 그리고 우리는 서로 상호작용을 하는 '옛날' 방식을 새롭게 개발할 거라고 생각한다.

제니퍼: 우리 아이들은 실제로 테크놀로지에 넌더리를 내고 있다. 그런 일이 일어날 수도 있다는 걸 누가 알았겠는가? 나는 이 시대가 우리의 자녀 교육 방식을 어떻게 바꿀지 궁금하다. 뭔가 긍정적인 결과도 있지 않을까?

콰미: 우리는 어떻게 우울한 기분을 아름답게 만들 것인가? 그건 모두 관점의 문제이다. 예전과 똑같은 기본적인 생각들이 여전히 중요할 것이다. 우리 아이들에게 그냥 책을 읽게 하는 것만이 아니라 책을 읽고 싶게 만드는 것, 글을 쓰는 법만 가르치는 게 아니라 글을 쓰고 싶어 하도록 가르치는 것, 우리 아이들이 생각하는 법을 배울 기회를 만들어내는 것. 이 모든 것은 예전과 똑같이 남을 것이다. 이제 중요한 것은 우리가 교육자로서 우리의 창의성을 어떻게 활용하여 이 새로운 학습법을 혁신하고 거기에 적응할 것인가 하는 점이다.

그것의 일부는 필연적으로 테크놀로지를 수반한다. '줌'[2]을 이용하는 교실로 더 많은 초빙 강사를 데려오는 것이 한 예이다. 하지만 창의성의 일부는 테크놀로지와 아무 관계도 없다. 사우스캐롤라이나주 렉싱턴 카운티에 멜라니 손턴이라는 여교사가 있는데, 이 여선생은 와이파이가 없는 학생이 많은 동네에서 가르치고 있다. 그러면 봉쇄령이 내려져 있는 동안 이 선생님은 뭘 할까? 골프 카트를 타고 동네를 돌아다니면서 큰 소리로 책을 읽는다. 그리고 학생들 집에 일일이 들러서 그림책을 읽어준다.

제니퍼: 아이들에게 자기 이야기를 해보라고 부추기는 것도 당신이 하는 일의 큰 부분이다. 자기 이야기를 하는 것은 어떤 효과가 있을까?

콰미: 사람은 누구나 남들이 자기 이야기를 들어준다고 느끼고 싶어 한다. 누군가가 당신의 이야기를 듣고 있는 것처럼 느끼려면 당신이 뭔가를 말할 필요가 있다. 우리 이야기를 하는 것은 우리에게 목소리를 준다. 그것은 또한 우리 목소리를 높여준다. 우리가 세상을 향해 큰 소리로 외칠 수 있게 해준다. 그것은 우리가 자신감을 느끼게 해주고, 더 좋은 기분을 느끼게 해주고, 우리 자신을 훨씬 더 잘 이해할 수 있게 해준다.

그것은 우리가 우리 자신과 의사소통을 하고 있는 것과 비슷하다. 우리는 이렇게 말한다. "이봐, 이게 바로 너의 참모습이야. 이

---

2   Zoom. 화상회의나 원격 수업 서비스를 제공하는 앱.

게 네가 지금까지 겪은 일이고, 이게 지금 네가 가고 있는 곳이
야." 고대 이집트인들은 이렇게 말했다. "그래서 그것은 씌어지고,
앞으로도 씌어질 것이다." 나는 그것을 분명히 밝히고 있다. 지금
내가 내 이야기를 세상에 발표하고, 어떤 사람이 그것을 읽고 거
기에 반응해 그것과 자신을 결부시켜 생각하면, 나는 세상에 중요
한 사람이 된 듯한 기분이 든다. 나는 나보다 더 큰 어떤 곳의 일부
이다. 나는 그게 중요하다고 생각한다. 특히 격렬하고 힘겨운 변
화를 겪고 있는 시대에는.

　제니퍼: 저자와 독자가 모두 우리 이야기를 공유하는 책은 정말
믿을 수 없을 만큼 대단하다. 그것이 바로 연대의 강력한 힘이 아
닐까?

　콰미: 말과 책은 우리가 모두 하나라는 것을 보여주니까. 나는
엘리 비젤[3]의 『밤』을 읽을 수 있고, 강제수용소와 직접적인 관계는
없지만 거기에 갇혀 있는 게 어떤 것인지 느낄 수 있다. 그런 처지
의 중압감과 절망감을 이해하고, 강제수용소의 악랄함과 공포, 저
자의 투쟁과 생존을 이해하고—그 모든 것을 이해할 수 있다. 책
과 문학 그리고 언어는 우리가 서로 다르기보다 비슷한 점이 더

3　엘리 비젤: 미국의 유대계 작가·인권 운동가. 홀로코스트의 참상을 기록한 자전적
　소설 『밤』을 발표하여 세계의 주목을 끌었으며, 1986년에 노벨 평화상을 받았다.

많다는 것을 이해할 수 있게 해준다.

제니퍼: 지금은 출신 배경이 무엇이든, 돈을 얼마나 많이 갖고 있든 상관없이 누구나 팬데믹의 영향을 받고 있다. 나는 공통의 적과 함께 싸우고 있다는 연대 의식을 통해, 서로 적대하는 '타인'으로부터 우리 모두가 싸우고 있는 질병으로 대화의 주제가 바뀌기를 기대하고 있다.

콰미: 우리의 차이점을 모두 합친 것보다 더 큰 무언가가 우리를 통합시킬 수 있다는 건 아주 오랫동안 내 희망 사항이었다. 그렇게 되려면 확실히 어떤 재교육이 필요할 것이다. 내 평생의 목표는 어린이들을 돕는 것이다. 어른들은 이미 지나치게 망가졌을 테니까. 우리에게 조금이라도 희망이 있는지는 모르겠지만, 아이들이 더 나은 세상을 꿈꾸도록 돕고 싶다. 더욱 중요한 것은 아이들이 과거와 현재와 미래에 대한 그들의 이야기를 하도록 돕는 것이다.

제니퍼: 우리가 서로의 이야기를 계속 들어주는 것은 얼마나 중요할까? 사회적 행동주의의 추진력이 계속 유지되도록 우리의 이야기와 지식을 활용하는 방법은 무엇일까?

콰미: 나는 어린 딸아이한테 늘 말한다. 말하는 것보다 남의 말

을 듣는 것에서 훨씬 많은 것을 배울 수 있다고. 책을 읽을 때 우리
는 제 눈으로 직접 볼 수 없는 세상을 언뜻 보여주는 작가의 말에
귀를 기울이고 있는 것이다. 음악을 들을 때 우리는 전에 느껴보지
못한 무언가를 느끼게 해주는 리듬과 소리를 듣고 있는 것이다. 듣
는 것은 무언가를, 무엇이든, 아니 모든 것을 배울 수 있게 해준다.
가능성의 세계를 열어주는 것은 바로 우리가 일상생활에 가져오는
그 듣기이다. 우리는 어떤 사람이 될 수 있는지, 어떻게 살 수 있는
지, 어떤 사람이 되어야 하는지를 알려주는 것이다. 그게 바로 우
리 이야기의 근원이 아닐까?

경계와 굴복

∧

안드레 듀버스 3세[*]

그것은 일종의 고양감, 면도로 민 듯한 맑고 투명함이다. 덕분
에 도로에 있는 모든 차가 크게 확대되어, 보닛에 생긴 작은 홈집
이나 휠 하우스에 두껍게 엉겨 붙은 진흙까지 볼 수 있다. 그것은
마스크를 쓰고 식품점에 들어가 있는 사람들을 4차원 형상으로 만
들어주고, 나는 그들로부터 2미터 넘게 떨어져 있는데도 그들의
귓속에 난 솜털까지 볼 수 있다. 그것은 도로 위에 매달린 신호등
들을 마치 내가 두 손으로 잡고 있는 것처럼 가깝게 만들어준다.
신호등 양쪽에서 벗겨지고 있는 녹청 부스러기, 계속 주시하는 나
를 향해 있는 유리 렌즈도 또렷이 보인다. 경계 태세의 나의 자아
는 세상이 이런 재난에 직면하리라는 것을 항상 알고 있었고, 정

---

[*] 안드레 듀버스 3세(Andre Dubus III): 소설가·단편 작가. 매사추세츠 주립대 로
    웰 분교에서 창작을 가르치고 있으며, 메사추세츠주 뉴버리에 살고 있다.

말로 그것을 기다리고 있었다. 나는 아주 어렸을 때부터 언제 어디서나 재난을 예상하고 있었기 때문이다.

나는 495번 고속도로를 남쪽으로 달리고 있다. 4월의 태양이 머리 위에 높이 떠 있다. 마스크는 턱 밑에 느슨하게 매달려 있다. 수요가 많은 그 'N95 마스크'를 나는 지하실에 있는 목수용 가죽 벨트의 포켓에서 꺼냈는데, 몇 달 전에 무려 스물네 명이 앉을 수 있는 가족용 식탁을 만들 때 톱밥 먼지로부터 내 허파를 보호하려고 구입한 것이었다. 나는 이 일을 보스턴에서 북쪽으로 40마일 떨어진 숲속에 있는 우리 집에서 했다. 이 집은 15년 전에 남동생과 함께 내 손으로 직접 지었는데, 정말 운이 좋았다. 동생이 집을 설계했고, 그런 다음 동생과 나는 몇 명의 인부와 함께 그 설계도면을 현실에 옮기는 데 거의 3년을 보냈다. 우리는 나무를 베어내고 바위 언덕을 폭파한 뒤, 아내 폰테인의 노부모를 위해 일층을 짓고, 그 위에 우리 부부와 당시 열두 살, 열 살, 여덟 살이었던 세 아이가 거주할 세 개 층을 올렸다.

춥지만 화창했던 3월의 어느 날 오후, 우리 손으로 지은 새집으로 마침내 이사할 수 있게 되었을 때 나는 마흔다섯 살이었고, 그때까지는 어디에서 살든 주인 없는 집에 살아본 적이 없었다. 이사한 지 얼마 안 된 어느 날 밤늦게, 나는 잠들어 있는 아내 곁에 나란히 누워서 내가 어릴 적부터 지금까지 자라고 살았던 셋집과 아파트를 세어보았다. 무려 스물다섯 개였다.

이 고속도로에는 평일 늦은 오후인데도 차량이 아주 드물다. 여느 때라면 통근자들이 집으로 돌아갈 시간이다. 나는 바이필드 출구로 나가서 차를 길 한쪽에 대고 내 폴더폰으로 처남에게 전화를 건다. 그는 칠십대 초반이고 퇴직한 학교 교사인데, 내가 아는 사람들 가운데 가장 친절한 사람으로 꼽을 수 있다. 나는 지금 그의 집에서 5분 거리에 있고, 그가 부탁한 물건들 가운데 손 소독제와 밀가루, 파스타와 생수를 제외하고는 모든 식료품을 살 수 있었다고 말하기 위해 전화를 건 것이다. 화장지가 가게 선반에서 모두 사라졌듯이 손 소독제도 동이 났다. 처남과 역시 칠십대인 처남댁이 코로나바이러스에 감염되었기 때문에 내가 대신 장을 봐주고 있는 것이다.

그들은 처남댁이 간호사로 일하는 요양병원에서 감염되었을 거라고 믿고 있다. 그녀의 증상이 처남보다 먼저 나타났다. 그녀는 우선 후각과 미각을 잃었고, 이어서 구토를 시작했는데 좀처럼 멈출 수가 없었다. 그래서 처남은 그녀를 차에 태워 병원으로 데려갔고, 병원에서는 그녀에게 정맥주사를 놓아주고 잠시 후 집으로 돌려보냈다. 진단 검사 결과가 양성으로 나오자, 읍 보건과에서는 그들에게 전화를 걸어 앞으로 몇 주 동안 외출하지 말고 집 안에 머물러 있으라고 말했다.

창문이 많아서 채광이 좋은, 밝고 아름다운 집에 살기 시작한 뒤 처음 몇 년 동안, 우리는 탁 트이고 널찍한 아래층에서 1년 내내 친구와 가족들을 위한 파티를 열었다. 나는 우리와 함께 지내자며 처가 식구들을 초대했고, 나무와 유리로 지은 이 집에서 우리 아이들은 안전과 사랑을 만끽했다. 나는 밤늦게 침대에 누워도 잠을 이루지 못하고, 자갈이 깔린 진입로를 타이어가 우둑우둑 소리를 내며 굴러오기를, 차에 가득 탄 사내들이 나를 해치러 오기를 기다렸다. 내 침대 옆에는 야구방망이가 놓여 있었고, 나는 언제든지 그것을 사용할 준비가 되어 있었다. 하지만 지난날에는 밤마다 내가 어릴 적에 보고 들은 길거리 소동을 기대하는 대신, 집주인이 집세를 받으러 오는 건 아닐까 하고 두려워했다. 그러나 이제는 내가 이 집의 주인이고 다른 사람은 누구도 이 집에 대한 권리가 없다고 나 자신에게 말해주어야 할 터였다. 그런데도 나는 집을 짓기 위해 은행에서 돈을 빌렸기 때문에, 어느 날 사람들이 와서 모든 걸 빼앗아가지나 않을까 걱정하곤 했다. 청구되는 액수를 꼬박꼬박 지불하고 있고, 내가 쓴 책들이 잘 팔리고 있으며, 나는 대학교수이고 아내는 지금 시내에 댄스 교습소를 운영하고 있는데도 말이다.

그런 풍족함에 나는 익숙지 않았다. 나는 쇠락한 공장 도시에서 홀어머니의 아들로 자랐다. 그곳에서 나는 폭력에 찌든 청춘기를 보냈고, 그런 나에게는 평안한 일상이 마치 외국에 사는 것처럼 느껴졌다. 나는 아직도 그 외국의 언어를 배우려고 애쓰고 있다.

처남은 나에게 고맙다고, 차고 문을 열어두겠다고 말한다. 그러면서 내가 식료품을 옮길 때 도와주지 않아도 되겠느냐고 묻는다. 나는 필요 없다고, 그가 차고에 발을 들여놓기도 전에 재빨리 1마일쯤 떨어져 있고 싶다고 말한다. 우리는 둘 다 소리 내어 웃고, 이어서 그가 기침을 하기 시작한다. 나는 전화를 끊는다.

20년 전, 내가 세 번째로 낸 책[1]이 베스트셀러가 되어 우리 가족을 부자로 만들어주었다. 그때 나는 마흔 살이었다. 나는 사실 스물두 살 때부터 날마다 글을 썼다. 이십대에는 글쓰기 습관을 다지기 위해 막일꾼, 바텐더, 교도소나 정신병원에서 나온 사람들을 위한 사회 복귀 훈련소의 상담원으로 일했다. 삼십대에는 첫 번째와 두 번째 책을 출판한 뒤, 보스턴의 여러 대학에서 창작을 가르치는 겸임교수로 일했지만, 생활비는 대부분 자영업인 목수 일로 벌었다. 세 번째로 출판한 책이 엄청난 성공을 거둘 때까지는 한 번도 300달러 이상이 은행 계좌에 남아 있은 적이 없었다. 그런데 이제는 그보다 훨씬 많은 돈을 갖고 있어서, 그 돈을 빨리 써버릴 수가 없었다.

나는 친구와 가족들을 여행과 야구 경기, 보트 경주에 초대했다. 나는 주행거리가 10만 마일을 훨씬 넘는 중고차밖에는 가져본 적이 없는 어머니에게 새 픽업트럭을 사드렸다. 빌려달라고 부탁하지도 않는 친구들에게 수천 달러씩 빌려주기도 했다. 그리고 이런 일을 할 때 나는 이중의 자아가 작용하고 있는 듯한 느낌을 받았다. 나의 절반은 내가 마침내 즐거운 경험을 주위에 퍼뜨릴 수 있게 된 것을 기뻐했지만, 나머지 절반은 내가 파산할 때까지 다

---

1   1999년에 발표한 『모래와 안개의 집』을 말한다. 이 소설은 이듬해에 '전미도서상' 소설 부문 최종 후보에 올랐고, 2003년에 영화로 제작되었다.

시는 좋은 기분을 느끼지 못하리라는 것을 알 수 있었다. 그 시절에 나는 망망대해를 표류하고 있는 보트 위에서 걷고 있는 듯한 기분을 느낄 때가 많았다.

내가 처남네 진입로로 들어설 때, 처남이 새로 지은 연장 창고와 잘 관리된 잔디밭과 화단, 처남 부부가 은퇴에 대비하여 지은 이 새집의 미늘벽 판자 위에서 늦은 오후의 햇살이 어른거리고 있다. 나는 내 트럭을 길 쪽으로 향하도록 돌려놓은 다음, 마스크를 쓰고 새 라텍스 장갑을 끼고, 시동을 켜놓은 채 처남의 차고까지 두 번 왕복하면서 여남은 개의 식료품 봉지를 나른다. 내가 다시 운전석에 올라타자 처남은 마스크를 쓴 채 현관 앞에 나와서 떠나는 나에게 손을 흔들며 고맙다고 말한다.

내 트럭 뒷좌석에는 동생에게 줄 식료품이 실려 있고, 앞좌석에는 어머니와 백 살이 다 된 장모님께 드릴 식료품도 실려 있다. 우리는 특히 장모님이 바이러스에 감염되는 것을 걱정하고 있다. 장인어른과 사별한 지 11년째인 장모님은 아직도 세탁과 요리를 직접 하고, 스포티 카를 장기 임대하여 일주일에 두 번씩 체육관으로 운동을 하러 가고, 일요일마다 교회에 가고, 금요일 오전에는 댄스 교습소에서 줌바 강습을 받으러 온 사람들을 출입자 명부에 기록하며 내 아내를 도와준다. 우리는 15년 동안 아주 행복하게 함께 살아왔고, 장모님은 나의 절친 가운데 하나가 되었다.

내가 마스크를 쓰고 새 장갑을 낀 채 식료품을 안고 문간에 나타나자, 장모님은 1미터도 떨어지지 않은 곳에서 나를 맞이한다.

나는 거실 저쪽 끝으로 가시라고 말씀드릴 수밖에 없다. "이런! 매번 깜빡한다니까." 장모님이 말한다. 그러고는 나에게 영수증을 달라고 말하고, 내가 식료품 꾸러미를 다 풀기도 전에 식료품 값을 현찰로 주겠다고 고집을 부린다. 식료품 꾸러미를 풀면서 나는 장모님이 바이러스에 대해 잊지 않았다는 것을 안다. 장모님은 날마다 코로나19에 걸려 죽어가는 사람들을 뉴스에서 보고 동정의 눈물을 흘리기 때문이다. "왜지?" 장모님은 나에게 물을 것이다. "왜 이런 일이 일어났지?"

나는 장모님께 말한다. 돈을 식탁 위에 올려놓고, 내가 그 돈을 집기 전에 복도로 나가시라고. 장모님은 그리스어로 고맙다고 말하고, "사가포"라고 덧붙인다. 사랑한다는 뜻이다. 나도 "사가포"라고 응답한다.

이어서 나는 다시 트럭에 올라타고 메리맥 강을 따라 달린다. 늦은 오후의 태양이 소용돌이치는 수면에 되비쳐 반짝인다. 나는 의사들과 간호사들과 필수 노동자들에게 감사하는 팻말이 잔디밭에 세워진 집을 지난다. 당뇨병과 세 가지 암을 앓고 있는 동생을 생각하고, 그가 에이즈 환자 같은 면역 체계를 갖고 있다고 주치의가 말한 것을 생각한다. 동생이 살고 있는 아파트에서 나는 트럭의 시동을 켜놓은 채 마스크를 쓰고 새 장갑을 낀 다음, 동생 몫의 식료품을 현관 앞에 놓아둔다. 내가 트럭에 기어를 넣을 때, 동생의 열여덟 살 된 딸 니나가 밖으로 나와서 나에게 손 키스를 날리고는 식료품 봉지를 들고 안으로 사라진다.

내가 남편과 아버지로서 가장이 아니었다면 그 많은 돈을 20년 전에 몽땅 날려버렸을 것이다. 하지만 아내는 우리가 지난 11년 동안 세 들어 살았던 어둡고 비좁은 집, 어린 세 아이가 한방을 써야 하는 반쪽짜리 집이 아니라 어엿한 '우리 집'을 가질 때가 되었다는 것을 분명히 했다. 하지만 나는 주로 이런 환경에서 자랐고, 그래서 내가 무언가 다른 것을 상상하려면 시간이 좀 걸렸다. 우리가 실제로 무언가를 지을 수 있고, 우리 소유의 집을 가질 수도 있다고는 상상하기가 어려웠다.

내가 다음에 들른 곳은 동생네 집에서 1마일밖에 떨어져 있지 않은 어머니 집이었다. 어머니는 여든한 살이고, 아직도 마약중독자 재활원에서 시간제 상담원으로 일하고 있지만, 작년에 삼중 혈관 우회 수술을 받았다. 어머니는 당신 소유의 집 일층에서 혼자 살고 계신다. 어머니 집이 가까워지자 진입로에 어머니의 차가 서 있는 게 보인다. 나는 어머니가 너무 자주 출타하는 게 아닐까 걱정하고 있기 때문에, 어머니의 차가 보이자 마음이 놓인다.

나는 골목에 차를 세운 다음, 마스크를 쓰고 새 장갑을 끼고 어머니에게 전화를 걸어, 쓰레기 봉지와 재활용 쓰레기를 현관 앞에 내놓으라고 말한다. 어머니는 쓰레기를 내놓고, 내가 진입로에 있는 쓰레기통으로 그 쓰레기를 가져갈 때까지 집 안에서 기다린다. 나는 어머니 몫의 식료품 꾸러미를 현관 앞에 갖다놓고, 어머니가 다시 밖으로 나오기를 인도에서 기다린다. 우리는 5미터쯤 떨어져서 잠깐 잡담을 나눈다. 우리 어머니는 머리가 하얗다. 그런 어머니를 안아드릴 수 없는 게 마음 아프다. 셋집이나 아파트를 전전하면서 네 남매를 거의 혼자서 키워낸 이 여인을 우리는 과거 어느 때보다도 걱정하고 있다. 어머니는 나에게 고맙다고 말하고는, "너는 우리 가족의 셰르파야" 하고 덧붙인다.

나는 어머니에게 손을 흔들고 그곳을 떠나면서, 히말라야를 오르는 등산가들에게 고용되어 그들의 식량과 보급품을 가파른 산 위로 나르는 그 히말라야 사나이들을 마음에 그려본다. 그 이미지가 내 온몸에 잔물결을 일으키는 듯하다. 이 수상하고 어려운 시기에 나는 '사랑'과 '가족'과 '친구'와 '공동체'라는 낱말을 자주 생각하고 있기 때문이다. 그리고 나는 세 아이를 생각한다. 그들은 숲속의 새집으로 우리 부부와 함께 이사했다가, 스물일곱 살, 스물네 살, 스물세 살이 된 지금은 각자 따로 살고 있다. 큰애와 둘째는 잠시 집에 와 있지만, 그애들은 내가 다른 사람들을 위해 장을 보는 것을 좋아하지 않는다. 그들은 내가 늙었다고, 잘못하면 위험할 수도 있다고 말한다. 나는 오랫동안 마음속 깊은 곳에 간직해온 것과 똑같은 두려움을 아이들의 얼굴에서 본다. 하지만 상황이 위험할 때 가장 마음이 편하다고, 어떻게 아이들한테 말할 수 있겠는가? 이 세상의 모든 게 멋지고 훌륭한 것은 놀랄 만큼 일시적이다. 그래서 어떤 풍요가 오면 우리는 그것을 축하해야 한다. 지금까지 나를 구해준 것, 마음을 활짝 열고 더 큰 무언가를 믿으라고 나에게 요구해온 것은 내 아이들과 그들의 어머니에 대한 사랑, 그 밖의 가족과 친구들에 대한 사랑이기 때문이다. 나는 아이

들을 끌어안고 괜찮다고 말해주고 싶지만, 지금은 서로 끌어안을
수도 없지 않은가?

　그래서 우리는 다른 방식으로 우리의 사랑을 표현해야 한다. 우
리는 식량을 등에 지고, 마스크를 쓰고, "안전해라. 건강해라" 하
고 말하면서, 우리 앞에 솟아 있는 산들을 올라가야 한다. 떠나지
마라. 언제까지나.

새롭지만 오래된 어휘록

∧

페이스 아디엘[*]

첫째 주: 대피

내향적인 성격이어서, 너희는 자택 대피 조치에 불만이 없다. 너희는 미소를 지으며 집 안을 조용히 돌아다닌다. 넷플릭스와 인스타그램을 시청하거나(너), CNN과 왓츠앱의 비디오를 보면서(그) 시간을 보낸다. 신문에 나온 '오늘의 요리'를 보면서 요리를 하거나(너), 감자튀김과 구운 옥수수, 편의점에서 사온 쿠키를 먹으면서(그) 자신을 달랜다. 너희는 판단하지 않으려고 애쓴다. 주중에 그는 국경으로 달려간다. 크라운 시술을 받기 위해 일곱 시간 동안 차를 몰아 캘리포니아주 남부로 간 다음, 걸어서 멕시코

---

[*] 페이스 아디엘(Faith Adiele): 작가·시인·수필가. 나이지리아 출신 아버지와 스칸디나비아 혈통의 어머니 사이에서 태어났다. 캘리포니아주 오클랜드에 살고 있으며, 회상록『페이스 만나기』로 2004년에 '펜/오픈북 상'을 받았다.

국경을 넘어 티후아나로 들어간다. 그가 치과에서 나오고 있을 때 미국과 멕시코가 국경 폐쇄를 발표한다. "곧장 차를 몰고 돌아갈 게!" 그가 문자를 보낸다. 그러나 너는 길거리에서 싸우고 있는 고양이 떼에 정신이 팔려 건성으로 대답한다. "알았어. 하지만 메스칼[1]이 없으면 안 되니까, 사오는 거 잊지 마!"

너의 생일날, 유람선 한 척이 너의 집에서 8킬로미터 떨어진 오클랜드에 입항하기 위해 금문교 아래를 지나간다. 배에 탄 사람들 가운데 스물한 명(그중 열아홉 명은 유람선의 승무원이다)이 코로나19 양성 판정을 받는다. 일주일 뒤, 유람선은 헌터스 포인트[2]의 흑인 동네로 이동하여 정화 처리도 하지 않은 하수 100만 갤런을 배출한다.

둘째 주: 격리

자택 대피의 혜택을 받은 계층의 일원으로서 너희는 격리 생활을 이겨내야 한다는 중압감을 느낀다. 외국어 배우기. 박물관을 가상 방문하여 실생활에서는 보고 싶지 않았던 소장품을 구경하기. 산책을 하고 탄성을 자아내는 경치를 SNS에 올리기. 야간에 열리는 시 낭독회와 아침 요가에 참가하기. 손으로 무언가를 공들

---

1   용설란으로 만든 멕시코 증류주.
2   샌프란시스코 동남쪽 구역. 항구에 조선소가 있어서, 여기에 취업한 흑인 노동자 동네가 되었다.

여 만들기. 가게에서 달걀과 쌀과 빵을 동나게 한 초기의 사재기 열풍이 지난 뒤에는 샌프란시스코 광역권에 빵이 남아도는데도 시큼한 맛이 나는 빵 반죽을 반려동물처럼 키우기. 너는 남편이 전화에 대고 자기가 얼마나 잘 먹고 있는지, 빵을 구워주는 마누라랑 사는 게 얼마나 행운인지 모른다고, 친구들에게 자랑하는 것을 듣는다. 그가 좀 더 빨리 결혼했더라면 지금쯤 부자가 되었을 텐데!

세계 각국에 외출 자제령이 내리면서 가정 폭력이 급증하고, 일시 해고가 늘어나고, 아내와 아이들은 가정 폭력의 전력이 있는 남자들과 함께 집에 갇혀 있다.

셋째 주: 씻기

'블랙 브런치 클럽'[3]은 온라인으로 이동하고, 사람들은 자본주의가 일시 멈춘 것을 보고 흥분한다. "분명히 옛날 시스템은 잘 돌아가고 있지 않았어." 그들은 환성을 지른다. "그건 너무나 빨리 그리고 완벽하게 무너졌어!" 너는 울음을 터뜨린다. 지금까지 너는 잘해오고 있었다. 너는 노트북 앞에 허리를 숙이고 앉아서 키보드 덮개 위에 눈물을 뚝뚝 떨어뜨리고, 두려움에 갇힌 그는 콧

---

3   샌프란시스코의 흑인들이 대화와 교류를 나누는 카페 레스토랑.

물을 줄줄 흘리며 요리를 하고 음식을 씹고 표백제를 스프레이 병에 쏟아 넣는다. 이 모든 게 'UNMUTE'(스피커 켜기) 상태로 진행된다. 너의 에이전트는 잘못과 실수를 다룬 방대한 희비극에 등장하는 바보들에 대해 이야기하면서, 네가 몇 년 동안이나 만지작거린 원고를 '그냥' 보냈다. 뉴욕에서는 아무도 사지 않을 테니까. 너는 아직 새로운 세계 질서에 대한 준비가 되어 있지 않다. 너는 구시대에 너무 열심히 일했다. 너는 출판 계약과 테뉴어[4]가 필요하다. 혁명은 그다음이다. 게다가 너는 어떤 전국적 위기나 세계적 위기에서 검은 피부와 갈색 피부를 가진 사람들이 결국 이익을 얻는다는 것을 상상할 수 없다.

전에 내 학생이었던 남아시아 출신의 의사는 코로나19 환자들을 치료하게 될 거라고 말한다. 나는 어떤 이야기를 기록해야 할까? 우리 이야기라고 당신은 대답한다. 결국 그는 '국경 없는 의사회'를 따라 나바호 자치국[5]으로 가면서, 아이들과 헤어지는 것에 대한 시를 쓴다. "눈물이 떨어진다/커다란 눈물방울이 아이들의 통통한 갈색 뺨에 뚝뚝 떨어진다."

---

4   대학에서 교수의 평생 고용 즉 종신 재직권을 보장해주는 제도.
5   미국 애리조나, 유타, 뉴멕시코주에 걸쳐 위치한 원주민 보호구역.

넷째 주: 강제 집행

너의 남편은 몇 주 동안 침대에 웅크리고 앉아서 자동차 사고 같은 CNN 뉴스를 본 뒤, 마침내 외출하기로 마음먹는다. 너희 두 사람은 주방에서 손을 허리에 대고 맞서 싸울 태세를 취한다. 그는 몇 달 동안 일을 하지 못했다. 누군가는 융자금을 갚아야 한다. 그는 네가 밖에 나가는 게 두렵다고 생각하지만, 너는 식료품을 사기 위해 마스크를 쓰고 줄을 설 시간이 없을 뿐이다. 처음엔 너도 소수민족 식당과 푸드 트럭과 독립 서점들을 후원했지만, 지금은 그럴 시간이 없다. 게다가 배달원들은 일이 필요하다. 네가 아프리카 출신 남편에게 당신은 일할 수 없다고 말해야 하는지, 또는 위험한 엉덩이를 밖으로 내돌리는 그에 대해 안전거리를 어디쯤 잡아야 할지, 너는 잘 알 수가 없다. 너희가 결혼했을 때 그는 쉰일곱 살이었고 지금은 예순 살이 넘었다. 혼인 서약을 하자마자 너는 피할 수 없는 그의 죽음을 걱정하기 시작했다. 다행히 그는 세균 공포증을 갖고 있다. "나는 절대로 평소와 같은 시간에 자지 않을 거야." 그는 식료품을 알코올로 소독하면서 자기 행동을 합리화한다. "그리고 이제 사회적 거리 두기를 위반하지도 않겠어!" 그가 표백제 중독자여서 그 아프리카적인 버릇에 대해 너희는 늘 다투곤 했지만, 이제는 마음껏 표백제를 써도 된다는 허락을 받고 그는 완전히 들떠 있다.

너희 두 사람의 휴대폰은 서로 연결되어 있어서, '트레이더 조'[6]와 '홈디포'[7]와 '달러 트리'[8]에서 그가 연달아 메시지를 보낸 것을 알려주는 깜빡임을 보고 너는 마음이 놓인다. 그에게 심부름을 시키면 한없이 오래 걸린다. 한편으로는 사회적 거리 두기 때문이고, 또 한편으로는 그에게는 모든 게 생소하기 때문이다. "처트니[9]가 뭐야? 그건 어디서 찾지? 당신이 말하는 우유는 어떤 우유야? 무지방? 저지방? 전지 우유? 발효 우유? 무가당 우유? 유기농 우유? 초콜릿 우유? 가루 우유? 깡통 우유? 오오, 샬롯(작은 양파)은 또 뭐야?" 너는 휴대폰을 항상 충전해둬야 한다는 것을 배운다. "우리 동네는 너무 가난해서 아무도 사재기를 할 여유가 없어." 몇 시간 뒤에 돌아오자 그는 그렇게 경탄한다. "나는 사야 할 것을 다 찾았어!" 하루는 네가 그를 추적하는 것을 잊었고, 그는 이발을 하고 돌아온다. 마스크 위로 눈을 가늘게 뜨고 그는 무슨 말이든 할 테면 해보라고 너를 도발한다.

오클랜드 경찰은 권총과 테이저 건(전기 충격기)을 빼들고 노숙자들에게 음식과 생필품을 배달하고 있던 두 흑인 남성에게 수갑을 채운다. 뉴욕 경찰은 사회적 거리 두기의 행정 명령을 집행하기 시작한다. 흑인과 히스패닉계가 법원에 출두 명령을 받은 사람의 81.6퍼센

---

6   식료품 체인점.
7   건축자재 및 인테리어 용품 체인점.
8   1달러 이하의 염가 상품 체인점.
9   인도의 달콤하고 매운 양념.

트, 경찰에 체포된 사람의 92퍼센트를 차지한다.

다섯째 주: 노출

타이완계 미국인이고 이슬람교도인 한 친구가 유색인 작가들을 위한 온라인 세션에서 공동 사회를 보자고 너에게 제의한다. 너는 정중히 사양한다. 너는 이른바 '노출'을 위해 항상 무료로 일을 하고 있다. 시간이 걸리지 않는 '쉬운 일들'이겠지만, 현실을 직시하자. 네가 일을 맡으면 그 생각이 머리에서 떠나지 않을 테고, 준비 작업을 해야 하고, 글을 다시 고쳐 쓰고, 내용을 새롭게 구성할 것이다. 그건 병이다. 그러자 네 친구가 말한다. "병 이야기가 나왔으니 말인데, 뉴욕은 정말로 고통받고 있어. 캘리포니아 같지 않아." 친구는 씩 웃는다. 네가 결국 고개를 끄덕일 때까지 친구의 손가락은 '보내기' 버튼 위를 맴돈다. 이튿날 서른 개의 반짝이는 얼굴들이 갈색의 〈브래디 번치〉[10] 가족처럼 너의 컴퓨터 화면에 불쑥 나타난다. 친구는 가상의 문을 모니터하고, 각자의 이름을 부르며 그들을 환영하고, 이제는 분명 문제가 된 인종차별적인 '줌바머'[11]들을 순찰한다. 너는 그들에게 각자 2분씩 시간을 나누어 가질 것을 요구한다. 그들은 매주 접속하고, 입소문이 나면서 오는

10   미국 ABC 방송에서 1969년부터 1974년까지 토요일마다 방영된 시트콤.
11   Zoombomber: 화상회의에 불쑥 침입하여 방해하는 사람.

사람이 점점 늘어나 쉰 명이 넘게 된다. 문단의 지인들, 다른 사회 계층과 다른 도시에서 온 친구들, 멀리 필리핀에서 온 이방인까지. 너 자신이 차단된다. 그래서 너는 이 무지개 같은 '할리우드 스퀘어'[12]가 2분 만에 너의 심장을 찢어놓고 다시 2분 만에 그 찢어진 심장을 도로 봉합하는 방식에 경탄한다.

나라 전역에서 동양인에 대한 반감으로 동양인을 공격하고 괴롭히는 사건이 늘어나고 있다. 이런 현상은 1870년대에 금문교 건너편에서 일어난 의학적 희생양 사건을 생각나게 한다. 당시에 샌프란시스코 관리들은 천연두와 선페스트가 창궐하자 그 원인을 차이나타운의 '악취 나는 김' 탓으로 돌렸다.

여섯째 주: 한계점

너는 '줌'과 '구글-행아웃'[13]과 '페이스 타임'[14]을 하면서 하루에 열두 시간을 보낸다. 너의 와이파이는 별로 좋지 않다. 아무도 너의 말을 듣는 것 같지 않다. 너의 말을 가장 듣지 않는 사람은 백인 남성들과 나이 많은 백인 여성들이다. 카렌이라는 여자는 네가

---

12 미국 NBC 방송에서 1966~1981년, 1986~1989년, 1998~2004년에 방영된 게임 쇼.

13 구글에서 제공하는 문자, 음성 및 비디오 채팅 서비스.

14 애플사의 컴퓨터나 휴대폰을 통하여 영상통화가 가능하도록 해주는 시스템.

문장 하나를 말하자마자 너를 차단한다. 그런 일이 몇 번이고 되풀이된다. "이걸로 마지막이야!" 이렇게 소리를 지르면서 너는 그 버튼이 쾅 소리를 내며 닫힐 수 있는 문이라도 되는 것처럼 빨간 '퇴장' 버튼을 사정없이 두드린다. 이틀 뒤에 너는, 흑인 초청 연사에게 묻지 말라고 조언한 것에 대해 진절머리가 날 만큼 단조롭게 말을 계속하는 또 다른 카렌을 차단한다. 그 후 너는 엄마에게 전화를 건다. "코로나가 나를 죽이기 전에 카렌 같은 여자들이 나를 죽일 거예요!" 너는 분통을 터뜨린다. 너의 백인 어머니는 낮게 비명을 토한다. "세상에, 사람들이 왜 그 모양이니?" '블랙 트위터'[15]가 카렌 같은 사람들을 일컫는 집합명사가 '특권층'이라고 선언할 때, 너는 치유되는 기분을 느낀다.

나바호 자치국은 전국에서 인구당 가장 높은 코로나19 감염률을 기록하고 있다. 뉴욕보다 더 높다. 이번 전염병은 500년에 걸친 '전염병의 습격'에서 가장 최근의 것이다. 전염병의 습격은 식민지 시대의 관행과 결합하여 20세기 초까지 나바호족 인구의 70퍼센트 내지 90퍼센트를 죽였다.

---

15   '트위터'의 흑인 사용자. 특히 미국의 흑인 커뮤니티에 관심을 가진 온라인 하위 문화.

일곱째 주: 리스크

죽어가는 것은 유색인들이라는 게 분명해진다. 너의 민족은 언제나 없어서는 안 될 사람들인 동시에 희생시켜도 좋은 소모품이었다. 하층 노동자들(농장 노동자, 식당 종업원, 배달원, 환경미화원)만이 아니라 전문직(간호사, 건강 관리사, 연구소 기술자, 나이지리아 출신 의사들)도 마찬가지다. 샌프란시스코 광역권에서 감염률과 사망률이 가장 높은 곳은 가난한 흑인과 라틴계가 모여 사는 너의 동네다. 백인 도시인 샌프란시스코의 흑인 여성 시장은 적극적인 조치를 취하고, 흑인 도시인 오클랜드의 백인 여성 시장은 지하에 숨는다. 이웃 사람들은 네가 모든 인종 문제의 원인이라고 비난한다. 너는 대답한다. "예, 맞아요."

하지만 너는 특혜를 누리고 있다. 하루에 열두 시간씩 온라인으로 일할 수 있는 일자리를 갖는 건 특혜다. 좋은 날씨와 음식 배달과 농산물 직거래 시장이 있고 리더십과 읽는 법을 아는 주지사가 있는 샌프란시스코 광역권에 사는 것도 특혜다. 무장한 채 마스크도 쓰지 않은 캘리포니아 사람들이 군복 차림으로 시골을 순찰하며 억압에 대해 투덜대고 있지만, 적어도 너는 그 모든 것을 누리는 상태, 백인 특권층과 같은 상태는 아니다.

시카고에서만 코로나19와 관련된 사망자의 72퍼센트를 흑인이 차지하고 있다. "그 수는 우리를 깜짝 놀라게 한다. 정말 그렇다"라고 라이트풋 시장은 말한다. 여섯 시간 거리인 미니애폴리스에서는 한 경찰관이 "숨을 쉴 수 없어요" 하고 애원하는 흑인 남성의 목을 무릎으로 짓누를 것이다.

여덟째 주: 저항

블랙 브런치에서 누군가가 말한다. "이 세균전이나 자연의 여신은 인간 바이러스를 자기한테서 제거하려고 애쓰고 있는 걸까?" 몇 주 뒤, 해시태그 'HumansAreTheVirus'(인간이 바이러스다)에는 동물이 도시를 침범한 사진과 거대한 오리 고무가 템스강을 떠다니는 사진이 올라왔다. 이것은 너에게 딱 들어맞는다. CNN은 끝없는 순환 계단을 이용하고 있을지 모르지만, 네가 원하는 유일한 팬데믹 뉴스는 요세미티 국립공원에 살고 있는 곰들에 대한 이야기다. 푸른 베네치아 운하에서 장난치는 돌고래들. 금융가를 다가닥 다가닥 소리를 내며 뛰어다니는 염소들. 디스토피아 세상의 샌프란시스코를 배회하는 외로운 코요테.

어쩌다 네가 몸을 이끌고 밖으로 나가면, 너의 동네는 황량하다. 고양이들도 더는 시냇가를 돌아다니지 않는다. 너의 동네는 과도기다. 트럭들은 훤한 대낮에 너의 집 앞에서 엔진을 공회전하며 매트리스와 옷가지, 망가진 가구와 장난감을 좁은 공원에 내려놓는다. 너는 이웃답지 않은 이 사람들에게 한마디 던지고 싶어서 밖으로 달려나가지만, 그들이 설령 고개를 들어 너를 본다 해도 너의 찌푸린 얼굴은 마스크에 가려서 보이지 않을 것이다. 밤중에 너는 옆에 있는 남편의 얕은 숨소리를 추적하고, 고양이들의 울음

소리를 듣기 위해 귀를 세우며 침대에서 열에 들뜬 몸을 뒤척인다. 총소리는 전보다 줄어들고, 타이어의 끼익 소리도 줄어들고, 머리 위를 날아가는 헬리콥터도 줄어든다. 고양이들이 어떻게 사라졌을까? 너의 민족은 또다시 저항에 나설까?

요즘 같은 때에는

— 마야 안젤루¹를 기리며

∧

니키 조반니[*]

요즘 같은 때에는

우리는 우리가 한 말들을 헤아린다

왜냐하면 우리는

하나의 생을 헤아리고 있으니까

한 친구는 실종되지 않았다

변하지도 않았다

그녀는

---

*   니키 조반니(Nikki Giovanni): 시인·작가·버지니아 공대 창작반 석좌교수. 버지
         니아주 블랙스버그에 살고 있다.

1   마야 안젤루(1928~2014): 시인·작가·배우·민권 운동가. 자서전 『새장에 갇힌
         새가 왜 노래하는지 나는 아네』(1969)는 흑인 여성으로서의 고단한 삶을 토로하
         여 미국인들에게 깊은 감동과 영향을 주었다.

죽었다

우리는 깨닫는다 좋은
시절은 지나갔다는 것을
너그러운 가슴은
고동치기를 멈추고
마음에서 우러나오는 웃음소리를
더는 들을 수 없으리라는 것을

우리가 헤아리는 것은
동정과
열정과
꿈의
깊이가 아니라
넓이다

우리는 우리의 사랑을
살포시 내려놓는다
그녀를 덮고 있는
　　　꽃 위에
그녀를 감싸고 있는
　　　구름 밑에

그녀를 소유하고 있는

그리고 이제

그녀를 돌려달라고 요구하는

　　대지 속으로

우리는 그리워할 것이다

그녀의 정신을

그녀의 요구들을

우리에 대한 그리고

그녀 자신에 대한 그녀의 희망을

요즘 같은 때에는

우리는 슬프다

우리는 모여서

서로를 위로한다

그래도 여전히

요즘 같은 때에는

우리는

으레

운다

유령도시

∧

스콧 제임스[*]

　우리가 스탠퍼드대 캠퍼스로 차를 몰고 갈 때 나는 거기서 무엇을 보게 될지 예상할 수 없었다. 캘리포니아가 코로나바이러스를 피해 집 안에 머물러 있으라는 봉쇄령을 내리면서 대학은 몇 주 동안 폐쇄되었고, 학생들에게는 귀가 조치가 내려졌고, 수업은 온라인으로 옮겨갔다.

　하지만 모두가 다 집으로 돌아갈 수는 없었다.

　어떤 학생에게는 집이 팬데믹으로부터 안전한 대피처가 아니었다. 그들의 나라에서는 바이러스가 창궐하여 국경이 봉쇄되었다. 가난하거나 주거가 불안정해서 원격 수업이 불가능한 학생도 있었다. 트럼프 행정부와 싸우고 있는 나라에서 온 학생들도 있었

---

[*]　스콧 제임스(Scott James): 저널리스트·작가. 2003년의 스테이션 나이트클럽 화재를 다룬 『화형』과 소설 『씨 뿌리는 사람』 등을 썼으며, 샌프란시스코에 살고 있다.

다. 그들에게 귀국은 미국으로 다시는 돌아오지 못할 수도 있음을 의미했다.

그렇게 남겨진 학생들은 캠퍼스 곳곳에 흩어졌고, 기숙사 방이나 캠퍼스 밖에 있는 거처에 고립되었다. 그들은 그렇게 격리되었지만, 사랑하는 사람과 함께 지낼 수는 없었다. 그러나 우리는 집에서 가정생활의 시늉이나마 할 수 있었다.

남편 제리는 스탠퍼드대에서 컴퓨터 공학을 가르친다. 그가 화상 수업을 하게 되자 수업을 듣는 학생도 급증했다. 강사 한 명이 한 학기에 150명이 넘는 학생을 가르치는 것은 이례적인 일이 아니었지만, 온라인 수업으로 바뀌자 대학 당국은 성적 평점제를 폐지하고 통과/낙제 제도로 바꾸었다. 악명 높을 만큼 힘들었던 강좌의 리스크가 갑자기 낮아진 것 같았고, 그래서 제리의 수업에 등록한 학생은 500명이 넘었다.

수강생이 많기 때문에, 집으로 돌아가지 못하고 캠퍼스에 남은 학생이 적어도 몇 명은 있을 터였다. 그래서 제리는 열다섯 명 정도를 캠퍼스 안에 붙잡아두기로 결정했다.

24년의 교직 생활 동안, 제리가 수강생을 아무도 만나지 못하는 상황에 놓인 적은 한 번도 없었다. 어느 날 제리는 화상 수업과 과제 할당 사이에서 한 가지 해결책을 찾아냈다. 그것은 바로 바나나 빵이었다.

그는 집에서 손수 바나나 빵을 만들어, 오도 가도 못 하는 궁지에 빠진 학생들에게 배달하기로 마음먹은 것이다. 그렇게 되면 사회적 거리 두기를 유지하면서 잠시나마 얼굴을 마주할 수 있을 테고, 바이러스가 만들어놓은 간격을 조금이나마 좁힐 수 있을 터였다.

우리는 차를 몰고 나무로 뒤덮인 좁은 길을 따라 첫 번째 목적지로 가는 도중에 샛길에서 조깅을 하거나 산책을 하거나 자전거를 타는 사람을 몇 명 보았다. 개중에는 어린아이들도 있었고, 세발자전거를 타는 아이도 있었다.

"저 애는 이학년이야." 걸음마를 하는 아이를 지나칠 때 제리가 농담을 했다.

교수와 교직원과 대학원생들, 그리고 그들의 가족도 여기 산다는 것을 나는 깜박 잊고 있었다. 귀환령이 내려졌을 때 그들은 이곳에 남는 쪽을 택했던 것이다.

바나나 빵 외에 우리는 친선 대사도 데려왔다. 우리의 반려견인 도리스였다. 붉은 털에 움직임이 활발한 보스턴테리어인데, 우리가 차를 세우자 녀석은 뭉툭한 꼬리를 신나게 흔들었다. 주차장 건너편의 대강당 근처에 학생 다섯 명이 서 있었다. 마스크를 쓴 학생도 있고 쓰지 않은 학생도 있었지만, 오랜만에 처음 만난 학생들은 서로 이 미터 간격을 두고 띄엄띄엄 서 있었다.

그때 나는 오랫동안 그리워했던 것을 보았다.

그것은 미소였다.

* * *

제리와 나는 북쪽으로 30마일 떨어진 샌프란시스코의 집에 대피해 있었다. 우리 집은 샌프란시스코의 유명한 카스트로[1]에 있다. 봉쇄령이 내려지자, 한때 번화했던 우리 동네는 유령도시가 되었다.

문을 닫은 상점들이 베니어판으로 창문을 가리자, 눈에 보이는 황폐함이 사람들에게 불온한 메시지를 전파한다고 우려한 지역 정치인들과 주민들에게 강력한 항의를 받았다. 하지만 그런 예방 조치를 취한 것은 현명한 처사였다. 안전 보호망을 갖추지 않은 가게들은 유리창이 박살나고 말았던 것이다.

주인이 가게를 비운 곳만 표적이 된 것은 아니었다. 지방의 '월그린'[2]들은 공동체의 생명줄이었고, 의약품과 식료품을 팔기 위해 하루 24시간 영업을 계속했지만, 그곳도 창문에 널빤지를 덧대지 않을 수 없었다.

이웃들은 유리창을 가리개로 막았다. 어둡게 보호된 건물 안에 사람이 살고 있다는 것을 보여주는 것은 아이들이 인도에 분필로 그린 무지개나 '넥스트도어' 같은 지역 웹사이트에 올라오는 불안한 포스팅 같은 흔적뿐이었다.

---

1   샌프란시스코 시내에 있는 구역. 게이타운으로 유명하다.
2   미국 일리노이주에 본사가 있는 드러그스토어 체인점.

고립되어 있다는 강박관념을 더욱 부추긴 것은 교통상황 정보를 즉시 긴급경보로 바꾸어주는 '시티즌'이라는 휴대폰 앱이었다. 아무도 사이렌이 왜 울리는지 확인하기 위해 창밖을 내다볼 필요가 없었다. 뉴스는 벙커 안에 숨어 있는 사람들에게 즉각 전달되었다.

거리가 텅 비자, 밖에 남아 있는 사람들은 이미 그곳에 자리 잡고 있던 사람들—노숙자, 마약중독자, 정신질환자들—뿐이었다. 충분한 시간이 지났음에도 그동안 시 당국이 조정에 실패했다는 사실이 이제 적나라하게 드러나 사람들의 마음을 어지럽혔다. 용기를 내어 집 밖으로 나온 사람들이 직면한 것은 야외에서 공공연히 주삿바늘로 마약을 주입하는 중독자들과 똥오줌과 절망뿐이었다. 더러운 천막들이 인도를 가득 메웠고, 그들의 존재는 '동정심'에서 나온 조치라고 일부 도시 지도자들은 주장했다. 결국 노숙자 쉼터는 질병을 널리 퍼뜨리기 위한 세균 배양 접시였다.

이것은 결코 새로 나타난 현상이 아니었다. 팬데믹은 그것을 악화시켰을 뿐이거나, 어쨌든 눈에 더 잘 띄게 해주었을 뿐이다. 샌프란시스코, 그중에서도 특히 카스트로는 몇 년 동안 줄곧 내리막길을 걷는 악순환을 겪었다. 우리 주변의 상점 수십 개가 최근에 영업을 접었다. 대부분은 벽돌과 모르타르 같은 건축자재 판매의 전반적인 쇠퇴 때문이었지만, 동성애자 인권 운동의 발상지이자 미국에 몇 개만 남은 이른바 '게이촌' 가운데 하나로 알려진 이 동네에서 장사를 하는 데 불안을 느끼거나 여기서 장사를 하기 위해 감수해야 하는 비용과 분쟁을 견디고 싶지 않았기 때문이다.

그 일이 어떻게 일어났는지에 대해서는 논란의 여지가 있겠지만, 사회적 규범이 사라진 것은 이미 카스트로에 심각한 타격을 주었다. 사람들은 비록 범죄적이라도 받아들일 수 있는 행동의 기본 원칙에 대해 더 이상 의견을 같이하지 않았다.

떠나는 몇몇 상점의 주인들은 몇 년 전에 이루어진 법률 개정이 본질적으로 많은 범죄를 처벌 대상에서 제외했다고 지적했다. 그것은 형사재판 시스템을 개혁하려는 선의의 노력이었을지 모르지만, 실제로 샌프란시스코에서는 범죄가 극단적인 한계를 넘지만 않으면 기소되지도 않고 책임을 지지도 않으리라는 것을 의미했다. 상점은 약탈당할 수 있고, 점원들은 폭력으로 위협당할 수 있었지만, 그래도 처벌받는 사람은 거의 없었다. 카스트로는 일부 상점주에게는 무법천지로 느껴졌고, 그들은 결국 손을 들고 말았다.

나는 신문 칼럼에 이 도시의 쇠락에 대해 쓴 적이 있다. 필요한 것은 더 많은 스포트라이트가 아니라 해결책이었다. 실행 가능한 해답은 결국 충분한 물자를 공급하는 것이었지만, 지도자들은 무능해 보였다. 최근 FBI의 수사와 체포, 그리고 점점 커지는 시청의 부패 스캔들은 왜 이 도시가 그렇게 잘못 관리되었는지를 어느 정도는 밝혀줄 것 같았다.

그때 코로나19가 닥쳤다.

이제 카스트로는 때때로 세상의 종말을 예언하는 것처럼 보였다. 정신적으로 불안한 사람들이 똥 범벅이 된 채 거리를 헤매며,

눈에 보이지 않는 악마에게 고함을 질렀다. 이들은 허구적인 좀비가 아니라 현실 속에 살아 있는 인간이었다. 그래도 공무원들은 그들에게 어떤 도움도 주지 않았다.

팬데믹은 다른 면에서도 도시의 사회구조를 해체했다. 길거리에 사람이 거의 없고 경찰 단속이 느슨해지자 운전자들은 대부분 깜빡이 켜는 것을 그만두었고, 다른 교통 법규도 지키지 않게 되었다. 우리는 도리스를 산책시키다가, 빨간불이나 정지 신호를 무시하고 돌진하는 차량에 하마터면 부딪힐 뻔한 적이 한두 번이 아니었다.

규범을 무시하는 또 다른 행태는 위험하다기보다 기이했다. 동네 남자들이 추리닝 바지나 조깅 반바지 속에 팬티 입는 것을 그만두었고, 그래서 상상의 여지를 거의 남기지 않았다.

"깨끗한 팬티가 동났나봐." 한 친구가 말했다. 그 특공대원들은 아마 휴업령이 내려져 있는 동안 세탁소에 접근할 수 없었을 거라고 친구는 추론했다.

나는 다른 사람들이 잠옷 바람으로 나다니는 것을 알아차린 뒤에야 사람들이 속옷을 입지 않는 것은 잠잘 때의 옷차림 그대로 외출하기 때문이라는 것을 깨달았다. 그것은 노출증이 아니었다. 요일이 흐릿해진 것처럼 옷차림도 흐릿해진 것이다.

행정명령에 따라 우리는 마스크로 얼굴을 무장하게 되었다. 사람들이 다가와도, 그들이 행복한지 아니면 우리를 위협하고 있는지 판단할 수가 없었다.

그러던 어느 토요일 밤, 카스트로의 골칫거리가 우리 집에도 닥쳤다.

정신에 장애가 생긴 삼십대 남자가 심하게 일그러진 얼굴로 비명을 지르며 우리 건물의 꼭대기 층까지 올라가서 투신자살하겠다고 날뛴 것이다. 경찰관 여섯 명이 라이플과 권총을 휘두르며 우리 집을 지나 그곳으로 돌진하여 그 남자를 체포한 뒤, 수갑을 채운 채 우리 침실을 지나 밖에 대기하고 있던 순찰차로 그를 질질 끌고 갔다.

"아파. 아프단 말이야!" 남자는 고함을 질렀다.

경찰관들은 보고서를 쓰기 위해 우리 이름을 묻는 수고도 하지 않았다. 그 사건은 '시티즌' 앱에 포스팅될 만큼 중요하지도 않았다.

* * *

우리가 바나나 빵을 배달하기 위해 스탠퍼드대에 도착했을 때, 학생들의 미소는 그래서 정말 반가웠다.

집에서는 우리가 사랑한 카스트로의 모든 것—사람들, 장소들, 문화—이 위험하게 느껴졌다. 그런데 대학 캠퍼스에 들어오자 우리는 갑자기 희망과 가능성의 영역으로 옮겨졌다. 학생들은 미래를 상징한다. 그런 그들이 집에서 만든 음식을 받고 고마워하는 것 같았다.

도리스는 학생들에게 돌아가며 테리어식 키스를 하여 거래를 마무리했다.

"덕분에 오늘이 즐거워졌네요." 한 여학생이 기숙사로 돌아가기 전에 빵을 받으면서 말했다. "실은 오늘 하루만이 아니라 일주일이 즐거워졌어요!"

제리와 나는 캠퍼스에 있는 동안 장갑과 마스크를 한 번도 벗지 않고 몸을 꽁꽁 싸맨 상태를 유지했다. 우리는 아직도 외출용 갑옷을 입고 있었다.

하지만 그 갑옷 속에서 우리는 미소를 지었다.

마음과 영혼에 먹이 주기

∧

안드레아 킹 콜리어*

나는 식료품점에 많은 돈을 쓰고 있다. 너무 많이 쓰고 있어서, 어쩌다 누군가가 돈을 얼마나 쓰느냐고 물어보면 나는 실제보다 액수를 줄여서 대답한다. 매주 나는 코로나 이전에 쓰던 돈의 세 배를 쓰는데, 그래도 여전히 모자란 느낌이다.

하지만 쇼핑이 내가 식료품점에 가는 유일한 이유는 아니다. 외출 금지령과 엄중한 자가 격리 시대에 내가 집 밖으로 나갈 수 있는 유일한 길이기 때문이다. 날마다 마스크와 손수건과 손 소독제로 무장하고 식료품점으로 달려가는 것은 서점에 가고 친구들과 점심을 먹고 손자들을 찾아가 만나는 일을 대신했다. 3월 초부터

---

*   안드레아 킹 콜리어(Andrea King Collier): 저널리스트·작가·수필가. 흑인 여성의 건강과 복지에 대한 글을 각종 매체에 기고하고 있으며, 『아직도 나와 함께— 어느 딸의 사랑과 상실의 여행』을 썼다. 미시간주 랜싱에 살고 있다.

지난 10주 동안 줄곧 이런 식이었다.

이따금 나는 필요한 게 없을 때도 식료품점에 간다. 그냥 주차장에 차를 세워놓고 앉아서 지칠 때까지 NPR(공영 라디오 방송)을 듣다가 집으로 돌아간다. 식료품점에 오갈 때마다 나는 코로나로부터 도망치고 있는 듯한 기분을 느낀다. 하지만 최근 들어 식료품 쇼핑은 내가 어린 시절부터 음식과 관련하여 얻었던 위안을 생각나게 하고, 그것은 또 다른 팬데믹 앞에 내 생각을 붙잡아놓는다. 이 팬데믹은 조지 플로이드 사건을 계기로 절정에 달했지만, 사실 오래전부터 미국에 퍼지고 있던 바이러스였다. 그것은 바로 증오와 인종차별이다.

나는 어릴 적에 할아버지와 함께 거의 날마다 식료품점에 갔다. 왜 날마다 식료품점에 가는지, 그 이유를 할아버지한테 물어본 적은 없었다. 나는 아무래도 상관없었기 때문이다. 그게 할아버지와 함께 보내는 시간이라는 것만 알고 있었을 뿐이다. 요즘 사람들은 이것을 '가르침의 순간'[1]이라고 부른다. 할아버지는 영양이 풍부하고 수분이 많은 토마토를 고르는 법, 닭이 너무 크고 질겨 보일 때 구분하는 법, 낙농 제품에 표시된 유통기한을 확인하는 법 따위를 나에게 알려주고, 그 밖에도 아주 많은 것을 가르쳐주었다.

한번은 슈퍼마켓에서 걸음마 하는 아이를 카트 앞자리에 앉힌

---

1   teachable moment. 아이들이 자라는 과정에 뭔가 배우고 싶어 궁금해하고 질문을 하면서 가르침을 받아들일 준비가 되어 있는 때를 말한다.

한 백인 여자가 우리를 돌아보고는―아무 뚜렷한 이유도 없이―대놓고 깜둥이라고 부르고 획 가버렸다. 우리의 장보기는 언제나 평온무사했기 때문에 그것은 놀라운 일이었다. 나는 그때까지 면전에서 깜둥이라고 불린 적이 한 번도 없었고, 그걸 할아버지가 어떻게 참고 있는지 놀라웠다. 할아버지는 그렇다고 쌀과 콩과 양파를 카트에 담는 것을 멈추지도 않았다.

거기서 몇 칸 떨어진 통로에서 우리는 그 여자를 또 보았다. 그녀는 비명을 지르며 울고 있었다. 아이가 무언가에 기도가 막혀 숨을 쉬지 못하고 있었기 때문이다. 사람들은 주위에 둘러서서 발만 동동 구를 뿐, 어떻게든 손을 써보려는 사람은 아무도 없었다.

무엇이든 고치고 바로잡는 법을 알고 있는 할아버지는 두 손을 내밀면서 아기를 달라고 여자에게 말했다. 그 자리에서 도움의 손길을 내민 것은 할아버지뿐이었기 때문에, 그 여자는 아이를 할아버지에게 건네주었다. 할아버지는 아이의 배가 바닥 쪽을 향하도록 한 뒤 아이를 수평으로 안고 등을 빠르게 탁 때렸다. 그러자 캔디 조각이 아이의 목에서 튀어나왔다. 할아버지는 아이를 여자에게 돌려주었다. 아이 엄마는 그저 입을 딱 벌린 채 멍하니 서 있을 뿐이었다. 구경하고 있던 사람들이 박수를 쳤다. 우리가 계산을 하러 가자, 가게 점장이 말했다. "이건 우리가 내겠습니다."

주차장에서 나는 할아버지에게 물었다. 할아버지한테 고맙다는 인사도 하지 않은 그 여자를 왜 도와주었냐고. 그러자 할아버지는 이렇게 대답했다. "그건 착한 사람들이 자기가 할 수 있을 때 하는 일이기 때문이란다. 우리는 서로 보살피며 살아야 해."

코로나19 팬데믹이 시작된 지 석 달째인 지금, 전국에 내려졌던 봉쇄령이 해제되고 있지만, 거리에서 무장 경찰과 충돌하는 시위대 때문에 통행 금지령이 내려지는 도시도 많다. 나는 날마다 방호용 마스크를 쓰면서 할아버지와 함께 슈퍼마켓에 장을 보러 가던 일을 생각할 때가 많다. 나는 마스크를 쓴 다른 사람들에게 고개를 끄덕인다. 아마 그들도 집 안에 머물러 있을 수 없을 것이다.

날마다 수천 명이 코로나바이러스에 감염되고 경제가 곤두박질치는 나라에서는 요리하고 식료품을 사는 일이 제1세계의 특권적 문제라는 것은 나도 인정할 수밖에 없다. 수천 가족이 푸드 뱅크 앞에 줄을 선다는 기사를 보면 식량 부족에 대한 두려움이 솟아난다. 요리를 걱정하는 게 아니라 애당초 먹을 것을 구하는 것 자체를 걱정하는 사람들이 있다는 것도 나는 알고 있다. 하지만 이것이 내 발목을 잡지는 않는다. 부끄러움도 나를 막지 못한다. 그것은 지금 내가 지배하고 있는 유일한 대상이다.

지금 나는 가게에서 내 마음을 즐겁게 해줄 수 있는 음식을 잔뜩 사들이는 '식량 전사'다. 나는 오래전에 할아버지와 함께 사러 가곤 했던 식료품을 사러 간다. 나는 맷돌로 거칠게 빻은 귀리, 말린 쥐눈이콩, 통옥수수, 피망을 정기적으로 사들인다. 또 나는 식료품점에 갈 때마다 메기를 사서 집에 가져간다. 우리가 좋아하는 먹거리의 하나이기 때문이다. 재래식 장보기가 바이러스에 저항하는 행동일 뿐만 아니라 내 흑인 가족의 자부심과 전통을 일깨워

주는 행동이 되리라는 것을 누가 알았겠는가?

나는 대개 지친 상태로 집에 오기 때문에 당장 요리를 시작할 기운이 없다. 나는 마카로니와 치즈, 구운 햄과 그레이비소스, 감자 샐러드 같은 멋진 식사를 할머니가 만들곤 했던 방식대로 요리하는 꿈을 꾸면서 잠깐 낮잠을 즐긴다.

떨구기

∧

게일 브랜다이스[*]

바이러스는 떨구고
또 떨군다
　　　우리에게서
환상을
안전을
허영을
분리를

바이러스는 떨구고
또 떨군다

---

* 　게일 브랜다이스(Gayle Brandeis): 작가·시인. 여러 대학에서 창작을 가르쳤으며, 『과육』『죽은 새들의 책』 등의 소설을 썼다. 캘리포니아주 리버사이드에 살고 있다.

빛을

불공평에

불의에

우리의 상호 의존에

바이러스는 떨군다

우리도 떨군다

눈물을

떨군다

빛을

서로가 서로에게

동정과

애도와

물질적 도움과

에테르처럼 가벼운 희망을 주면서

바이러스는 떨군다

우리도 떨군다

우리에게

소용없는 것을

당면한 문제에

집중할 수 있도록

앉아 있다, 젠장

∧

딘티 W. 무어[*]

33년이 넘도록 대학에서 글쓰기를 가르친 뒤, 예기치 않은 일이 일어났다. 나는 활력을 잃기 시작했고, 유효기간을 찾기 시작한 것이다. 사실 달라진 것은 아무것도 없었다. 학생들은 뛰어났고 내 직업은 일종의 특권이었다. 하지만 나는 내가 말하는 것을 듣는 게 점점 지겨워졌다. 그리고 젊은 교수들의 강의실 옆을 지나갈 때면 내 수업에는 없는 활기가 느껴져 부러웠다.

그래서 나는 2020년 봄 학기를 끝으로 훈장질을 그만두겠다고 예고하고, 마지막 강의 날이 다가옴에 따라 마음껏 꿈을 꾸었다. 나에게 은퇴는 꽃이 활짝 피는 것, 교수 회의와 성적 처리 때문에 오랫동안 미루었던 만년의 모험 여행을 떠나는 것을 의미했다.

---

[*] 딘티 W. 무어(Dinty Moore): 작가·수필가. 오하이오 주립대 창작반 교수이며, 여러 매체에 단편과 칼럼을 발표했다. 오하이오주 애선스에 살고 있다.

아마 언젠가는 그렇게 될 것이다.

하지만 지금은 팬데믹으로 인한 사회적 거리 두기가 한창이어서, 내 은퇴 생활은 이런 것 같다.

집 안에 틀어박혀 있다, 젠장. 앉아 있다, 젠장. 창밖을 내다본다. 우편물을 기다린다. 그냥 지루해서 이웃집을 몰래 흘낏거린다. 햇볕이 따뜻하면, 가로세로가 5미터쯤 되는 우리 집 뒷마당에 나가 모든 풀의 이름을 말하고 옹벽에서 떨어져 나온 벽돌 조각을 확인할 수 있을 때까지 마당을 거닌다.

몇 년 동안 나는 이웃 노인들이 이런 제한된 생활을 하는 것을 지켜보면서, "난 아니야. 절대 아니야. 그럴 리가 없어" 하고 생각했다. 하지만 이 세계에 맡겨져 있는 사람은 누구나 자기 나름의 유머 감각을 갖고 있다.

연기되었다. 보류되었다. 모든 게 그렇게 느껴진다. 나는 이전 생활에서도 완전히 벗어나지 못했고, 새로운 생활에도 완전히 들어가지 못했다. 나는 호박(琥珀) 속에 갇혀 있지만 멀쩡하게 살아 있는 곤충이 된 기분이다.

불교에서는 지금 이 순간을 살라고 오래전부터 우리에게 가르쳐왔다. 이제 그렇게 할 수 있는 상황이 되었는데, 막상 하려고 보니 여간 어려운 게 아니다. 이것은 우리가 선택한 순간이 아니다. 이것은 가능성으로 빛나는 순간이 아니다. 산 위로 떠오르는 태양이 아니다. 솔직히 말하면—당신이 운 좋게도 건강하고, 최전선에서 바이러스와 싸우고 있지 않다면—지금 이 순간은 좀 따분하다.

은퇴가 가까워지자 나는 친구들에게(그리고 나 자신에게) 자주 장담하곤 했다. "난 바쁠 거야. 온종일 소파에 앉아서 벽만 바라보지는 않을 거야." 그런데 지금 나는 소파에 앉아서 내가 좋아하는 존 레넌의 말을 떠올리고 있다. "인생은 네가 다른 계획을 세우느라 바쁜 동안 뜻밖에 일어나는 일이다."[1]

오늘의 내 계획은 저녁 식사를 만드는 것이다.

은퇴 생활은 별로 다르게 느껴지지 않는다. 그저 뉴노멀일 뿐이다.

많은 사람들이 지금 호박 속에 갇혀 있다.

하지만 적어도 나는 자발적 선택으로 은퇴했다. 내가 셈에 넣어야 할 축복의 하나.

나는 아직 여기 있다. 또 하나의 축복.

그리고 저 벽은?

나는 계획했던 것보다 훨씬 자주 벽을 바라보고 있지만, 오후의 햇살이 거실 창문으로 흘러들면 벽에 아름다운 그림자가 생긴다.

---

1   존 레넌이 1980년에 발표한 〈뷰티풀 보이〉에 나오는 가사. 원래는 앨런 손더스 (1899~1986, 작가)의 글에 나온 구절인데, 존 레넌의 노래에 인용되면서 유명해졌다.

책들도 멈추었다

∧

케빈 샘프셀[*]

어쩌면 내가 그것을 불러왔는지 모른다. 3월 초에 나는 '파월스 서점'에서 동료에게 말했다. "상황이 더욱 악화돼서 우리 서점이 문을 닫게 된다면, 그래서 온라인 주문만 받아야 한다면 끔찍할 거야."

내 말은 괜한 허풍으로 들렸을 것이다. 당시에는 코로나바이러스에 대한 불안이 점점 퍼지면서 일부 고객들이 마스크와 장갑을 끼고 많은 저자들이 서점 행사를 취소하고 있었지만, 서점이 문을 닫는다는 것은 터무니없는 상상으로 여겨졌다. 그런데 그로부터 겨우 엿새 뒤인 3월 15일, 신간과 중고 서적을 파는 세계 최대의 서점이자 50년 동안 포틀랜드의 문화적 명소였던 우리 상점이 바

---

*   케빈 샘프셀(Kevin Sampsell): 작가. 여러 잡지에 단편을 발표했고, 오리건주 포틀랜드에 살고 있으며, 파월스 서점에 근무하는 한편 작은 출판사를 운영하고 있다.

이러스에 굴복하여 문을 닫은 것이다. 처음에는 4월 초에 다시 문을 열 계획이었지만, 팬데믹은 생각이 달랐다. 서점은 임시 휴업에 들어갔고, 그 결과 나를 포함하여 직원의 80퍼센트 이상이 일시 해고되었다.

22년 동안 재직했는데, 갑자기 끝나버린 것이다. 그 서점에는 나보다 더 오래 근무한 동료들, 일한 지 1년이 채 안 된 직원들, 그 중간 정도의 근무 경력을 가진 이들이 있었는데, 그들은 하나같이 어리둥절한 채 무슨 일이 일어나고 있는지를 이해하려고 애썼다. 수입은 줄어들고, 보험은 끝나가고 있었다. 의료는 불확실한 상태였고, 집세를 내야 할 날짜는 어김없이 다가오고 있었다. 페이스북에는 파월스 서점의 노동조합원들을 위한 전용 페이지가 즉각 개설되었고, 수백 명의 노조원들이 정보를 주고받거나 서로를 위로하기 위해 모여들었다. 우리 조합의 리더들은 실업 문제와 보험 문제를 안고 있는 사람들을 영웅적으로 이끌었다. 나와 함께 일하는 친구들은 대부분 화를 내거나 비탄에 잠겼고, 이 모든 사태가 어떻게 끝날지 몰라서 혼란스러워했다. 그들이 페이스북에 올린 글들을 읽으면 창자가 뒤틀리는 것처럼 괴로웠다. 거의 날마다 보았던 그 많은 사람들, 나와 함께 일하면서 삶을 공유했던 사람들이 이제 자신만의 작은 구명보트에 올라타고, 북적거리는 바다에서 적어도 2미터의 거리를 유지한 채 서로 떨어져 있었다.

우리 모두가 무력감을 느끼고 있다고 말하는 것은 너무 절제된 표현이다. 이런 상황이 얼마나 오래 지속될지 모르기 때문에, 삶은 이제 지옥과 천국 사이에 있는 캄캄한 림보가 된다. 나는 고객들에게 책을 추천하고, 시집 판매대에서 친구들을 만나고, 서점을 순회하면서 판촉 활동을 하는 저자들을 위해 낭독회를 주최하는 일로 돌아가고 싶다. 의자들을 줄지어 늘어놓고 그 의자들이 채워지는 것을 보고 싶다. 마이크를 플러그에 꽂고, 휴대폰을 무음으로 해달라고 사람들에게 말하고 싶다. 타이 식당에 가거나 푸드 카트에 가서 점심을 먹고, 근무가 끝나면 스포츠 바에 가서 농구 경기 하이라이트를 보고 싶다. 고객들에게 화장실이 어디 있는지 말해주었던 그 모든 시간들이 지금은 지나간 황금시대의 품질보증 표시처럼 여겨진다.

1월에 나는 책 한 권을 마무리하려고 18일 동안 휴가를 얻었다. 그것은 내가 1997년 이래 얻은 가장 긴 휴가였다. 그 휴가 기간에 나는 쓰고 있던 장편소설을 마무리했고, 새끼 고양이 한 마리를 입양했다. 그 소설과 새끼 고양이 수잔은 이제 생후 석 달이 되었고, 18일 동안 일을 떠나 있었던 것이 아무것도 아닌 일처럼 여겨진다.

에이전트와 편집자들이 지금은 소설 원고를 보는 것도 그만두었을지 모른다는 생각처럼 괴로운 개인적 고민이나 불평은 내가 자기중심적이고 쩨쩨한 사람이 된 것처럼 느끼게 하지만, 이 장기간의 자가 격리가 출판계에 무엇을 의미하는지, 나는 그것이 두렵다. 나는 9.11 테러의 여파로 훌륭한 많은 책들이 묻혀버린 것을 기억한다. 이런 시기에는 어떤 종류의 예술을 창작하려고 애쓰는 것도 경솔하고 바보같이 느껴진다. 하지만 꼭 필요할 때만 밖에 나가고 다른 때는 집 안에 틀어박혀 있으라는 말을 들을 때, 예술을 창작하는 것은 아마 불안과 위축에 맞서 싸우는 최선의 방법일 것이다. 리디아 유크나비치[1]가 말했듯이, 우리는 모두 "그 지랄병에 맞서서" 예술을 창작하기 위해 애써야 한다. 나는 또한 이 시기를 이용하여 더 많은 독서를 하려고 애썼다. 그리고 새로운 콜라주를 몇 개 만들고, 처음으로 〈소프라노스〉[2]를 보고, 요리를 더 많이 하고, 빵도 더 많이 굽고, 새로운 음악을 들으려고 애썼다. 또한 수잔과 함께 소중하고 즐거운 시간을 '많이' 보내려고 애썼다. 수잔은 길들지 않은 고양이만이 할 수 있는 방식으로 나를 항상 즐겁게 해준다.

　나는 낙천주의자이자 또한 현실주의자로서 이 말을 하려고 한다. 우리는 이 사태를 이겨낼 것이고, 이를 통해 더 똑똑해지고 더 강해지고 더 감사할 줄 아는 사람이 될 것이다. 책과 글쓰기, 예술 창작에 감사하고, 무엇보다도 한데 모여 이 창작품을 공유할 수 있는 자유에 감사하게 될 것이다.

1　　작가·편집자.
2　　1999년 1월 10일부터 2007년 6월 10일까지 HBO에서 방영한 연속극.

예나 지금이나 마찬가지

∧

제이미 포드[*]

어렸을 때 나는 열쇠 아이¹였다.

〈나 홀로 집에〉는 영화가 아니라 실제였다.

하루는 아버지의 총을 발견하고 장난감 삼아 가지고 놀았다.

다행히 나는 한 번도 방아쇠를 당기지 않았다.

피는 얼룩이 잘 지워지지 않기 때문이다.

청소년 시절엔 한 번에 며칠씩 혼자 남겨졌다.

워킹맘인 엄마의 땀은 알코올 도수가 80도였다.

---

*   제이미 포드(Jamie Ford): 소설가. 데뷔작 『비터 앤 스위트의 코너에 있는 호텔』
       은 2년 동안이나 〈뉴욕타임스〉 베스트셀러 목록에 올랐다. 몬태나주 그레이트폴
       스에 살고 있다.

1   latch-key kid. 부모가 맞벌이를 하기 때문에 방과 후에 혼자서 집을 지키며 지내
       는 아이. 현관 열쇠를 목에 걸고 다니기 때문에 이런 말이 생겼다.

엄마는 염가판 책을 주었지만, 나는 추리소설이 싫었다.
그 대신 만화책을 읽었고,
버려진 추리소설은 〈스파이더맨〉과 바꿨다.

성인이 되자(그것은 무엇을 의미하는가?)
나는 이층에 틀어박힌다. 내 고해 작업실에 앉아
상상 속의 친구들에게 '성모송'을 읊조린다.
그들은 비밀과 두려움을 내 귀에 대고 속삭인다.
내 귀는 양쪽 끝에서 발갛게 달아오른다.

작가가 된 나는 온종일 낡은 실내복을 입고 있다.
〈펄프 픽션〉에 나오는 헤로인 마약상처럼.
백일몽 속에서 나는 검은띠를 딴다.
"딴지를 걸어." 뮤즈가 호통을 치는 동안
나는 창밖을 내다본다.

하지만 나는 운 좋게도 1년에 두 번 보수를 받는다.
집 안에 머무르면서 가슴을 쥐어짜는 대가로.
나는 부서진 심장의 조각들 위에 반짝이를 흩뿌린다.
그리고 그것을 낯선 사람들한테 건네면서
그들의 승인을 얻으려 한다.
이제 우리는 다 함께 영영 집에 돌아와 있다.

집 안에 틀어박혀 있으면 하루하루가 눈 내리는 날이다.

하지만 나는 외롭지 않다. 털끝만큼도 외롭지 않다.

우리는 내향적인 무리이기 때문이다.

그리고 밤마다 우리는 늑대처럼 청승맞게 짖는다.

마지막 장

∧

지나 프란젤로[*]

한 시간 전만 해도 우리는 '줌(Zoom)'을 어떻게 사용하는지도 알지 못했다. 그런데 이제 우리는 우리 결혼식에 초대하는 '줌 청첩장'을 보내고 있다. 결혼식은 원래 2020년 6월에 캘리포니아에서 열리기로 되어 있었지만, 3월 24일에 시카고의 우리 집 거실에서 올리기로 계획을 바꿨다. 결혼식까지는 24시간도 남지 않았다. 로브와 나는 아직 혼인 서약서도 쓰지 않았다. 웨딩드레스도 여름철에 입으려고 구입한 것이어서 내 몸에 맞게 줄이고 손질했기 때문에, 이제는 쓸모가 없었다. 결혼식에 참석할 하객은 내가 첫 결혼에서 낳은 세 아이뿐이었다. 아이들은 코로나19에 따른 자가 격리 기간 동안 모두 우리와 함께 집에 머물고 있었다. 그리고 우리

---

[*] 지나 프란젤로(Gina Frangello): 편집자·소설가. 『남자들 속에서 살다』로 이름을 얻었으며, 몇몇 대학에서 글쓰기를 가르치고 있다. 일리노이주 시카고에 살고 있다.

가 임시변통으로 구한 사회자는 로브의 밴드에서 드럼을 치는 친구였다.

진실은 처음에는 놀라운 일로 묘사될 때가 있지만, 잘 생각해보면 피할 수 없는 필연이다. 그리고 진실은 우리가 관계를 맺은 8년 동안 계획대로 된 일이 아무것도 없었다는 것이다.

로브와 내가 만난 지는 20년도 더 되었다. 우리가 처음 만난 것은 당시 내가 편집자로 일하고 있던 비영리 문예지에 그가 단편소설 하나를 억지로 맡겼을 때였다. 그 후 몇 년 동안 우리는 여기저기서 우연히 마주쳤다. 우리가 단행본 출판을 시작했을 때 그는 작품 공모의 입상자였다. 우리는 잡지에 그의 또 다른 단편을 실었다. 마지막으로 우리는 그의 장편을 채택하여 2013년에 출간했다.

그때쯤 우리는 열정적이고 은밀한 연애에 깊이 빠진 지 1년이 되어가고 있었다.

* * *

우리는 둘 다 기혼 상태였다. 각자 20년 안팎의 세월 동안 결혼 생활을 유지해왔다. 우리의 부부 관계는 이전과는 근본적으로 달랐지만, 우리가 불륜 관계를 맺기 전에는 둘 다 배우자를 속인 적이 한 번도 없었다. 우리는 '불륜 관계를 정리하려고' 애쓰면서 3년을 보냈지만 번번이 예전 관계로 되돌아갔다. 그러다가 결국에는 우리가 헤어질 수 없다는 사실을 마침내 인정하고, 각자 배우자에게 사실을 털어놓았다. 당연히 우리는 파괴적인 결과를 예상했지만, 그 여파가 얼마나 광범위하고 잔인할지는 미처 몰랐다.

로브는 로스앤젤레스에 살고 있었다. 그의 문학과 음악의 동아리는 모두 캘리포니아 남쪽에 있었고, 항상 내리쬐는 햇빛도 그곳에 있었다. 이 햇빛은 하루에 한 번 이상 되풀이되는 그의 양극성 장애의 부작용인 우울증 치료에 도움이 되었다. 나는 10년 넘게 돌보고 있던 노부모와 세 아이와 함께 시카고에 살고 있었다. 우리의 관계가 드러난 뒤, 내 첫째 아이와 둘째 아이는 로브와 아무 관계도 맺고 싶어 하지 않았다. 충분히 이해할 수 있는 일이었다. 아이들은 내게 말했다. "엄마 맘대로 하세요. 하지만 그 사람을 여기로 데려오진 마세요." 내가 전남편에게 로브와의 관계를 털어놓은 지 아홉 달 뒤―전남편이 다른 여자와 데이트를 시작하고, 진지한 관계를 맺고, 약혼까지 한 뒤에도―로브는 여전히 내 가족이 사는 집에서 나와 하룻밤도 함께 지내지 못했다. 우리는 너무나도 명백한 가정 파괴범이었고, 로브가 근처에 얼씬거리지 않기를 바라는 내 딸들의 소망에 도전할 생각은 꿈에도 하지 않았다. 로브는 얼마 안 되는 수입이나마 시카고까지 비행기를 타고 오가는 데 쓰고 있었다. 그가 시카고에 오면 우리는 내가 전남편과 별거를 시작한 뒤 아홉 달 동안 함께 임대하여 시간 분할제로 사용한 '보금자리'에서 함께 지낼 수 있었다. 나는 한 번에 며칠씩 아이들과 떨어져 있고 싶지 않았기 때문에 로브는 시카고로 날아왔다가 캘리포니아에 있는 전처의 아파트로 돌아가곤 했는데, 그 간격이 터무니없이 짧았다. 한편 나는 점점 다툼이 심해지는 이혼소송의 와중에 아이들의 생활을 안정시키기 위해 초과근무를 하고 있었다. 우리 아래층에 살던 아버지가 돌아가셨을 때도 부끄러움 때문에 로브를 추도식에 데려가지 않고 '보금자리'에 숨겨놓았다. 나는 속죄 모드로 살고 있었다.

그러다가 내가 유방암에 걸렸다. 별거를 시작한 지 일곱 달 뒤, 그리고 아버지가 돌아가신 지 두 달 뒤에 유방암 진단을 받았다. 그로부터 두 달 뒤에 로브가 처음으로 우리 가족이 사는 집에서 나와 함께 밤을 보냈고, 내가 양쪽 유방을 모두 절제하는 근치 수술을 받는 동안 줄곧—한 달 반 동안—내 곁에 '머물러' 있었다. 그가 나를 돌보는 모습—수술 부위에서 배액관을 제거하고, 나와 함께 병원에 가고, 모든 집안일을 도맡아 하는—을 내 아이들이 볼 수 있게 된 것은 그때였다. 그리고 아이들은 용서하고 받아들이고 유대를 형성하는 과정을 천천히 밟아갔다. 수술은 성공적이었다. 절단면은 깨끗했고, 내 몸이 변했는데도 서로에게 끌리고 마음이 통하는 로브와 나의 관계는 오히려 더욱 끈끈해졌다. 2016년 2월 말에 그가 시카고를 떠날 때는 다음 달에 시카고로 완전히 이사할 계획이 세워져 있었다.

그런데 우리가 이 계획을 아이들과 친구들에게 미처 알리기도 전에 그의 전처가 유방암 진단을 받았다. 그 타격은 엄청났다. 시기가 너무 좋지 않았다. 뜻밖에도 내 '맘마프린트'와 '온코타입 디엑스'의 수치가 다시금 높아져서, 예상한 것보다 암이 재발할 위험이 훨씬 높아졌기 때문에, 시카고에 있는 내 주치의들은 갑자기 화학요법을 권했다. 로브의 전처는 나와 같은 지원 체제를 갖고 있지 않았기 때문에 로브는 로스앤젤레스와 시카고를 오가면서 두 도시에서 반나절씩 살았다. 사람을 미치게 만드는 시기가 시작되었다. 로브만이 아니라 우리 모두에게 그것은 필사적인 시기였다. 로브는 두 도시에서 아픈 여자들을 돌보고, 병원에서 하루하루를 보냈다. 로브는 양극성 장애를 치료하기 위한 요법에 오랫동안 고분고분 따랐지만, 그를 치료하고.있는 로스앤젤레스의 정신과 의사의 말에 따르면 이 시기에 그의 우울증은 '위험 구역'으로 급상승했다.

결국 그의 전처와 나는 둘 다 예후가 좋았고, 우리가 우리의 관계를 각자 배우자에게 털어놓은 2015년 초에 시작될 거라고 예상했던 '뒤처리'를 시작할 수 있게 되었다.

2017년 말에 로브는 시카고로 이사했다. 그 직후에 나는 고관절 치환술(화학요법의 합병증)을 받았고, 내 딸들은 캘리포니아에 있는 대학으로 떠났다. 이때쯤 캘리포니아는 이미 우리의 두 번째 고향이 되어 있었다. 그리고 사랑하는 어머니가 세상을 떠났다. 이 모든 고난을 겪는 동안 로브는 내 곁에서 나를 지켜주고, 내가 웃음을 찾도록 도와주고, 갱년기 여성의 폐경과 무존재감에 도전하여 여전히 내 몸이 물결치게 해주었다.

로브와 나는 우리가 둘 다 젊고 건강했을 때—생활이 편했고 앞으로도 계속 편할 것처럼 여겨졌을 때—처음 만났다. 이제 우리는 범세계적인 팬데믹의 한복판에 놓여 있고, 내 딸들은 캘리포니아에서 돌아와 우리와 함께 집에 머물러 있으며, 막내는 폐쇄된 초등학교에서 집으로 돌아와 있다. 그때 로브의 이혼 서류가 갑자기 우편으로 도착했다. 우리 정부가 우리를 보호해주지 못하고 우리의 의료 체계가 코로나19에 짓눌려 붕괴될 거라는 공포 속에서 우리가 원한 것은 결혼하는 것—남편과 아내로서 이 시련에 함께 맞서는 것—뿐이었다.

"당신은 나중에 캘리포니아에서 결혼하고 싶어 했잖아. 정말 안그래도 돼?" 나는 여러 번 물었다. "이제 당신은 이혼했으니까 나와 아이들을 동거인으로 당신 보험에 추가할 수 있어. 우리가 지금 당장 결혼할 필요는 없어." 결혼하려는 실제적인 이유가 있었다. 막내와 내가 가입해 있는 'HMO'(건강관리기구)[1]는 코로나바이러스가 그림자를 던지기 시작한 이후 줄곧 걱정거리였다. 우리는 한 병원에서만 진료를 받을 수 있었는데, 그 병원은 이미 환자로 넘쳐나고 있었다. 그래도 로브는 나와 함께 있기 위해 자신의 삶을 통째로 바꾸었고, 캘리포니아는 그에게 마법의 장소로 남아 있었다. 그는 캘리포니아 해변에서 오랜 친구들과 함께 우리 결혼을 축하하고, 결혼식이 끝나면 그의 단골 바에서 색다른 피로연을 열고 싶어 했다.

---

1   미국에서 고정된 연간 요금으로 건강 서비스를 제공하는 의료보험 그룹.

"그런 건 상관없어." 우리를 둘러싼 세계가 무너졌는데도 그는 미소를 지으며 나를 안심시켰다. "나는 당신과 결혼하는 거야. 나는 세상에서 제일 운 좋은 놈이야."

"'줌'으로라도 결혼식을 해!" 캘리포니아에 사는 한 친구가 전화로 권했고, 우리는 서로 마주 보며 쓴웃음을 지었다. "줌이 뭐지?"

그래서 친구는 그 자리에서 당장 우리에게 줌을 가르쳐주었다. 그게 결혼식 전날 밤이었다. 우리는 서둘러 여든두 명에게 줌 청첩장을 보냈고, 그 가운데 약 일흔 명의 친구와 가족이 이튿날 오후 다섯시 반에 줌 결혼식에 '참석'했다. 잿빛을 띤 시카고의 태양이 아직도 우리 거실을 희미하게 비추고 있었다. 나는 로브와 함께 파리로 꿈 같은 여행을 떠날 때 입었던 드레스를 골랐고, 내 딸의 '닥터 마틴' 부츠를 신었다. 로브는 언젠가 그의 학생들 가운데 하나가 어느 파티에서 즉흥적으로 그에게 벗어준 헐렁한 블레이저코트를 입었다. 우리의 가상 하객들 가운데 일부는 잠옷 바지에 멋진 모자를 쓰고 긴 하얀색 장갑을 꼈다. 그리고 여러 사람이 공유하는 우리 집에서 우리의 여정을―참담하고 마음 아픈 부분도, 아름답고 따뜻한 부분도―목격한 수많은 사람들 앞에서 우리는 서로 돌봐주고 서로의 마지막 장이 되겠다고 약속했다. 그리고 로브가 날마다 나에게 말하고 있듯이, 우리가 함께하는 이 믿을 수 없는 생의 순간들을 단 한순간도 당연하게 여기지 않겠다고 맹세했다.

결혼식을 올린 이튿날 로브의 건강이 더 나빠졌다. 로브는 3월 초부터 이따금 아팠고, 인플루엔자 검사에서는 이미 음성 판정을 받은 상태였다. 그는 곧 고열과 마른기침, 호흡곤란, 피로, 두통과 목의 통증 같은 코로나19와 관련된 증상을 보이기 시작했다. 나도 아팠지만 로브만큼 심하지는 않았다. 그는 주로 잠을 자면서 하루하루를 보냈지만, 나는 여기 내 컴퓨터 앞에 앉아서 이 글을 쓰고 있다. 우리는 둘 다 고위험 집단에 속하진 않지만, 젊지도 않고 둘 다 기저질환을 갖고 있다. 우리는 세계 역사상 유례없는 이 혼란기를 견뎌내기를 바라고 기대하지만, 예기치 않은 일로 가득 찬 우리 이야기에서 아무것도 당연시하지 않는 태도에는 인생무상이나 생의 덧없음에 대한 충분한 인식이 포함되어 있다.

우리 둘 가운데 어느 한쪽은 언제라도 발길을 돌려 여행을 포기할 이유가 충분했는데도, 이 험한 길을 여행한 것은 바로 이 이유 때문이다. 가장 캄캄한 지금 이 시간, 우리는 우리가 있고 싶은 바로 그곳에 함께 있다.

밤의 밀물

∧

N.L. 숌폴[*]

　토요일, 나는 4월의 어느 날 내 배 속에 눌러앉은 대변을 준설한다. 방호복을 입은 채 영화를 보고, 기억이 가져온 안개에 사로잡혀 플라스틱 화면을 입김으로 흐리게 한다. 나는 모든 기억을 하나씩 차례로 삭제하면서—늪 속에 깊이 빠진 사람을 구하듯—장난삼아 푸닥거리를 한다. 화면에 비치는 영화는 잊은 지 오래다. 물속에 잠길 때마다 나는 고통과 흥분을 번갈아 느낀다. 그것은 나를 파멸로 이끌고, 결국 나는 소파 위에서 구슬피 울부짖으며 와들와들 떠는 하나의 덩어리가 된다.

　절망 속에 팔꿈치까지 담그는 것은 세심한 주의가 요구되는 작

[*]　　N.L. 숌폴(Shompole): 케냐 태생으로, 문학·미술·사진 등 다양한 분야에서 활동하고 있다.

업이다. 심장이 밀물과 박자를 맞추어 망치질하듯 쿵쿵거린다. 나를 위아래로 움직이는 느리고 우울한 물결 속에서 온몸이 물에 씻기다 보면, 나중에는 바다와 하늘을, 그리고 땅을 더 이상 분간할 수 없게 된다.

*

나는 꿈을 꾸고 있는 걸까, 아니면 기억을 되살리고 있는 걸까? 나는 꿈과 기억의 차이도 더 이상 분간할 수 없다. 내가 아는 것은 모든 기억이 먼 난파선에서 해안으로 떠밀려온 퉁퉁 부은 시체라는 것이다.

내가 공기를 마시러 수면 위로 올라오면, 화재경보기의 신호음이 울려퍼지고 화면에서는 크레딧이 올라가고 있다. 뇌리를 떠나지 않는 기억의 무게로 어깨가 쿡쿡 쑤시고, 편히 쉴 수 있는 안전한 섬을 찾아 기억을 계속 체로 쳐내는 것은 여간 힘들지 않다. 점점 짙어지는 어둠 속에서 나는 발붙일 곳도 찾을 수 없다.

*

슬픔에 사로잡히는 것은 이런 기분이 아닐까?

나는 1년치 햇볕보다 더 뜨거운
노란색 비닐에 싸여 있다.

나는 내 가슴에 둥지를 튼 아우성 때문에 숨이 막힌다.

나는 우리가 상상한 미래와 너 사이
어딘가에서 길을 잃었다.

*

이따금 나는 이런 나 자신을 더 좋아하는 듯하다. 슬픔이 가져온
낯선 잔광에 싸여 있는 몸. 어둠이 담요처럼 내 몸에 바싹 달라붙는
다. 내 목구멍에서 기어나오려고 애쓰는 새를 바이스 그립이 꽉 잡
고 있다.

나는 들키고 싶지 않다.

2
부

슬픔

데이비드 셰프와의 대화

∧

"우리는 슬픔과 분노를 활동으로 바꾸고
타인들과 연대하고 곤경에 빠진 사람들을 돕기 위해 최선을 다할 때
우리의 고통을 치유하고 변화를 만들어낼 수 있다."

데이비드 셰프*의 회고록『뷰티풀 보이』는 그의 가족이 청소년 아들 닉의 마약중독에 맞서 견뎌내야 했던 10년 세월을 다루고 있다. 이 책에서 셰프는 사랑했던, 그리고 잘 안다고 생각했던 아들을 여의면서 거친 비통한 슬픔의 단계를 자세히 서술하고 있는데, 그 절절하고 담담한 토로에 나는 깊은 감동을 받았다. 그는 우울과 분노를 거쳐 마침내 아들과 그 자신을─그리고 다른 사람들까지─돕는 데 필요한 동정과 공감을 발견했다. 그는 물질 남용 장애를 연구하여 두 권의 책을 더 쓰게 되었고, 또 한편으로는 공동체 모임과 건강관리 전문가들, 대학 같은 곳에서 마약중독의 폐해와 악영향에 대해 설파하는 활동가이기도 하다. 최근에는 양질의

---

* 데이비드 셰프(David Sheff): 저널리스트·작가.『뷰티풀 보이』(2008)는 베스트셀러가 되었고, 2018년에 영화로도 제작되었다. 북부 캘리포니아에 살고 있다.

마약중독 치료를 제공하고 마약중독 치료제에 대한 연구를 지원하는 비영리 재단인 '아름다운 소년 재단'을 창립했다.

셰프는 자신의 슬픔을 밖으로 돌려 다른 사람들을 돕고 싶어 했는데, 그에게 이런 열망을 불러일으킨 것은 부분적으로는 사형수 감방에 수감되어 있는 자비스 제이 매스터스와 5년 동안 나눈 대화였다. 셰프는 새로 펴낸『사형수 감방의 불교도』라는 책에 이 이야기를 자세히 기록하고 있는데, 매스터스는 교도관 살해 사건에 연루되었다는 누명을 쓰고 부당하게 사형 선고를 받은 뒤 샌퀜틴[1] 독방에서 20년을 보냈다. 그 긴 세월 동안 그는 분노와 폭력에 사로잡힌 남자에서 다른 사람들이 자존감과 평화를 찾도록 돕는 데 평생을 바치는 사람으로 변모했다. 다음은 슬픔을 활동주의[2]로 변화시킨 데 대한 셰프의 이야기다.

* * *

제니퍼 하우프트: 당신은 아들 닉이 필로폰 같은 약물에 중독되어 죽을 뻔했을 때 아들을 도우려고 애쓰다가 실패하는 과정을 10년 동안이나 겪었다. 슬픔이 보통 아니었을 텐데?

---

1   캘리포니아주 마린 카운티에 있는 주립 교도소.
2   activism. 사회적·정치적 변화를 가져올 목적으로 의도적 행동에 나서는 것.

데이비드 셰프: 그 시절 내가 겪은 고통과 트라우마는 부분적으로 아들을 잃은 데에서 왔다. 나는 나름대로 닉을 명랑하고 상냥하고 예의 바르고 아름다운 아이로 키웠는데, 그 아이가 사라진 것이다. 마약을 하면서 닉은 몰라보게 변했다. 우리 집에 침입해서 물건을 훔치지 않나, 욕을 해대지 않나…… 말 그대로 제정신을 잃은 꼴이었다. 나는 두려움과 깊고 어두운 쓰라림이 뒤섞인 기분을 느꼈는데, 그게 바로 비통한 슬픔이 아닐까. 그리고 나는 슬픔이 사람을 마비시킬 수도 있고 사람을 자극하여 무언가를 할 동기를 부여할 수도 있다는 걸 배웠다. 그것은 우리 미국이 하나의 국가로서 느끼고 있는 것과 다르지 않다. 정치적 성향이나 인종이나 사회경제적 계층을 불문하고 그렇게 많은 사람이 슬픔에 빠져 있지만, 문제는 우리가 이 모든 상황에 어떻게 대처할 것인가 하는 것이다. 그것은 우리를 마비시킬 것인가, 아니면 우리에게 동기를 부여할 것인가?

제니퍼: 당신과 아들의 관계에는 당신이 자신을 마비시키는 우울증 단계에서 분노로 옮아가는 시점이 있었다. 우리는 지금 미니애폴리스 경찰이 조지 플로이드를 잔인하게 살해한 사건에 자극을 받아 그 분노가 촉발된 것을 보고 있다. 그 분노는 당신에게 도움이 되었는가?

데이비드: 나는 무감각 상태에서 압도적인 두려움과 좌절감을

느끼는 단계로 넘어갔다. 내가 사랑하는 사람들의 삶을 파멸시키고 있는 문제를 해결하지 못하는 나의 무능함에 좌절했던 것이다. 분노는 그다음에 왔다. '닉이 어떻게 이런 짓을 할 수 있지? 우리한테? 자신한테?' 하고 나는 생각했다. 나는 아들과 전처, 심지어는 아내 카렌한테까지 욕설과 폭언을 퍼붓곤 했다. 내가 최악의 상태일 때는 어린 자식들을 곁에서 돌봐주지도 못했다. 나는 혼란에 빠져 있었다. 돌이켜보면 내가 닉의 마약중독에 유용하게 대처하기 위해서는 혼란과 상실감, 슬픔과 분노를 경험할 필요가 있었다는 것을 깨닫게 된다. 나를 나약하게 만든 그 감정들은 시간이 지나면서 비난과 분노에서 동정과 공감으로 변했는데, 닉에게 도움이 된 것은 비난과 분노와 수치심이 아니라 동정과 공감이었다. 우리는 운이 좋았다. 닉은 살아남았으니까. 닉은 11년 동안 계속 회복되었다.

제니퍼: 당신이 슬픔에 계속 잠겨 있지 않고 거기서 빠져나올 수 있었던 요인은 뭐라고 생각하는지? 어느 쪽으로든 갈 수 있었을 텐데.

데이비드: 나는 자녀가 지금 마약에 중독되어 있거나 약물 과용으로 사망한 부모들한테서 자주 연락을 받는다. 그들 가운데 일부는 고통과 슬픔에 사로잡혀 있다. 그들은 지옥에서 살고 있다. 나는 그들이 잘한다 못한다 판단하지 않고 이해한다. 나도 그들처럼

지옥에 있었으니까. 하지만 슬픔을 유용한 분노로 진화시키는 사람들도 있다. 마약중독으로 죽는 사람들은 대부분 정신 건강 관리 시스템이라는 것 때문에 죽는다. 그들은 마약중독자라는 낙인 때문에 죽기도 한다. 그들은 수치심 때문에 이 문제를 계속 감추고 있다가 파멸적인 결과를 맞게 된다. "그 사람은 마약쟁이일 뿐이야." 어느 응급실 간호사에 따르면 의사들은 이런 말을 입에 달고 다닌다고 한다. 약물중독 치료제가 그들의 목숨을 살릴 수 있었는데도 치료제 투약을 거절당한 사람이 많다.

마약중독자의 부모나 가족들 가운데 이 잘못된 시스템을 인식하고, 자신이 견딘 고통을 다른 사람들은 견디지 않아도 되도록 자기가 할 수 있는 일은 뭐든지 하겠다고 결심한 사람이 많다. 그들은 치료 시스템을 개선하고 마약중독에 대해 교육하고 정신질환으로 고통받는 사람들을 지원하도록 의원들에게 압력을 가하는데 열정적으로 참여하고 있다. 비록 한 번에 이룰 수 있는 변화는 작더라도, 변화를 창조하는 능력은 힘을 실어준다. 어떤 부모도 아이를 잃은 슬픔에서 벗어날 수는 없겠지만, 이들은 새로운 목표를 찾아내고 만다.

제니퍼: 우리는 지금 슬픔이 우울증에서 분노로 바뀌었다가 집단적인 온정적 활동주의로 바뀌는 것을 보고 있다. 물론 우리는 전에도 인종차별 문제와 관련하여 이런 과정을 목격했다. 저널리스트의 관점에서 보았을 때, 역사상 지금은 그때와 어떻게 다른가?

데이비드: 2016년부터 지난 4년 동안 우리는 우리의 낙관주의가 거듭해서 산산조각 나는 데 익숙해졌다. 그것은 트럼프의 당선으로 시작되었고, 트럼프 행정부가 저지른 끔찍한 행위가 그 뒤를 이었다. 그러다가 조지 플로이드 사건이 일어난 것이다. 그 역겨운 살해 장면이 담긴 비디오가 항의 운동을 촉발했다. 흑인 남녀가 경찰관에게 살해당하는 장면을 보여준 비디오가 그게 처음은 아니지만, 그건 그야말로 최후의 결정타였다. 가뜩이나 부글부글 끓고 있던 분노를 폭발시킨 것이다.

나는 변화가 오고 있는 것을 본다. 나는 내가 너무 우직하고 고지식하지 않기를 바란다. 격렬한 반대가 있겠지만, 법률은 제정되고 있고 나라에서는 형사 사법제도와 경찰의 치안 유지 활동을 재고하고 있다. '흑인의 목숨도 소중하다' 운동은 막을 수 없다. 이제 보편화된 분노는 더 많은 사람을 투표장으로 나서게 할 것이고, 우리는 민주주의를 파괴하고 있는 자들로부터 나라를 되찾을 것이다. 나는 낙관적으로 전망하고 있지만, 만에 하나 트럼프가 이기면 닥쳐올 위기에도 대비하고 있다. 트럼프는 이번에도 일반투표에서는 질 수 있지만, '유권자 억압'[3]과 더러운 속임수 때문에 지난번처럼 이길 수도 있다. 그런 일이 벌어지면 그 실망감을 어떻게 처리할지 나도 잘 모르겠다. 계속 싸워야 할까? 어떻게 하면

---

3   특정 집단에 속한 사람들의 투표를 방해하거나 방지함으로써 선거 결과에 영향을 미치려 하는 전략.

우리가 분노와 고통에 압도당하지 않을 수 있을까?

제니퍼: 이제는 자비스 매스터스 쪽으로 화제를 돌렸으면 한다. 어떻게 해서 그에 대한 글을 쓰기로 결심하게 되었는지?

데이비드: 우리에게는 공통된 친구가 하나 있었다. 자비스의 영적 스승 가운데 한 사람인데, 그 사람이 나한테 말하기를, 자비스는 25년 동안 감옥에 갇혀 있었고 그중 20년은 독방에 혼자 갇혀 있었지만 누구에게 원한을 품지도 않고 증오심에 차 있지도 않다는 것이다. 자비스는 불교도가 되어 다른 수감자들에게 불교를 가르쳤다. 그리고 『자유를 찾아서』라는 책도 썼는데, 이 책은 널리 유포되어 바깥세상의 아이들이 갱단과 폭력을 피하는 데 도움이 되었다. 그는 또한 수감자들과 교도관들에게 감정이입을 가르쳐서 그들을 돕기도 했다. 나는 처음에는 냉소적이었지만, 그의 사건을 조사해보고는 그가 저지르지도 않은 범죄의 누명을 쓰고 사형선고를 받았다고 확신하게 되었다.

나는 내가 들은 이야기를 확인했다. 나는 자비스가 '보살'이 되었다는 말을 들었는데, 보살은 고통에 깊이 잠겨 있는 곳에서 그 고통을 조금이나마 덜기 위해 애쓰는 존재다. 그는 세상에 대한 냉소와 분노로 가득 차 있을 만한 이유가 충분했다. 그런 식으로 자랐으니까. 하지만 그는 변했고, 그의 냉소와 분노는 동정으로 진화했다. 내가 그에 대해 쓰기로 결심한 것은 부분적으로는 많은 사람이 묻고 싶어 하는 질문을 탐구하기 위해서였다. 사람은 변할 수 있는가? 변할 수 있다면, 그 방법은 무엇인가?

제니퍼: 당신은 자비스와 불교 교리에서 무엇을 배웠나?

데이비드: 나는 불교도가 아니다. 나는 종교적인 사람이 전혀 아니다. 하지만 신자와 비신자를 불문하고 누구에게나 도움이 될 수 있는 불교 의식과 가르침에 대해 많이 배웠다. 고통의 보편성을 받아들이는 것이 역설적으로 어떻게 고통을 줄이는 결과를 낳는지를 배웠다. 우리가 무엇과 싸우고 있든지 간에 거기서 도망치지 말고 맞서 싸워야 한다는 것을 배웠다. 자비스의 스승 한 분이 말했듯이 "유일한 탈출구는 그것을 뚫고 나가는 것"이다. 자비스의 또 다른 스승—티벳에서 온 라마승—은 "우리는 모두 감옥에 갇혀 있으며, 우리 모두 열쇠를 가지고 있다"라고 말했다. 그 열쇠는 우리 자신을 직시하는 것이다. 그것은 자아를 분해하는 것, 우리 자신을 인류와 결부시켜 끝없는 고통을 유발하는 대신 거기서 우리를 분리시키는 것이다. 타인들의 고통을 인정하고 그 고통을 느낌으로써 그들과 통하는 것이다. 그리고 그것은 다른 사람들을 돕는다. 자비스는 열아홉 살 때 무장 강도죄로 감옥에 들어갔는데, 그때는 아무도 믿지 않고 분노로 가득 차 있었다. 그 분노는 그가 학대에 시달리면서 그 자신도 폭력에 물들었던 어린 시절과 소년범에 대한 사법 체제의 폭력성, 뒤이은 교도소의 폭력성을 견디는

데 도움이 되었다. 하지만 그는 감옥에서 변했다. 어느 날 그는 교도소 마당에서 웃통을 벗은 사내들이 덤벨이나 바벨을 들어올리는 것을 구경하고 있었다. 그는 모든 사내의 등과 팔다리에 흉터가 있다는 것을 알아차렸다. 어릴 적에 채찍이나 주먹으로 맞아서 생긴 흉터였다. 그것은 자신의 흉터와 같은 것이었다. "우리는 모두 같은 부모를 가진 것 같았다"라고 그는 말했다. 그가 타인들의 고통을 인정하고 그것을 자신의 고통과 결부시킨 것은 그때가 처음이었다. 그는 불교의 핵심으로 다가간 것이다.

제니퍼: 당신의 경우에는 활동주의가 어떻게 슬픔을 다른 것으로 바꾸었는가?

데이비드: 나는 아들의 마약중독에 대해 처음 글을 쓴 이후 몇 년 동안 자녀의 마약 문제와 정신질환, 우울증, 그 밖의 어려운 문제를 안고 있는 부모들과 점점 더 많이 접촉하게 되었다. 아들과 딸을 약물 과용이나 자살로 잃은 부모들도 많이 만났다. 그들을 만나고 그들의 고통과 슬픔을 느끼는 것이 처음엔 견딜 수 없을 만큼 힘들었다. 나는 힘이 빠지고 우울해졌다. 하지만 어느 날 자비스에게 들은 말이 나를 변화시켰다. 나는 내가 타인들의 고통으로부터 나를 지키기 위해 그들과 나 사이에 벽을 쌓곤 했다는 것을 깨달았다. 나는 그들의 고통을 받아들이되 거기에 깊이 빠지지 않으려고 애썼다. 나를 지키려고 그랬던 것이지만, 그 벽이 나를 그들과 나

자신한테서 격리시켰던 것이다.

나는 그들을 다르게 보기 시작했다. 그들을 마음으로 보기 시작한 것이다. 내가 본 것은 그들의 인간성이었다. 그들의 슬픔과 고통 속에서 나는 그들의 아름다움을 보았다. 나는 우리 모두가 어떻게 연결되어 있는가를 보았다. 우리는 모두 한배에 타고 있다. 그것을 깨달으면 우리는 서로 돕기 위해 최선을 다할 수밖에 없다. 그게 바로 활동주의의 원천이다. 우리는 고통을 덜기 위해 우리가 할 수 있는 일을 한다. 지금 미국에서 그 일이 일어나고 있다. 우리는 팬데믹과 인종차별 때문에 우울해질 수 있지만, 자녀를 마약중독으로 잃고 활동가로 변한 부모들처럼 우리의 슬픔도 활동으로 이어질 수 있다. 우리는 불의에 저항한다. 자비스는 현실에 참여한 불교에 대해 가르쳐주었는데, 그게 바로 활동하고 있는 불교라고 생각한다. 우리가 우리의 슬픔과 분노를 활동으로 돌리면, 우리는 우리의 고통을 치유하고 변화를 만들어낼 수 있다.

나는 세상을 사랑하고 싶지만
세상을 어떻게 해야 할지 모르겠다

∧

켈리 러셀 애거든 / 멜리사 스터다드[*]

나는 초콜릿을 너무 많이 먹은 탓에 벌써 몽롱하다.

그리고 지금 시를 쓰고 있다, 우주에게

우주는 내 허리둘레에 별자리를 두르고 있고

모든 행성의 목둘레에 자신의 비극들을 두르고 있다.

나는 보았다

결코 채워질 수 없을 만큼 절망적인 굶주림을.

길 잃은 아이들. 길 잃은 개들.

---

[*] 켈리 러셀 애거든(Kelli Russel Agodon): 시인·작가·편집자. 워싱턴주 시애틀에서 태어나 자랐고, 살고 있다. 멜리사 스터다드(Melissa Studdard): 시인·대학교수. 텍사스주 휴스턴에 있는 론스타 칼리지에서 가르치고 있다.

길 잃은 나의 자아. 나는 그 모든 것을 가지려고 애썼다.

컨테이너가 부서질 때까지 점점 더 채워 넣으며.
가죽과 유리는 어디에나 있었다.

바닥에는 나의 작은 파편들이
모든 사람들, 망가진 모든 것들과 섞여 있었다.

비극적이고 아름다운 세상, 비밀을 간직한 알들처럼
쏟아져 나온 세상들과도 섞여 있었다.

그 알들에서는, 확신하건대, 어떤 사랑스럽고
날개 달린 생물이 생겨날 것이다.

라일락 향기를 맡으며

∧

로라 스탠필[*]

부엌 의자

어떤 곳을 다른 계절에 보기 전에는 그곳이 어떤 곳인지 알 수 없다. 저것 봐! 봄이야! 부모님 댁에서는 모든 것이 놀라운 색채의 물결로 활짝 피어난다. 부모님의 새집은 우리 집에서 차로 6분 거리에 있지만, 엄마와 아빠는 아직 3천 마일 떨어진 옛집에 머물러 있다. 언젠가는 떠나게 되기를 기다리면서. 격리 생활인 것은 같지만, 가구는 다르다. 나는 부모님 댁 부엌에서 그릇을 찾고, 상자 몇 개를 위층으로 가져가고, 욕조에 김이 모락모락 피어오르는 뜨거운 물을 가득 담아서 오랫동안 목욕을 하고, 세탁실에 개미가 있는지 확인하고, 잡초를 뽑는다. 수선화가 피고, 이어서 튤립이

[*] 로라 스탠필(Laura Stanfill): 작가·저널리스트·출판인. 2012년에 오리건주 포틀랜드에서 '포리스트 애비뉴 프레스'를 세워 주로 문학 도서를 펴내고 있다.

핀 다음, 분홍색 말채나무와 주홍색 진달래와 하얀색 왕관을 쓴 라일락이 화려하게 만발한다. 안뜰의 격자 구조물을 타고 올라가는 포도나무에 새싹이 돋아난다. 포도인가? 비가 오는데도 나는 부엌 의자를 밖으로 끌어내어, 의자 위에 까치발로 서서 향긋한 자주색 포도송이 하나를 따서 안으로 가져간다.

숄

프리야가 3월 초에 내 생일 선물로 붉은색과 회색이 어우러진 숄을 주었다. 숄에는 내 이름 '로라'의 첫 글자인 'L'을 도안한 모노그램이 들어 있는데, 프리야가 직접 수놓은 것이다. 선물을 받고 나는 그녀에게 말했다. 집 안에 틀어박혀야 하는 이 시국에 이보다 더 완벽한 선물은 상상할 수도 없을 거라고. 그것은 세탁기로도 빨 수 있다. 내가 그 숄을 걸치고 두 딸에게 책을 읽어주는 사진을 보냈더니, 프리야는 "아이들은 모노그램을 못 봤어?" 하는 문자를 보내왔다. 나는 황금색으로 짠 'L'을 사진으로 찍어서 메시지로 보낸 다음, 다시 숄을 두르고 그녀의 답장을 기다렸다.

씨앗

내 친구 에이미는, 집어가고 싶어 하는 사람이 있으면 누구에게나 남은 먹거리를 내준다. 초록색 콩과 황금색 콩. 근대. 버터 상추. 호박. 내가 감히 우리 동네 밖으로 나가는 이유다. 그것은 선물이기도 하다. 에이미는 씨앗과 양동이에 가득 담긴 화분용 흙, 수

북이 쌓인 달걀 상자를 현관 계단에 놓아둔다. 비대면 협약이다. 그녀는 갓 구운 쿠키 한 접시를 선물 위에 놓아두기도 한다. 집에 오면 나는 딸들과 함께 꾸러미를 꺼내서 새 생명을 손바닥에 붓고, 씨앗들을 마분지로 만든 둥지 속에 종류별로 나누어 놓는다.

전화

코로나바이러스가 프리야의 산소 수치를 떨어뜨렸을 때, 감염될 위험 때문에 아무도 그녀와 함께 구급차에 탈 수 없었다. 그녀의 또 다른 절친인 멜리사와 저스틴은 프리야와 같은 뉴저지에 살고 있어서, 여느 때라면 병상에 누워 있는 프리야에게 병문안을 갈 수 있었을 것이다. 하지만 우리 세 사람은 프리야의 여동생한테서 소식을 전해 들어야 했고, 서로 문자를 주고받으며 "오늘은 무슨 소식 없어?" 하고 묻는 게 고작이었다.

케이프

뜨개질의 첫 코를 잡는다. 두 줄을 뜬다. 바늘비우기로 코를 늘려 리본을 묶을 고리를 만든다. 하얀 공단 리본이 달린 빨간 케이프를 두르기에는 내가 너무 나이를 먹었나? 그거야 아무려면 어때. 털실이 너무 자주 씻어서 건조해진 내 손을 긁는다. 나는 뜨개질을 하고, 뒤쪽은 코를 늘려 고리 모양의 가장자리 장식을 한다. 나는 비행기를 탈 수 없기 때문에 뜨개질이 내가 프리야의 소식을 기다리는 방식이다. 손가락은 부어오르고 욱신거리지만 나는 뜨개질을 멈추지 않는다. 무언가가 10분 앞으로, 한 시간 앞으로 나를 데려가야 한다. 그 무언가가 빨간 털실로 짠 케이프라 해도 괜찮겠지.

천연 발효종

우리는 우리가 만든 천연 발효종을, 마술적인 발효종에 관한 소설을 쓴 로빈 슬론의 이름을 따서 '로빈'이라고 이름 지었다. 나는 이 로빈으로 크래커와 브레첼과 빵을 굽는다. 내 딸들은 로빈을 여성 대명사인 '그녀'라고 지칭해야 한다고 고집한다. 나는 로빈을 먹이고 '그녀'가 우리를 먹일 수 있도록 얼른 자라라고 채근하면서 격려의 말을 속삭인다. 나는 프리야가 끓인 차를 생각한다. 그녀가 만든 차는 최고다. 그것은 로빈의 톡 쏘는 맛과 잘 어울릴 것이다. 프리야에게 갓 구운 크래커를 가져갈 수 있다면 얼마나 좋을까.

희망

프리야가 기관에 튜브를 삽입하고 산소호흡기를 다는 날, 나는 두 딸과 함께 레이스 장식이 달린 공단 주머니들에 친절한 메시지를 채워 넣는다. 이 주머니들은 벌써 20년 전에 한 친구가 손수 바느질하여 내 결혼 선물로 준 것이다. 나는 세탁실 찬장에서 그동안 잘 간수해둔 그 추억거리를 발견한다. 그것들은 묘한 색깔을 띠고 있다. 짙은 황록색, 화장실에 흔히 쓰이는 분홍색, 연극적인 자주색. '세상에는 희망이 있습니다.' 여덟 살 난 작은딸은 네모난

종이에 그렇게 쓴다. 우리는 털실로 만든 방울, 빨간 펠트 천으로 만든 하트, 밀가루 반죽으로 보석처럼 만든 장신구, 스티커 따위를 주머니들에 넣는다. 우리는 공단 주머니 열한 개를 번잡한 도로에 면해 있는 뒷마당 울타리에 매단다. '희망이 필요하세요? 하나 가져가세요. 안전하게 지내세요.' 열두 살 난 큰딸은 방수가 되는 검은색 마커로 그렇게 쓴다. 그러고는 그 종이 팻말을 담배 파이프 청소도구와 함께 울타리에 붙인다. 사람들이 주머니를 가져가든 말든 상관없다. 중요한 것은 '희망'이라는 낱말이다.

잡지

오늘 가정학습의 미술 수업에는 『포퓰러 미케닉스』[1]가 안성맞춤이다. 이 잡지를 딸들이 좋아하지 않기 때문이다. 나는 책장을 한 장 찢어서 남겨둘 부분을 몇 군데 동그라미로 표시한 다음, 나머지 부분에 아크릴물감을 듬뿍 바른다. 물감이 마르자 나는 머리를 길게 기르고 앞머리를 반듯하게 자른 프리야를 그린다. 그것은 내가 기억하는 5학년 때의 프리야다. 나는 프리야에게 그늘이 필요할 경우에 대비하여 책장을 해변용 우산 모양으로 잘라낸다. 나는 얼굴을 그릴 수 없기 때문에 그녀의 얼굴 위에 파란 종이 구름을 놓지만, 그건 너무 슬프다. 그래서 종이 구름을 아래로 내리고, 첫

---

1   자동차, 가정생활, 야외 활동, 전기, DIY 등에 관한 기술을 다루는 대중잡지.

번째 구름이 쓸쓸하지 않도록 더 많은 구름을 덧붙인다. 움직이는 구름이 그녀의 얼굴 위에 반짝이는 분홍색 물감의 줄무늬를 남긴다. 그래도 좋다. 그래서 나는 그냥 내버려둔다.

하얀 옷

지난 2주 동안 들어오는 최신 정보가 모두 그렇듯이, 그 소식도 프리야의 여동생한테서 문자메시지로 들어온다. 한 친구가 프리야의 장례식에는 하얀 옷을 입는 게 적절할 것 같다고 말한다. 그래서 저스틴과 멜리사와 나는 옷장을 뒤진다. 나는 청동색 꽃을 수놓은 얇은 스카프를 발견하고, 살짝 금빛을 띤 하얀색과 회색의 페이즐리 드레스와 그 스카프를 짝짓는다. 나는 장례식에 참석하러 가는 길에 부모님 댁에 들른다. 카메라는 모두 꺼졌고, 우리는 모두 무음이 된다. 목사가 기도문을 읊조린다. 가족들은 프리야의 하얀 관에 꽃잎과 향료를 뿌린다. 장례식장 인부들이 프리야의 관이 실린 수레를 밖으로 밀고 나간다. 한 사람은 마스크를 쓰고 있지 않다. 가족들은 기도문을 읊조리고 조용히 흐느끼면서 시신을 따라간다. 누군가가 우리를 화면에서 쫓아버릴 생각을 할 때까지 우리는 텅 빈 방을 계속 지켜본다.

편지

큰딸은 더 이상 침대에서 나오지 않는다. 일어나서 빨간 케이프를 입어보려고도 하지 않는다. 빨간 케이프는 품이 좀 작아서 내가 입으면 단추 구멍이 뒤틀린다. 그 애는 담임 선생님한테 편지를 쓴다. "모든 것을 터놓고 이야기할 수 있는 또래 친구가 없어서 너무 외로워요. 엄마는 죽어가는 친구 때문에 깊은 슬픔에 빠져 있고, 엄마의 그 슬픔이 저와 여동생한테 영향을 주어서 동생은 좀 이상해졌고, 그래서 저는 사람들을 피해 혼자 숨어 있어요. 엄마가 슬픔에 빠져 있을 때는 엄마를 어떻게 대해야 할지 모르니까요." 나는 이 글을 나한테도 보내달라고 딸에게 부탁한다. 30년 지기를 잃는 게 어떤 기분인지와 마찬가지로 그런 일은 앞으로도 계속될 것이기 때문이다.

부적

나는 여행 작가인 친구 지지의 안내로 2천 명의 순례자들과 함께 가상의 산티아고 순례길을 걷고 있다. 사랑하는 사람을 잃었을 때는 뒤에 남겨두고 올 기념물을 가져가는 게 보통이라고 그녀는 우리 그룹에 말한다. 나는 프리야가 준 숄로 몸을 감싸고, 뒷마당에 매달아둔 공단 주머니를 확인한다. 여섯 개가 남아 있다. 나는 배나무 옆 울타리에 자주색의 작은 '헬로키티' 부적을 매단다. 나는 만화방에서 프리야에게 주려고 그 부적을 샀지만, 그것을 우편으로 부칠 기회가 생기지 않았다. 헬로키티는 '하나 가져가세요'라고 쓴 종이 팻말에서 조금 떨어진 곳에 감추어져 있지만, 누군가가 그걸 원한다면 가져가도 상관없다.

컵케이크

나는 팬데믹이 시작된 이후 한 번도 이웃과 이야기를 나눈 적이 없다. 우리는 날마다 산책을 하지만, 지금은 내가 길 건너편에서 손을 흔들면 크리시아는 고개를 돌려버리고 손을 마주 흔들어주지도 않는다. 그녀는 아픈 것 같다. 아니면 그녀는 내가 아픈 줄 아는지도 모른다. 나는 종잇조각과 아교로 생일 축하 카드를 만들고, 내 휴대폰으로 그 카드의 사진을 찍은 다음, 한 가지 질문과 함께 문자메시지로 그녀에게 보낸다. "비대면 음식 배달에 찬성해? 그렇다면 내가 당신을 위해 컵케이크를 주문해줄까?" 그녀가 답장을 보내온다. "요즘 세상에는 최고의 생일 선물이지." 나는 가상의 빵집 카트에 무지개색 컵케이크와 퍼그처럼 장식된 마카롱을 가득 담은 다음, 그녀에게 배달 예정 시각과 함께 문자를 보낸다.

말린 살구

프리야가 죽은 지 여드레 뒤에 프리야의 아버지가 바이러스로 세상을 떠난다. 이 소식도 역시 문자로 들어온다. 코로나19로 목숨을 잃은 의사 명단에 이름 두 개가 추가된다. 가상의 산티아고 순례길에는 비가 내리고 있다. 나는 이 두 번째 슬픔을 견디고 있다는 것을 인정한다. 내가 모르는 사람들, 다른 순례자들은 이 길을 기꺼이 나와 함께 걷는다. 한 여자가 내 짐을 잠시 들어줄 수 있다고 제안한다. 뜨거운 민트 차와 말린 살구를 나누어주는 사람도 있다. 나는 부모님 댁 뒷마당에 키 자란 젖은 풀숲에 한 발을 내딛는다. 우리는 잔디 깎는 기계를 가져올 필요가 있다. 젖은 풀이 운동화를 흠뻑 적신다. 나는 라일락 향기를 맡는다.

슬픔의 강

∧

그레이스 탈루산[*]

팬데믹이 지속되는 동안 나에게 불변의 상수는 슬픔이다. 슬픔은 깨어 있는 모든 순간과 내가 주의를 다른 데로 돌리기 위해 하는—또는 더 이상 하지 않는—모든 활동의 밑바닥을 흐르는 지하의 강이다. 나는 일상적으로 했지만 이제는 잃어버린 것들—사람 많은 카페에 앉아 있는 것에서부터 조카와 함께 요리하는 것, 우리 집과 부모님 댁 중간에 있는 베트남 식당에서 부모님을 만나 쌀국수 대짜 한 그릇을 나누어 먹는 것에 이르기까지—을 슬퍼하고, 내가 처음 출간한 책의 판촉 투어처럼 평생에 한 번뿐인 일을 하지 못하게 된 것을 슬퍼한다. 내가 알고 지냈거나 사랑했던 사

---

[*] 그레이스 탈루산(Grace Talusan): 작가. 필리핀에서 태어나 어릴 때 부모와 함께 미국으로 이민해서 자라고 배웠으며, 이런 체험을 회고록 『보디 페이퍼』에 담았다. 보스턴 근교에 살면서 브랜다이스 대학에서 창작을 가르치고 있다.

람이 죽었다는 사실이 어떤 계기로든 생각나면 나는 이 차가운 강물 속에 뛰어든다. 하루를 망칠 만큼 슬픔에 휩쓸리지는 않지만, 그 감정은 내가 하던 일을 멈추고 고인을 추억하며 멍하니 앉아 있을 만큼은 강렬하다. 나는 그들이 나에게 어떤 존재였는지를 기억하고, 그들이 나에게 준 모든 것을 떠올리고, 그들과 함께 있을 때 나는 어떤 존재였는지를 생각한다.

사랑하는 사람들의 기억은 매일처럼 나를 스쳐 지나가면서 그들이 죽었다는 사실을 상기시킨다. 그리고 언젠가는 나도 죽으리라는 것을 상기시킨다.

* * *

나는 대학원 1학년을 마치고 그해 여름에 필리핀에 갔다. 할머니가 위독했기 때문이다. 두 살 때 미국으로 떠난 이후, 내 모국인 필리핀에 간 것은 그때가 세 번째였다. 이따금 나는 이민을 떠난 데에서 슬픔의 강이 시작된 게 아닐까 생각한다. 내가 처음 배운 말, 내가 사랑하는 사람들, 내가 태어난 나라와 헤어진 것은 나에게 어떤 영향을 주었는가? 이민 이야기는 더 나은 삶을 위한 일방적인 이동으로 묘사될 때가 많지만, 필리핀에서의 이른바 '열악한' 생활을 떠난 덕분에 나는 무엇을 잃고 누구를 잃었는가?

다원적 우주는 나의 필리핀 버전을 포함하고 있는가?

우리는 이민자로서 우리의 지위를 확고히 다질 필요가 있었기 때문에 20년 동안 필리핀을 방문하지 못했다. 나는 필리핀에 대해 잘 알지 못했고, 그래서 할머니가 한 번에 몇 달씩 우리와 함께 지내러 오시면 우리 모국을 잔뜩 가져오곤 했다. 나는 간식과 말린 수박씨, 바삭하게 튀긴 옥수수 속대를 통해 필리핀을 맛보았고, 할머니가 들려주는 이야기를 통해 필리핀을 상상했다. 할머니는 밤마다 내 머리를 땋아서, 낡은 티셔츠에서 찢어낸 하얀 천 조각으로 머리를 묶어주곤 했다. 할머니가 내 머리를 여러 구획으로 나누고 검은 끈으로 묶는 동안 할머니 다리 사이에 앉아 있으면, 적어도 그때만은 내가 읽은 책에 나오는 미국 소녀들처럼 평범한 아이로 느껴졌다.

임종이 가까워지자 할머니는 전에 수도원이었던 곳으로 옮겨져 예배당 밖의 로비에 놓인 병원 침대에 눕혀졌다. 그래서 수많은 방문객들—세계 곳곳에서 온 할머니의 아홉 자녀와 그들의 배우자, 수십 명의 손주들, 그 밖의 일가친척들, 친구들과 동료들—은 할머니를 만난 뒤 몇 걸음 떨어진 예배당으로 가서 할머니의 영혼이 편히 쉬도록 기도할 수 있었다.

이 시기에 나는 할머니와 교감하면서 내가 할머니의 꿈에 참여하고 있는 듯한 기분을 자주 느꼈다. 할머니는 눈을 감고, 젊은 시절에 그랬듯이 오케스트라를 지휘하는 것처럼 두 팔을 허공에 휘저었다. 때로는 자전거를 타는 것처럼 두 다리를 돌리면서, 뉴잉글랜드에 있는 부모님네 다락방에 할머니가 보관해둔 여행 가방에서 당신의 겨울옷을 꺼내야 하니까 따라오라고 나에게 말씀하

셨다. 할머니는 입을 여닫으면서 상상 속의 음식을 씹으셨는데, 할머니가 틀니를 끼우지 않았기 때문에 나는 남아 있는 할머니의 이를 보고 깜짝 놀랐다. 할머니의 이는 너무 작은 데다 겨자색을 띠었고, 다 닳아서 뿌리만 남아 있었다.

할머니는 잠에서 깨어나면 내 옆에 앉아 있는 사람들─할머니의 남편, 할머니의 아버지와 어머니, 할머니의 큰아들, 할머니의 자매들─을 알아보곤 했다. 이들은 모두 오래전에 세상을 떠난 분들이었다. 나는 죽음이 가까워지면 조상들이 내세로 떠나는 여행에 동행하러 나타난다는 말을 들은 적이 있었다. 몇 년 뒤, 간이 망가진 탓에 눈의 흰자위가 노랗게 변한 고모가 젖먹이 때 죽은 손자를 보고, 죽음의 병상에서 천사들의 합창 소리를 듣곤 했다. 고모는 말문을 닫기 하루쯤 전에 잠에서 깨어나더니, 복도를 따라 조금 떨어진 다른 침실에서 자고 있는 남동생이 에어컨 때문에 추위에 떨고 있다면서, 누가 그에게 담요를 가져다줄 수 없느냐고 물었다. 이 일에 대해서는 고모의 영혼이 이미 육신을 떠나, 육신이 걸어다닐 수 없는 집 안 곳곳을 헤매고 있었던 것으로 설명되었다.

나는 육신이 죽은 뒤에도 영혼은 계속 살 거라고 배웠다. 죽은 뒤에 영혼은 심판의 날인 40일째가 될 때까지 지상을 헤맨다. 40은 기독교도들에게는 상서로운 숫자다. 롤로 비엔은 얼마 전에 돌아가신 우리 집안의 큰어른이신데, 그분을 기리는 의식에서 두 살 된 내 조카 개빈이 갑자기 테이블 상석에 놓인 의자를 가리키며

"저기 롤로"라고 말했다. 개빈은 손짓과 자기가 할 줄 아는 몇 마디 낱말로, 하얀 옷을 입은 롤로 비엔이 의자에 앉아서 나타났다 사라졌다 하고 있다고 말했다. 롤로는 개빈에게 손을 흔들며 인사를 하고는 어딘가에 숨었다가 미소를 지으며 다시 돌아와서 아이를 까르르 웃게 했다. 롤로 비엔의 가족은 이 이야기를 듣고 성호를 그었다. 그들은 기뻐하면서도 한편으로는 슬픔에 잠겼다. 개빈은 너무 어려서 내세에 대한 우리의 믿음을 알지 못했지만, 그런데도 내세의 존재를 확인해주었다. 그 가족의 아버지는 아직 여기에 있었다. 그는 자신의 존재를 드러냈던 것이다.

어머니는 예기치 않게 세상을 떠난 이들이 공식적인 장례가 끝난 뒤에 사랑하는 사람들에게 문자 메시지를 보내오거나 음성 메시지를 남긴 사례를 이야기해주었다. 최근에 죽은 두 친척은 어머니의 소셜미디어와 이메일에 알림 메시지를 보내왔다. ("로니에게 보낸 메시지에 답장을 원하세요?" "레이먼과의 추억을 공유하고 싶으신가요?") 이것은 기술적 오류 때문에 생긴 사소한 문제지만, 어머니는 이를 사랑하는 이들의 메시지로 해석했다. 그들이 어머니를 사랑한다는 것을 어머니에게 상기시키기 위해 저승에서 그 메시지를 보냈다는 것이다.

세상을 떠난 가족의 이런 방문은 죽음이 끝이 아니라는 증거, 뭐라고 설명할 수는 없지만 우리가 사랑하는 이들이 육신을 떠나 존재하고 있다는 증거로서 우리에게 위안을 준다.

* * *

이런 이야기를 소녀 시절에 처음 들었을 때, 나에게는 선택권이 없었다. 나는 어머니의 이야기를 믿었다. 다른 친척들과 필리핀 이민자들은 죽은 이들과의 교감에 대한 종교적 이야기를 해주었고, 기독교도인 백인 친구들도 역시 천국이 존재한다고 믿었다.

미국에서 성장하면서 신과 초자연적인 것에 대한 이야기를 우습게 여기는 학교에 다니는 동안, 나는 교양과 영향력을 가진 사람들과 손을 잡고 싶었다. 나는 과학적 방법이 무엇인지 알고, 어떤 주장을 증거로 뒷받침하는 법도 안다. 비판적으로 생각하는 법도 알지만, 사랑하는 사람이 죽은 뒤에도 그들과 우리의 관계는 죽음을 넘어서 계속 연장된다고 믿고 싶다. 그들은 새로운 삶 속에서 이따금 우리를 생각하고, 불을 깜박거리거나 음악을 연주하거나 냄새—그들이 즐겨 쓰던 향수나 좋아하는 꽃향기—를 풍기거나 새가 되어 아침마다 우리 현관 앞에 나타난다. 어떤 방식으로든 우리에게 신호를 보낸다. 특히 우리가 절망에 빠져 있을 때 그렇다. 그들은 우리가 사랑받고 있다는 것을 우리에게 상기시킨다. 나는 이런 이야기를 믿는 쪽에 서 있다. 이런 이야기를 들으면 기분이 더 좋아지고 외로움도 덜 느끼게 된다. 그런데 그게 어떻게 나쁠 수 있겠는가?

나는 지금 이 격리 기간에 죽은 이들이 나에게 나타나고 있다고 생각한다. 마침내 내가 그들을 애도할 시간을 갖게 되었기 때문이다. 그들은 나에게 무척 화가 났을 게 분명하다. 어떻게 나는 그들의 죽음이 갖는 무게와 궁극성에서 그렇게 빨리 벗어난 척했던 것일까? 나는 제대로 슬퍼할 여유를 내 삶 속에 만들지 않았다. 나는 제대로 슬퍼할 수 있을 만큼 오랫동안 내 일을 중단할 수 있을 거라고는 생각해본 적도 없었다. 나는 사랑하는 이들의 장례식에 참석하기 위해 휴강할 필요가 있다고 학생들과 동료들에게 알릴 때면 강의에 최선을 다하지 못한다는 자괴감 때문에 그들에게 사과하곤 했다. 융통성 없는 완고함이라니, 얼마나 잘못된 노릇인가.

하지만 지금은 모든 사람이 집 안에 머물러 있기 때문에, 간밤에 잠을 설친 뒤에도 아침에 침대에서 뛰쳐나와 차를 몰고 시내를 이리저리 돌지 않아도 되고, 학생들을 가르치지 않아도 되고, 그렇게 많은 이메일을 보내지 않아도 되고, 사람들을 직접 만나거나 만날 약속을 잡거나 커피 데이트를 하지 않아도 된다. 기본적으로 나는 깨어 있는 동안은 한순간도 빠짐없이 늘 생산적으로 일하고 있기 때문에, 미국 사회에서 살 가치가 있는 괜찮은 존재라는 것을 굳이 입증하고 있지도 않다. 우리의 삶에서 어떤 사건이 죽어가는 것보다 더 중대하고 더 심각할 수 있겠는가? 내가 집 안에 머물렀던 지난 몇 달 동안 배운 게 있다면, 그것은 내가 기계가 아니라는 것이다. 나는 인간이고, 이 인간성을 돌볼 것이다.

팬데믹이 시작된 지 몇 주 뒤에 우리는 평생 가깝게 지낸 분을 코로나19로 잃었다. 그녀는 나에게 이모 같은 분이었다. 작년에 그녀는 무릎 수술을 받고 회복 중에 있었음에도 내 출판회에 참석한 200명의 손님을 위해 필리핀의 잔치 음식을 만들겠다고 고집을 부렸다. 그녀는 식료품점의 농산물 코너에서 일했는데, 가게에서 가장 달콤한 체리를 어떻게든 찾아내어, 그것을 과일 봉지에 넣어서 우리에게 주곤 했다. 바이러스는 그녀를 너무 빨리 데려갔다. 그녀는 집에서 기침을 하다가 다음에는 중환자실로 들어갔고, 다음에는 신장이 망가졌고, 이내 숨을 거두었다.

그녀의 딸은 단지 하나를 받았다. 이제는 이것이 그녀의 어머니였다. 우리는 그녀의 관 주위에 모여서 기도를 드릴 수도 없었다. 유족들은 고인을 끌어안을 수도 없었다. 사람들이 장례식을 거행하는 데에는 이유가 있다. 그런데 이제는 그 의식을 치를 수 없기 때문에, 그녀가 정말로 죽었다는 것을 믿기가 어렵다. 지금 우리가 그녀에 대해 갖고 있는 것은 추억뿐이다. 그녀에 대한 추억은 어느새 우리의 대화 속으로 들어온다. 이 추억담은 한 문장 길이밖에 안 되지만. "그분처럼 맛있는 체리를 찾을 수 있는 사람은 아무도 없었어."

가장 사랑한 이들이 한 사람씩 차례로 죽어서 모두 영원히 사라지면, 그때 당신은 어떻게 대처할까? 아마 당신에 대한 추억담을 스스로에게 해줘야 할 것이다.

엉겅퀴의 물결

^

루벤 퀘사다[*]

나는 할리우드의 어느 버려진 레코드 가게에서
필로폰을 흡입한 뒤
엉겅퀴의 물결 속에서 이 행성을
한 번 떠난 적이 있다.

그때 새들이 창턱에 앉아 있었다.

[*] 루벤 퀘사다(Ruben Quesada): 시인·대학교수. 시카고 예술대학에서 시를 가르
치고 있다.

나와 약혼한 남자가

아일랜드의 예수회에서

성찬식에 참석하기 위해 나를 떠났다.

그리스도의 옷에서 나온 한 가닥 실이 아담의 몸속으로 들어갔다.

그의 손바닥에서는 이브의 반투명한 형체가 나왔다.

나는 두 번 다시 그의 소식을 듣지 못했다.

연어 살빛을 띤 하늘이 열심히 밤을 밀어냈다

그들이 자신의 결점을 알아차릴 수 있을 만큼 오랫동안.

피부

∧

폴렛 퍼해치[*]

그렇게 가까이에서 보니 그는 나의 온 세상처럼 보였다. 그의 눈 주위에는 속눈썹으로 이어지는 잔주름. 내 입술이 닿기를 좋아하는 그의 귓불 뒤에는 활 모양으로 구부러진 작은 골짜기. 우리 침대에서 내가 안식처로 삼는 그의 다정한 팔 안쪽.

이것은 우리가 한 말이었다. 나는 그에게 눈길을 주었고, 그는 제 심장의 위쪽 피부를 탁탁 두드렸고, 나는 인간적이라는 것이 의미하는 모든 것을 빨아들이며, 늘 그랬듯이 긴장을 풀고 내 여느 때의 모습으로 편히 쉬곤 했다. 나는 그게 필요했지만, 그는 내가 결핍감을 느끼지 않게 해주었다.

피부야, 기억하니? 그의 목에 닿은 내 볼에서부터 스카프처럼

[*] 폴렛 퍼해치(Paulette Perhach): 작가·글쓰기 코치로 활동하고 있으며, 워싱턴주 시애틀에 살고 있다.

내 어깨를 감싼 그의 두 팔에 이르기까지 어디에나 온기가 있었다. 내 몸 전체에 맞닿은 그의 몸 전체, 내 배꼽에 닿은 그의 골반뼈, 그의 발목을 포도 덩굴처럼 휘감은 내 발도 모두 따뜻했다. 나는 약간 취한 사람처럼 여기에 중독되어, 내가 해야 할 다른 일들을 모두 잊어버렸다.

언젠가 나는 침실로 들어갔다가, 그가 눈을 감은 채 모로 누워서 손바닥을 뻗어 내가 눕는 자리의 허공에 손을 쳐들고 있다가 천천히 손을 내려 나를 찾고 있는 것을 보았다. 그는 내가 깨질 수 있는 물건이라도 되는 것처럼 아주 조심스럽게 더듬거리며 나를 찾고 있었다.

우리 어머니는 아버지에 대해 이런 꿈을 가지고 있었다. 아버지가 돌아가신 지 20년 뒤, 마침 우리가 어머니를 찾아간 날 밤, 어머니는 잠결에 아버지 쪽으로 손을 뻗었지만, 그 손길에 침대 시트가 폭삭 꺼져버렸다.

그때 그곳에 서 있었던 것, 살아서 그 장면을 볼 수 있었던 것은 얼마나 행운이었던가. 나는 늘 우리 부모님 같은 사랑을 원했다.

아침이면 나는 내가 감사하는 것 세 가지를 적는 것으로 하루를 시작했다. 거의 날마다 나는 그를 세 가지 가운데 하나로 선택했다. 그는 가장 명백한 선택지였다. 그가 우리 어머니를 '엄마'라고 불렀을 때, 그동안 살아오면서 한시도 경계심을 풀지 않고 불침번을 섰던 나의 일부는 마침내 눈을 감고 휴식을 취했다.

하지만 그 후 그는 떠났다.

피부를 벗기는 것, 그러니까 껍질을 벗겨서 신경을 드러내는 것은 당신이 할 수 있는 일이다.

그는 내가 이기적이라고 말했다. 나는 내가 이기적일까봐 두렵다. 나는 나의 그 부분과 싸우려고 애쓴다. 내가 되고 싶은 사람으로 그 부분을 덮어 가리려고 애쓴다. 하지만 나는 그를 붙들어두는 것조차 실패했다.

그가 떠난 것만큼이나 갑작스럽게 피부는 바이러스가 우글거리는 곳이 되었다. 그가 사라지자 바이러스가 내 삶 속에 들어왔다. 피부는 그들로부터 나에게, 나로부터 그들에게 바이러스를 옮기는 매체다. 피부는 바이러스를 받아들이는 통로다.

나는 그가 나와 함께 격리 생활을 하게 하려고 애썼다. 그가 나의 세계 속으로 슬며시 돌아오게 하려고 애썼다. 하지만 그는 문자로 답장을 보냈을 뿐이다. 우리 이러면 안 돼. 나는 모든 것에 대해 확신하느냐고 물었고, 그는 그렇다고 대답했다. 그리고 미안하다고 말했다.

나는 봉쇄령이 내려지기 전에 마지막으로 내 친구의 집에 도착했다. 포옹은 하지 않을게. 그는 내가 내민 두 팔을 손사래로 내치면서 말했다.

이튿날 나는 임시로 빌린 방에서 누군가 다른 사람의 침대 위에 앉아 우리 집에서 가져온 짐을 풀었다. 짐을 푸는 동안, 내 얼굴을 만질 이유가 너무 많았다.

휴대폰의 '터치'—내가 어렸을 때 어머니가 맨 처음 가르쳐준 낱말이었다—는 '무음'이 되었다. 어머니의 얼굴은 이제 걱정 때문에 평평한 네모꼴이 되었다. 잠깐 집에 다녀갈 수 없겠니? 어머니가 물었다. 그곳까지 날아가는 데 비용이 그렇게 많이 들지는 않겠지만, 그래도 조금은 들 것이다.

내 말 들리니? 넌 너무 쌀쌀해.

나는 아침에 그의 온기도 느끼지 못하고 아침의 첫 포옹도 하지 못한 채, 텔레비전이나 보면서 내 머리를 기댈 곳도 없이 살려고 애쓰는 게 어떤 것인지를 말하고 있었다. 나는 이제 그와 손도 잡지 못하고, 그의 엄지손가락이 내 피부에 동그라미를 그리며 속삭이는 것도 느끼지 못하고, 그가 저녁 식사를 만들 때 뒤로 다가가서 영원히 함께 살기를 바라며 내 턱을 그의 어깨 위에 올려놓지도 못한다.

그리고 지금은 나를 위로해줄 수 있는 친구들의 품에 안길 수도 없고, 내가 그이 앞에서 내 손으로 하곤 했던 일을 기억하려고 애쓸 때 친구들의 어깨에 기댈 수도 없다. 나는 목이 메어 목소리도 나오지 않고, 눈에서는 눈물이 넘쳐흐른다.

당신 목소리는 들을 수 있지만 당신 모습은 볼 수가 없어. 내 말 들려?

나는 무릎에 올려놓을 친구의 강아지도 없다. 나를 부르며 달려와 내 품으로 뛰어드는 친구의 아이도 없다. 나는 친구의 딸내미를 끌어안고 그 아이의 볼에 드러난 기쁨을 훔쳐본 뒤 내려놓는다. 친구와 함께 댄스장에서 빙글빙글 돌 때 내 손가락에 달라붙어 있는 친구의 손가락도 느낄 수 없다. 그래도 우리는 엉덩방아를 찧고 몹시 취했지만. 적어도 혼자는 아니다.

식료품점에 있는 손님은 나뿐이다. 나만을 위해 장을 본다. 텅 빈 선반 위에 마지막으로 달랑 하나 남아 있는 메밀가루 봉지처럼 외롭고 퇴짜 맞은 기분이다.

아니야, 당신 목소리는 들을 수 있어.

어리석었다. 너무 어리석었다. 나는 내 얼굴을 찰싹 때리고, 낭패감에 빠진 채, 내 직업이 커들러[1]라는 것을 그가 처음 읽은 앱으로 돌아갔다. 우리끼리의 은밀한 농담이 된 그 말을 삭제하고 새 글을 썼다. 그가 처음 본 내 사진들도 삭제했다. 내가 거기에 올려야겠다고 생각한 마지막 사진들이었다. 나는 그 사진들을 다른 것으로 교체했다.

그는 보았다. 그리고 그건 전혀 중요하지 않다는 뜻으로 그것을 받아들였다. 하지만 그것은 너무나 중요해서, 나의 가장 약한 부분은 공기를 들이마시려고 헐떡거리며 내 손의 미숙함을 덜기 위해 별나고 우스꽝스러운 싸구려 대체물 쪽으로 미끄러지듯 나아갔을 정도였다.

그리고 그것으로 끝이었다. 어느 때보다도 확실하게 그걸로 끝이었다.

---

1   cuddler. 포옹을 통해 상대방에게 심리적 안정감을 주고 스트레스 완화를 제공하는 직업.

여보세요? 내가 당신을 잃은 거야?

이제 나는 후회로 이를 갈면서 내쳐진 기분을 느낀다. 아침에는 추위로 얼어버린 휴대폰의 유리를 느끼고, 내 피부가 눈에 보이게 움푹 꺼지는 것처럼 충격이 내 가슴을 터뜨리는 것을 느낀다. 그렇게 많은 사람이 외롭게 죽어가고 있는데 나는 슬픔에 빠질 자격도 없다고 느낀다. 이 모든 일을 겪는 동안 내 곁에 있어주기를 바라는 사람은 오직 그 사람뿐이다. 내가 만질 수 없는 모든 것들 가운데 그가 가장 멀리 있다.

피부. 그것은 우리 주위에 그어진 선이다. 우리들 사이에서 짓눌리는 것. 우리를 안에 가두고 있는 것. 그것 없이 나는 어떻게 살아갈까?

나는 내가 계획하지 않은 추위에 대비하는 것처럼 두 팔로 나를 끌어안고 고개를 숙인다. 찾아내는 것 말고는 할 일이 아무것도 없다.

접촉

∧

미셸 구드먼[*]

Ⅰ. 삶

한때는 그렇게 건강했던 남편이 휠체어에서 몸을 뒤로 젖힌 채 조용히 코를 골았다. 2016년이었다. 남편 그레그는 마흔일곱 살이었는데 암으로 죽어가고 있었다. 지난 이틀 동안은 깨어 있을 때보다 잠들어 있을 때가 많았다.

그의 머리를 감기는 일을 나는 주말 내내 미루었다. 그의 손을 잡고 그의 등을 문지르고 그에게 그의 소중함을 말하기 위해 먼 길을 찾아온 사랑하는 이들을 맞이하느라 몇 시간을 바쁘게 보냈던 것이다. 겨울의 아침 하늘은 시애틀의 트레이드마크인 짙은 안개로 가득 차 있었다. 내가 세상에서 제일 하고 싶지 않은 일은 남

---

[*]　미셸 구드먼(Michelle Goodman): 작가·저널리스트. 워싱턴주 시애틀에 살고 있다.

편의 땀에 흠뻑 젖은 머리를 감기는 일이었다. 지난 한 시간 동안 나는 남편을 부축해서 욕실을 오가고, 알약과 모르핀을 투약하고, 그에게 깨끗한 잠옷을 입히고, 임대한 환자용 침대의 시트를 갈고, 빨래를 하면서 보냈다. 한 시간 반만이라도 깊은 단잠을 잘 수 있다면, 그 대가로 살인이라도 할 수 있었을 것이다. 죽음의 입구로 바뀐 TV 방은 달큰하고 쾌쾌한 부패의 냄새로 가득 차 있었다. 그 구역질 나는 게 아닌 다른 것을 마지막으로 먹거나 냄새를 맡은 게 언제였던가?

하지만 그날 병문안을 온 손님들의 행진은 30분 뒤에 시작될 예정이었고, 나는 하던 일을 계속하기로 했다. 지난주에 호스피스 간호사가 '노-린스 샴푸 캡'을 갖다주었는데, 그걸 꺼내서 포장지에 적힌 사용법을 해독하려고 애썼다. '샴푸 캡을 환자의 머리에 씌우고 2, 3분 동안 마사지한 다음 벗겨낸다. 헹굴 필요도 없고 수건으로 닦아낼 필요도 없다.'

연푸른색 비닐 포장지에는 두 가지 성분만 나열되어 있었다. 알로에베라와 소독용 알코올. 나는 샴푸 캡이 포장지에 적힌 사용법대로 작용하는지 궁금했다. 죽어가는 사람의 머리카락에 샴푸 찌꺼기가 남아 있다 해도 아마 호스피스 센터에서는 신경도 쓰지 않았을 것이다. 환자들은 어차피 죽어가고 있었으니까.

나는 남편의 휠체어 브레이크가 잠겼는지 확인한 다음, 그의 뒤에 섰다. 내가 포장지를 찢는 소리에 그가 깨어났다. 내가 주방에서 식료품 포장지를 뜯으면 우리 개가 제 침대에서 뛰쳐나오는 것과 똑같았다. 내가 샴푸 캡을 머리에 씌우자 남편은 머리를 가슴에서 들어 올리고 그 자세로 버티려고 애썼다.

내가 남편을 살릴 수는 없을 것이다. 하지만 그를 깨끗하고 편안하게 해주려고 애쓸 수는 있었다. 샴푸 캡을 벗긴 뒤 그의 머리가 전보다 더 깨끗해졌다고 확신할 수는 없었지만, 겉보기에는 깨끗해 보였고, 적어도 상쾌한 느낌을 주기는 했다. 알로에와 알코올의 끈적끈적한 혼합물이 풍기는 희미한 소독약 냄새는 코를 찌르는 땀내보다는 한결 나았다.

"지금 내 머리를 자를 거야?" 남편이 물었다. 주말에 그의 머리를 다듬어줄 예정인 친구와 나를 혼동한 모양이다.

나는 아랫입술을 깨물고 울지 않으려고 마음을 다잡았다.

"아니, 나는 당신 머리를 감겼을 뿐이야." 나는 그의 목덜미에 길게 늘어진 젖은 곱슬머리를 집게손가락으로 쓸어내리면서 말했다.

남편의 턱이 가슴으로 툭 떨어졌다. 그는 벌써 또다시 잠들어 있었다.

II. 죽음

이튿날 아침에 남편은 세상을 떠났다. 숨도 쉬지 않고, 심장도 뛰지 않았다. 내가 몇 주 전에 약국에서 구입한 맥박 산소 측정기는 어떤 생명의 징후도 보이지 않았다. 나는 어떻게 해야 할지 몰라서 911(긴급 전화번호)에 전화를 걸었다. 구급요원과 경찰관이 곧 TV 방을 가득 메웠고, 남편의 죽음을 확인했다. 누군가가 복도에서 윙윙거리고 있는 산소 농축기를 끄고, 남편의 얼굴에서 코 주입관을 제거했다.

"남편을 데려가지 마세요." 나는 간청했다. "호스피스 간호사 말이, 24시간 동안 집에 더 있을 수 있다고 하던데요."

아무도 반대하지 않았다.

사람들이 떠난 뒤 나는 호스피스 센터에 전화를 걸었다. 간호사는 남편의 몸을 씻기는 일을 도와주러 오겠다고 말했다. 우리는 함께 끈적끈적한 잠옷을 남편의 몸에서 벗기고, 수건과 플라스틱 대야를 이용하여 그의 몸을 부드럽게 씻기고 물기를 닦았다. 그런 다음 깨끗한 양복바지와 그가 좋아하던 풋볼 저지[1]를 입혔다. 등판에 하얀 글자로 그의 이름이 새겨진 검은색과 자주색의 나일론 상의였다. 남편의 몸은 아직 따뜻했다. 그의 피부는 부드럽고 매끄러웠다.

오전 10시쯤, 간호사가 막 떠나려는데 여동생이 왔다. 동생은 위층에 캠프를 차리고, 내가 TV 방에 남편과 함께 머물러 있는 동안 전화와 문자를 주고받는 일을 처리했다. 나는 오디오 리모컨을 집어 들고 플레이 버튼을 눌렀다. CD 체인저에는 남편이 좋아하는 비틀스와 밥 딜런의 디스크가 들어 있었다. 그가 며칠 전에 골라놓은 것들이었다. 나는 남편 곁에 웅크리고 누워서 흐느껴 울었

---

1   미식축구 선수들이 착용하는 저지로 된 유니폼.

다. 그의 두 팔을 붙잡고 그의 머리를 쓰다듬고 그의 입술과 볼과 눈꺼풀에 입을 맞추고, 당신이 떠나서 너무 슬프다고 말했다.

나는 남편의 평온하고 잘생긴 얼굴을 사진에 담았다. 나는 난생 처음 듣는 것처럼 〈단순한 운명의 장난〉과 〈너도 이젠 다 큰 아가씨야〉 같은 노래에 귀를 기울였다. 이런 시간은 동생이 음식을 갖다주거나 친척들이 보내온 메시지를 전달하러 두어 번 아래층에 내려왔을 때를 빼고는 오후 늦게까지 계속되었다.

남편의 몸속에 있는 피가 아래쪽에 고이기 시작하자 목덜미가 자주색 반점으로 얼룩덜룩해졌다. 피부는 온기를 잃어가고 있었고 팔다리는 점점 뻣뻣해졌다. 나는 남편을 데리러 와달라고 장례 식장에 전화를 걸어야 할까 하고 소리 내어 중얼거렸다.

"천천히 해." 동생이 내 팔을 만지면서 말했다. "서두를 필요 없잖아."

"이 CD가 끝나면 그때는 마음의 준비가 될 거야." 나는 동생에게 말했다.

〈애비 로드〉를 마지막으로 남편과 함께 들으면서 나는 생각했다. 당신이 받는 사랑은 당신이 주는 사랑과 대등하다는 비틀스의 노래를 내가 작별 키스를 하는 동안 들을 수 있도록, 남편이 일부러 CD 체인저의 마지막에 이 앨범을 넣은 게 아닐까.

III. 내세

나는 남편이 묻혀 있는 묘지를 주기적으로 찾아간다. 내 의식은 우리가 함께 보낸 마지막 날의 의식과 아주 비슷하다. 나는 그에게 말을 걸고 흐느껴 운다. 휴대폰으로 그리워하는 노래를 듣는다. 해변에서 주운 조가비와 돌멩이를 그에게 가져간다. 부드러운 풀밭에 누워 그의 차가운 묘석에 내 볼을 눌러댄다. 지금이 과거와 다른 점은 이 모든 일을 마스크를 쓴 채 하고 있다는 것뿐이다.

이따금 나는 묘지 건너편에 있는 예배당을 바라본다. 3년 전에 남편의 추도식이 열렸던 곳이다. 지나치게 난방이 잘 된 교회에 100명의 조문객이 가득 들어차서 눈물을 흘리며 서로를 끌어안고, 내 남편 그레그에 대해 잘 알려지지 않은 이야기를 하면서 뱃속 깊은 곳에서 터져 나오는 웃음소리를 냈다. 우리는 교회 신도석에 어깨를 맞대고 앉아서 프로그램과 휴지와 물잔을 옆 사람에게 건네주었다. 추도식 사회를 맡은 내 시동생은 추도사를 하러 단상으로 가는 사람들과 일일이 악수를 했다. 그레그의 사진을 보여주는 슬라이드 쇼가 시작되었는데, 나는 그것을 견디기가 점점 힘들어졌다. 그러자 어머니는 내 팔짱을 끼고 내 여동생은 나와 손깍지를 끼어서 내 몸을 신도석에 단단히 붙들어맸다.

추도식이 끝난 뒤 조문객들이 접객장으로 쏟아져 들어왔다. 이웃 사람들, 친구들, 가족들, 그리고 우리 부부가 살아온 삶의 다양한 시기에 함께 일한 동료들의 물결은 현기증이 날 정도였다. 우리는 악수를 하고 옛 사진첩 주위를 지나 뷔페 접시에서 음식을 집어 먹었다. 그들을 다시 만나게 된다 해도 그때가 언제일지 알 수 없기 때문에, 나는 최대한 많은 사람과 인사를 나누었다. 나는 모든 포옹과 우리의 눈물과 숨결, 햇빛에 증발하기 전의 아침 안개와 연무처럼 뒤섞여 있는 위로의 말들을 하나하나 음미했다.

마지막 티셔츠

∧

줄리 가드너*

나는 그가 마지막으로 입은 티셔츠를 아직도 간직하고 있다

그가 잠자리에 들기 전에 벗은 티셔츠

그 금요일 밤, 보름달이 월식으로 빛을 잃은

그 7월의 금요일 밤에 그가 벗은 검은 티셔츠

그것은 진흙이 묻은 채 얼룩진 갈색 카펫 위에 놓여 있다

그것은 아침의 숨결

크림을 넣지 않은 진한 커피

땅콩버터와 딸기잼

로리스 양념 소금¹을 넣은 코티지치즈

*   줄리 가드너(Julie Gardner): 저널리스트·작가. 워싱턴주 시애틀에 살고 있다.
1   세계적인 조미료 제조회사인 맥코믹사에서 생산한 제품.

으깬 감자와 그레이비소스

통밀 크래커

붉은 포도주

그것은 잔디깎이와 전기톱, 트랙터, 콤바인의 혼합물

윤활유

갓 벤 풀

기장, 밀, 수수, 해바라기

옥수수와 겨자기름

그것은 그의 두 손에서 돌돌 뭉쳐지고 있는 알팔파와 클로버

오물이 아니라 흙

그것은 티트리 오일[2]

아이보리나 아이리시 스프링[3]

그의 매끈하고 깨끗한 피부

브루트나 올드 스파이스

아몬드 체리

무향의 안면 크림

---

2   티트리의 잎과 잔가지에서 추출한 에센셜 오일로, 강력한 살균 효과와 항카타르
     효과가 있어서 피부염이나 기관지염 같은 증상의 치유와 예방에 도움을 준다.

3   아이보리, 아이리시 스프링: 탈취제 비누의 브랜드. 브루트, 올드 스파이스: 스킨
     로션의 브랜드. 아몬드 체리: 보디로션의 브랜드.

그것은 땀과 흙, 눈물과 티트리 오일만이 아니다
그것은 그의 털로 덮인 겨드랑이와 가슴
평생 동안의 성교에서 나온 액체
우리의 냄새
그의 가슴 위에 얹혀 있는 내 머리
고동치는 그의 심장
그의 숨소리

나는 그가 마지막으로 입은 티셔츠를 아직도 간직하고 있다
그가 잠자리에 들기 전에 벗은 티셔츠
그 금요일 밤, 보름달이 월식으로 빛을 잃은
그 7월의 금요일 밤에 그가 벗은 검은 티셔츠
그것은 진흙이 묻은 채 얼룩진 갈색 카펫 위에 놓여 있다
내 옷장의 어두운 한복판에 있다
나는 그것이 바래기를 원치 않는다

사회적 거리 두기와 자매 간의 멀어지기

∧

캐럴라인 리빗[*]

이메일에 적힌 말들이 내 가슴에 못을 박는다.

"넌 내게는 죽은 사람이야." 언니가 말한다. "난 널 경멸해. 네가 나한테 주고 있는 고통을 너도 느꼈으면 좋겠어."

나는 고통을 느낀다. 언니가 나한테 어떻게 그런 메시지를 보낼 수 있었는지도 이해할 수 없고 그 이유도 모르기 때문에, 언니의 메시지는 하마터면 나에게 히스테리 발작을 일으킬 뻔했다. 게다가 지금은 코로나19 사태가 일어난 지 한 달이 지났고 바이러스가 맹위를 떨치고 있어서, 누구나 갖고 있는 인간관계가 그 어느 때보다도 중요하다. 아니, 더 중요한 것으로 되어 있다.

우리가 늘 이렇지는 않았다. 어렸을 때는 누구보다 가까운 사이

[*] 캐럴라인 리빗(Caroline Leavitt): 소설가·수필가·서평가. 뉴저지주 호보컨에 살고 있으며, 스탠퍼드와 캘리포니아 대학에서 온라인으로 글쓰기를 가르치고 있다.

였고, 서로에게 가장 좋은 친구였다. 언니는 예쁘고 똑똑하고 활달했다. 조용하고 수줍음이 많은 나는 언니의 빛을 쬐며 그 덕을 보곤 했다. 그리고 언니는 나를 보호하고 격려하면서 그 빛을 내주었다. 우리는 서로 부추기면서 함께 책을 읽고, 귀여운 남자애들을 넋 놓고 바라보거나 둘이 함께 입을 옷을 사러 하버드 스퀘어에 가곤 했다. 우리는 앞으로도 늘 가까운 곳에 살면서 서로 비밀을 지켜주고 한쪽이 다른 한쪽을 필요로 할 때는 항상 곁에 있어주기로 약속했다. 나중에 언니는 데이트할 때 나를 데려갔고, 제 삶의 모든 것을 나와 공유했다. 우리는 먼저 죽는 사람을 위한 암호를 만들고, 둘 중 하나가 먼저 죽으면 귀신이 되어 이 세상으로 돌아와, 우리가 아직 연결되어 있고 앞으로도 항상 연결되어 있으리라는 것을 알 수 있도록 살아남은 쪽의 귀에다 이 암호를 속삭이기로 했다.

나는 그게 언제 시작되었는지를 정확히 지적할 수 있다. 나는 열일곱 살이었고, 결혼한 지 얼마 안 된 언니는 아기를 키우느라 쩔쩔매고 있었다. 나는 전에 늘 함께 그랬던 것처럼 분방하게 살았지만, 언니는 더 이상 그럴 수 없었다. 언니는 나한테 귀찮게 잔소리를 하거나 나와 이야기하기를 거부했다. 우리는 어쩌다 둘 다 엄마를 보러 집에 갔을 때에나 만나곤 했다. 엄마가 방패 역할을 해주면 우리는 다시 연결되었다. 하지만 그 시절은 오래가지 않았고, 몇 년이 지나는 동안 우리가 만나는 일은 점점 줄어들었다.

그러다가 마침내 언니가 나한테 불쑥 말했다. 내가 언니의 삶을 훔쳤고, 그래서 행복한 결혼도 하고 작가로도 성공한 것이라고. 짐작건대 언니는 나와 만나서 함께 있으면 그게 생각나고, 거기에 맞서 자신을 방어해야 했을 것이다. 하지만 결국에는 항상 함께 돌아왔고, 특히 우리 두 사람에게 위기가 닥치면 서로 힘을 합쳤다. 우리는 엄마를 독립된 생활을 할 수 있는 거처로 함께 옮겼다. 엄마가 세상을 떠났을 때는 장례 절차를 함께 처리했다. 엄마가 백 살에 돌아가신 것은 자연의 섭리지만, 언니가 없었다면 나는 망연자실하여 어찌할 바를 몰랐을 거라고 언니한테 말한 게 생각난다. 나는 그 타격에서 결코 회복하지 못했을 것이다. "네가 없었다면 나도 그랬을 거야." 언니는 말했다.

하지만 그 말은 진담이 아니었다. 언니는 전화를 하거나 나를 찾아오거나 나와 접촉하고 싶어 하지 않았다. 내 존재는 언니를 나한테 되돌려줄 수 없다 해도, 물질적인 것들은 아마 언니를 나한테 돌려줄 수 있을 거라고 나는 생각했다. 나는 서평을 썼기 때문에 날마다 홍보용 기증본이 우리 집에 배달되었다. 나는 괜찮은 책을 골라서 언니한테 보냈지만, 언니는 발끈 화를 내곤 했다. 아무짝에도 쓸모없는 책을 보냈다면서. "넌 어떻게 내가 이런 책을 좋아할 거라고 생각할 수 있지?" 언니는 그 책이 싫은 이유를 소셜 미디어에 잔뜩 올렸고, 내가 그러지 말라면서 저자들을 옹호하면 언니는 나더러 아첨꾼이라고 비난했다.

내가 언니한테 보낸 드레스는 쪽지 한 장 없이 반송되었다. 언니를 위해 특별히 만든 목걸이를 보냈을 때는 휘갈겨 쓴 쪽지와 함께 돌려보냈다. "넌 이런 걸 좋아하지만 난 싫어."

그러던 어느 날, 지금은 성인이 된 언니의 딸이 나한테 연락했고, 우리는 무척 가까워졌다. 나는 조카의 글쓰기를 도와주었고, 조카는 내 글쓰기를 도와주었다. 나는 조카의 아이들도 무척 사랑했다. 우리 두 가족은 서로 사랑했다. 나는 언니가 그걸 기뻐할 거라고 생각했고, 처음에는 확실히 기뻐했다. 하지만 그 후 사정이 달라졌다. 언니의 기쁨은 나와 자신의 딸에 대한 분노로 변했다. 언니는 내가 딸과 딸의 가족에게 나쁜 영향을 끼치고 있기 때문에, 그리고 내가 그들과 가깝게 지내면 언니가 들어갈 자리가 없기 때문에, 내가 그들과의 관계를 완전히 끊어야 한다고 주장했다. 내가 그럴 수 없다고 말하자 신랄한 이메일이 내 전자우편 수신함에 쏟아져 들어왔다. "당신 자신을 봐." 내 남편이 말했다. "손이 덜덜 떨리고 있어. 당신들은 서로 연락하면 안 돼."

하지만 지금은 코로나19가 있고, 과거 어느 때보다도 나는 연락을 원한다. 우리 사이에 뭐가 잘못되었든, 나는 그것을 바로잡을 수 있다고 확신한다. 나에게 기회만 달라. 하지만 지금은 팬데믹 때문에 기회가 없다. 언니와의 연락은 어느 때보다도 나에게 중요하다. 하지만 언니한테는 그게 여전히 중요하지 않다.

"당신 왜 이러는 거야?" 남편이 묻는다. "처형은 당신과 관계가 끝났다고 생각하는 게 분명해. 끝나지는 않았다 해도 건강한 관계는 아니야. 당신이 행복하다고 화를 내는 사람과 어떻게 가족이 될 수 있지? 당신에게 고통을 주고 싶어 하는 사람과?"

"언니는 불행해." 나는 남편에게 말한다. "나는 언니가 불행한 게 싫어."

나는 내 치료사에게 전화하여 흐느낀다.

"당신 언니는 문을 닫았어요." 내 치료사는 차분하게 말한다. 그 말이 맞지만, 나는 닫힌 문을 열려고 애쓰지 않을 수 없다.

코로나19 때문에 나는 내가 사는 도시를 떠나 언니가 사는 도시로 가서 언니를 찾고 언니가 분별을 되찾게 할 수가 없다. 꽃이나 책을 들고 언니 앞에 나타나 이야기 좀 하자고 말할 수도 없다. 하지만 사회적 거리를 두고도 내가 할 수 있는 일이 있다. 나는 전에도 그런 일들을 했지만, 이번에는 그 일이 더 많은 의미를 갖게 될 것이다.

언니는 내 이름으로 보낸 이메일은 절대로 열어보려 하지 않을 것이다. 그래서 나는 AOL[1]에 들어가 새 계정을 개설하고, 거기에 '도서관 소식!'(느낌표까지 붙여서)이라는 이름을 붙인다. 언니가 열어보도록 꾀를 쓴 것이다. 나는 그 계정을 통해 도서관 애용자인 언니에게 이메일을 보낸다. "도서관들이 문을 닫는 바람에 불편이 많으시죠? 도서관을 이용할 수 있는 날이 하루빨리 왔으면 좋겠네요. 하지만 그때까지는 온라인에 접속할 수밖에 없을 거예요. 혹시 독자님이 원하는 책이 있으면 이 '인디바운드'[2] 링크를

---

1   America On-Line. 미국의 인터넷 서비스 회사.
2   IndieBound. 미국서점협회의 공식 온라인 판매 사이트.

이용해주세요." 내가 보내는 이메일을 언니가 계속 읽을지는 알수 없지만, 언니가 읽을 거라고 상상하면 즐거워진다.

나는 언니가 무사한지 알고 싶다. 언니는 물론 언니의 가족과 친구들이 바이러스에 감염되지는 않았는지 궁금하다. 그리고 내가 정말로 원하는 것은 진실이다. 나는 내가 무사하다는 것을 언니에게 알리고 싶다. 언니가 아직도 나에게 관심을 가지고 걱정해주었으면 좋겠다. 그게 사실이 아니라면 견딜 수 없고, 그건 일종의 죽음처럼 느껴지기 때문이다. 그건 아프다, 아프다, 너무 아프다.

"이젠 포기해." 남편이 말한다. "모든 사람이 당신을 사랑하지는 않아. 가족은 생물학적 관계일 뿐이야. 의무적 관계가 아니라."

다른 여자들이 나에게 자매 같은 사이가 된다. 한 여자는 남동생 때문에 내가 겪고 있는 일을 충분히 이해한다. 동생이 전화를 걸어 무언가를 사다달라고 부탁하지만, 직접 만나지 않도록 우편함에 넣어달라고 고집한다는 것이다. 나는 나와 비슷한 처지의 친구를 사귄다. 내 언니 대신 그 친구와 함께 자랐다면 어땠을까? 아마 도움은 되었겠지만 완전하지는 않았을 것이다.

코로나바이러스 때문에 지구에서 수많은 사람이 죽어가고 있는 지금, 언니는 나를 사랑할 수 없을까? 내 주위에서 너무나 많은 것이 사라지고 있다. 사람들, 장소들, 정상적인 생활방식. 내가 그것들을 되돌릴 수는 없지만, 우리의 유대를 되돌릴 수는 없을까?

나는 마음을 가라앉히기 위해 강박적으로 스웨터를 뜨개질하기 시작한다. 내가 입을 스웨터를 하나 짠 다음, 언니의 딸에게 줄 스웨터를 짠다. 코 하나마다 사랑과 결속이 가득 담겨 있다. 언니를 위해 스웨터를 짜면 어떨까? 문득 이런 생각을 한다. 언니가 좋아하는 진보랏빛. 하지만 언니가 우리 관계를 끊었듯이 스웨터를 싹둑싹둑 잘라서 돌려보낼지 모른다는 생각을 하면 참을 수가 없다.

그래서 나는 내 작업실로 가서 새 이메일 주소를 만든다. 연락하고 용서하고 이야기하는 것이 얼마나 중요한지—특히 지금은—를 다룬 링크를 찾는다. 세상은 변하고 있지만 그것이 사람들도 변한다는 뜻은 아니고 사람들 마음이 누그러진다는 뜻도 아니라는 것에 대해 생각한다. 그렇지 않을 때도 있다. 정말 이상하고 무서운 일이지만, 어쩌면 언니는 앞으로도 영원히 나를 미워할지 모른다. 하지만 나는 꿋꿋이 버틴다. 낚싯바늘에 미끼를 달고, 언니의 딸과 그 딸의 아이들을 찍은 사진을 소셜 미디어에 올린다. 모두 미소를 짓고 있다. 행복하고 즐거워 보인다. 나는 반응을 간절히 기다린다. 나는 트윗질을 멈추지 않는다. 언니가 내 소셜 미디어를 추적한다는 것을 알기 때문이다. 그것을 아는 이유는 언니가 내 트위터에서 마음에 안 드는 글을 읽으면 종종 욕설을 퍼붓기 때문이다. 나는 트위터에 "내 언니는 나와 사이가 멀어졌다"라는 글을 올리고, 깨진 심장을 나타내는 이모지를 덤으로 덧붙인다. 그러면 약 스무 명의 사람들로부터 반응이 온다. 그들은 말한다. "나도 그래요." 하지만 그 글이 겨냥한 사람한테서는 아무 반응도 오지 않는다.

이따금 나는 언니가 이 에세이를 읽는 것도 상상한다. 그러면서 소망한다. 언니가 꽉 쥐었던 주먹을 펴듯 마음을 풀고 내가 내민 손을 잡아주었으면. 그러면 우리는 다시 서로 사랑할 수 있고, 다정한 자매가 될 수 있을 텐데. 그래서 나는 생각한다. 망가진 우리 관계의 드라마가 도중에 멈추면 격렬하고 쓰라린 감정, 공격적인 비난, 놀라운 안도감을 느끼지 않게 될까? 우리 사이의 거리가 내가 지금 얼굴에 쓰고 있는 마스크처럼 느껴지는 것은 바로 그런 때이다. 이 마스크는 나에게 영원히 필요할 수도 있고 그렇지 않을 수도 있는 보호장치다.

현재 시제로 기념하기

∧

메그 웨이트 클레이턴[*]

내 아들 크리스는 우리 집에서 3,123마일 떨어진 아파트에서 혼자 살고 있는데, 올봄에 박사 학위논문을 그 아파트에서 인터넷으로 통과했다. 여느 때라면 스승들 가운데 한 분이 축배를 들려고 좋은 샴페인 한 병을 들고 찾아갔을 것이다. 여느 때라면 나도 졸업식에 참석해서 크리스가 경제학자를 상징하는 하얀 까마귀 발표상이 새겨진 검은색과 진홍빛의 가운을 입고 단상을 걸어가는 그 짧은 순간에 박수갈채를 보내기 위해 87세인 그의 할아버지와 함께 비행기로 여섯 시간 걸리는 그곳까지 갈 항공권을 예약했을 것이다.

---

[*] 메그 웨이트 클레이턴(Meg Waite Clayton): 소설가. 변호사로 활동하다 30대 초반에 소설을 쓰기 시작하여 베스트셀러 작가가 되었다. 샌프란시스코 광역권의 팔로알토에 살고 있다.

그런데 우리는 비행기를 타는 대신, 믿을 수 없을 만큼 힘들었던 6년 동안의 학업에 경의를 표할 다른 방법을 찾고 있다. 나는 아들이 좋아하는 초콜릿 케이크를 만들어서 우편으로 보내주려고 했지만 달걀을 구하지 못했다. 그래서 초콜릿 케이크를 보내는 대신, 아들이 추수감사절 파이를 살 수 있는 가게 이름을 트위터로 알려줄까 생각하고 있다. 자가 격리된 상태에서 아들의 아파트 문앞까지 파이가 제때에 배달될 수는 있을까? 파이 상자에 소독 스프레이를 뿌리는 것으로 충분할까?

'의식'. 웹스터 사전에는 '의례나 전례나 관례에 의해 규정된 형식적 행위'라고 정의되어 있다. 하지만 이같은 의례와 전례와 관례가 코로나 팬데믹 때문에 불가능해졌을 때는 어떻게 할 것인가? '기념'은 '어떤 신성하거나 엄숙한 의식을 적절한 의례와 함께 공개적으로 행하는 것'이다. 공개적으로.

그렇게 사소한 상실을 슬퍼하는 것은 응석을 부리는 것처럼 느껴진다. 우리 가족은 살아 있고 바이러스에 감염되지도 않았다. 우리는 사랑하는 사람이 병실에서 죽어가는데 손을 잡지도 못하고 전화로 마지막 작별 인사를 해야 하는 처지도 아니다. 우리는 인생의 마지막 의식인 장례식을 연기하고 있지도 않다.

하지만 나는 샤워를 하면서 운다. 아마 세계 도처에서 수백만 명이 욕실에서 물을 틀어놓고 울 것이다. 지금은 삶의 모든 순간 자체가 중요하게 여겨지지만, 이렇게 되기 전에는 졸업식 같은 의식이 인생에서 아주 중요했다. 그런 중요한 순간에 사랑하는 사람을 기념해줄 기회를 잃은 것을 우리는 아쉬워한다.

인류의 역사가 시작된 이래 의식으로 명시된 중요한 순간들.

올해 5월과 6월에는 졸업식에 쓰는 사각모의 장식술이 흔들리지도 않고 사각모를 공중으로 던지는 일도 없다. 대학생들도 박사들도 졸업식을 하지 않는다. 고등학교나 중학교나 초등학교도 졸업식을 하지 않는다. 의대생들도 졸업식을 하지 않는다. 의대생들은 이미 바이러스를 쳐부수려고 일선에 나가 싸우고 있다. 모자던지기 전통이 100년 넘게 이어져온 해군사관학교에서조차 올해는 참관객들의 박수갈채도 없이 모자를 던졌다.

결혼 피로연에서 춤을 추는 일도 없고, 신혼부부의 입에 웨딩케이크를 쑤셔 넣는 장난도 없다. 세례반 위에서 우는 갓난아기도 없다. 서먹서먹한 신입생 환영회도 없고, 여름 캠프의 친교 게임도 없다. 생일잔치도, 기념식도, 출판 축하회도, 영화 시사회도, 퇴임식도 없다. 우리들 대부분에게 어머니날의 브런치[1]도 없었다.

올봄에는 우리가 사진으로 찍어서 스크랩북에 붙이고 소셜 미디어의 친구들과 공유하고 앞으로 몇 년 동안 액자에 넣어 진열해둘 그런 중요한 순간들이 아무것도 없을 것이다.

그래서 우리는 적응한다. 내 조카딸은 갓 낳은 딸을 화상전화로

---

1   미국에는 어머니날에 브런치(아침 겸 점심)를 먹는 풍습이 있다. 어머니날만이라도 이른 아침 식사를 건너뛰어 어머니에게 늦잠 시간을 드리자는 뜻에서 시작되었다.

가족들에게 소개한다. 내 조카는 가을에 올릴 예정인 결혼식을 가족과 친척들이 다시 모두 모일 수 있을 때까지 연기할 생각을 하고 있다. '줌'은 새로운 의미를 가진 동사가 되고, 우리가 자랄 때는 텔레비전에서나 볼 수 있는 공상의 산물이었던 비디오 테크놀로지의 시대에 살고 있음을 이렇게 고마워한 적은 한 번도 없다.

내 아들은 올해 졸업생들이 대부분 그렇듯이 가상의 졸업식에 참석할 테고, 박사 학위자나 경제학자들로 이루어진 소규모 집단을 위한 '특별 온라인 행사'에 참석할 것이다. 그 행사들의 세부 사항은 지금 계획되고 있다.

그의 대학 학장은 우리에게 이메일을 보내왔다. "귀하의 자제분은 나중에, 사람들이 다시 모여도 안전하다는 것을 알게 되면 화려하고 엄숙하고 전통적인 학위 수여식에서 직접 축하를 받게 될 것입니다." 우리는 거기에 참석하여 훨씬 더 열렬히 박수갈채를 보낼 것이다. 그런 순간들을 가상으로 경험해야 했기 때문에, 그리고 '기념하다'가 현재 시제의 동사가 되는 시대를 기다려야 했기 때문에, 우리는 인생에서 중요한 그 순간들을 더욱 고맙게 느낄 것이다.

아마도

∧

애나 퀸[*]

아마도 당신은 자줏빛 크로커스에 욕설을 퍼붓고, 오후 세시에 식사를 하고 있을 것이다. 더 이상 시간의 흐름을 놓치지 않고 따라갈 수 있는 사람이 어디 있겠는가? 그리고 식사라고 해야 '도리토스'[1]와 팬케이크이고, 마지막 남아 있는 우유팩은 비우기가 두렵다. 유통기한은 벌써 지나갔지만, 그래도 당신은 날짜를 계속 확인한다.

아마도 당신은 준비가 되었다고 생각했겠지만 사실은 준비가 되어 있지 않았고, 이것을 위해 태어났다고 생각했겠지만 사실은 그렇지 않고, 당신은 안전하다고 생각했겠지만 그렇지 않고, 당신은

---

* 애나 퀸(Anna Quinn): 작가 · 워싱턴주 시애틀에서 작가 워크숍을 운영하면서 글쓰기를 가르치고 있으며, 소설 『한밤의 아이』는 아마존 베스트셀러가 되었다.

1 미국의 스낵 기업인 프리토레이에서 생산되고 있는 나초의 브랜드.

대개 우유와 쿠키와 안심을 갈망하는 어린애 같은 기분을 느낀다.

아마도 당신은 세 아이를 혼자 키우면서 주택 융자금을 갚고 있는 싱글맘이고, 당신의 직장인 '세이프웨이'[2]의 교대 근무는 오전 다섯시에 시작되고, 당신은 일주일 동안 같은 마스크를 썼고, 당신이 이 위기에서 살아남을 거라고는 믿을 수 없고, 아이들에게 무슨 일이 일어날지 상상하는 것도 불가능하다.

아마도 당신은 외로움의 고통에 시달릴 것이다. 아니면 아마도 고독 속에서 가장 활기를 띨 것이다. 외로움과 고독은 전혀 다르다. 외로움은 뭔가를 잃는 것이고 고독은 뭔가를 찾은 것이다. 아마도 당신은 두 공간 사이의 어디쯤에 있을 것이다.

아마도 당신은 창턱에서 꽃을 가꾸기 시작했을 것이다. 씨앗을 심을 때는 희망을 갖지 않기가 어렵고, 적어도 당신은 자신에게 그렇게 말하기 때문이다. 그러다가 씨앗이 흙을 뚫고 나와 햇빛을 향해 잎을 벌리면, 당신은 무엇 때문인지 행복감에 사로잡힌다.

아마도 당신은 예술 작품을 만들고 있을 것이다. 그것은 당신이 상상한 것보다 강렬하면서도 연약하다. 아니면 아마도 당신은 예술 작품을 만들고 있는 게 아닐 것이다. 이런 시국에 누가 예술 작품을 만들 수 있겠는가?

아마도 당신은 관심을 기울일 필요가 있는 것들을 알아차리고

---

2   미국 캘리포니아주 플레전턴에 본사를 두고 있는 슈퍼마켓 체인.

있을 것이다. 그 가운데 일부는 심혈을 기울인 일처럼 거창한 것이고, 일부는 욕실 청소처럼 일상적인 것이다. 그런데 거기에 관심을 기울이는 대신 당신은 풀밭에 누워 낮잠을 자고, 당신의 몸 위를 흐르는 기류를 상상하고 있다. 어쨌거나 당신은 직관적인 진실을 파악하기에는 너무 지쳐 있다.

아마도 당신의 파트너는 당신을 놀라게 할 위험한 짓을 하고 있을 것이다. 아마도 그들은 당신이 위험을 무릅쓰고 있다고는 생각지 않을 테고, 아마도 당신은 거기에 반응할 것이다. 하지만 당신이 다음에 만지는 것이 당신의 목숨을 앗아가면 어떻게 될까?

아마도 당신이 죽음을 피할 수 없는 존재라는 것을 상기시키는 건 너무나 많을 것이다. 누군가가 당신의 품이 아닌 다른 곳에서 죽어가고 있을지도 모르고, 당신 혼자 밖에 서서 안에 있는 어머니를 창문으로 들여다보며 어머니가 깜짝 놀라서 눈을 깜박거리는 것을 보고 있을지도 모르고, 당신 언니가 산소호흡기를 달고 있기 때문에 간호사가 언니의 귀에다 전화기를 대주고 있지만, 그래도 당신은 언니의 숨소리를 듣고 언니가 당신의 말을 듣고 있다는 것을 알지도 모른다.

아마도 당신은 당신의 감정 속에서는 혼자가 아닐 것이다. 아마도 당신은 누군가를 위한 공간을 가지고 있을 것이고, 누군가는 당신을 위한 공간을 가지고 있을 것이다. 그리고 아직 여기 남아 있는 우리에게 가장 중요한 것은 아마도 다정함과 빛에 감히 접촉하려는 용기의 불온한 몸짓이다.

고맙게도

— 코로나19 병동에서 보낸 긴급 보고

∧

마사 앤 톨[*]

지난주

이제 어른이 된 두 딸이 아이오와와 보스턴에서—어렵게—집으로 오고 있을 때, 워싱턴 DC에서는 상점과 공장이 폐쇄되기 시작했다.

첫째 날

작은딸이 깨어난다. 몸 상태가 안 좋다. 숨이 가쁘고 가슴이 갑갑하다. 딸은 스물다섯 살이고, 다른 면에서는 (고맙게도) 건강하다.

우리 주치의는 딸을 당장 격리시키라고 말한다.

---

[*] 마사 앤 톨(Martha Anne Toll): 수필가·음악가·단편 작가. NRP(미국 공영 라디오 방송)와『워싱턴 포스트』등에 수필과 서평을 기고하고 있으며, 워싱턴 D.C. 근교에 살고 있다.

"방에 가두고, 최대한 깨끗이 청소하고, 음식은 필요에 따라 딸의 방문 밖에 놓아두세요."

둘째~셋째 날

작은딸의 상태가 더 나빠진다. 숨이 더 가빠지고 가슴의 갑갑한 느낌이 더 강해진다. 딸의 건강보험(고맙게도, 딸은 건강보험에 들어 있다)은 이 지역에서 진단검사를 위임하는 것이 허용되지 않는다. 이 지역의 검사소에서는 딸의 요청을 거부한다. 딸은 검사를 받기에 충분한 요건을 갖추지 못했다. (고맙게도, 딸은 열이 나지 않고, 계속 기침을 하지도 않고, 기저 질환도 전혀 없다.)

셋째 날

나는 몸이 불편한 것을 느낀다. 숨이 가쁘고, 폐가 이상하게 근질근질하다. 작은딸과 마찬가지로 아주 가끔 열이 나고, 지금은 열이 없지만 열병에 걸린 것처럼 땀이 나고 오한이 드는 증상이 있다.

오후가 되자, 검사를 받으러 가야 한다는 게 분명해진다. 내일은 침대에서 나오지도 못하리라는 것을 나는 알 수 있다.

나는 주치의를 온라인으로 방문하고, 주치의는 내 나이(예순두 살)와 다른 증상들 때문에 검사를 받을 자격이 있다고 판단한다. 긴급 진료소에서 일하는 여자분이 내 정보를 받고 나를 대기자 명단에 넣은 뒤, 긴급 진료소로 오라고 말한다. 지금은 오후 다섯시가 다 되어간다. 남편도 나도 내가 거기까지 두 블록을 걸어갔다가 돌아올 기력이 있다고는 생각지 않기 때문에, 남편이 나를 차에 태워 진료소로 간다. (고맙게도, 나는 긴급 진료소 근처에 살고 있고, 나를 데려다줄 수 있는 보호자도 있다.)

한 시간 가까이 대기하다가, 사회적 거리 두기를 할 수 있는 곳에서 차 밖으로 나온다. 으스스하게 춥고 바람 부는 날씨여서, 나는 남편이 왜 차 밖에 서서 전화로 이야기하고 있는지 이해할 수가 없다.

남편은 긴급 진료소 앞에서 자동차 배터리가 죽어버렸다고 소리를 지른다. 나는 지금 머리가 멍한 상태여서, 이런 노릇이 신경질적으로 우스꽝스럽게 느껴진다. 그날은 대통령이 자동차 메이커별 평균 연비 효율 기준(CAFE)을 이전 수준으로 내리겠다고 발표하는 날이기도 하다. 그 기준은 어떤 나라가 지구온난화와 싸우기 위해 취한 조치로는 최대의 것이고, 내 남편은 CAFE 기준을 올리기 위해 평생 동안 애써왔다. 이제 그의 존재 전체가 섬뜩한 코미디로 변해가고 있었다.

나는 진료소로 불려 들어가서 평가를 받고, 독감과 연쇄상구균과 코로나19의 검사를 받는다. 처음 두 가지는 음성이지만, 코로나19 검사 결과가 나오려면 일주일 넘게 걸릴 것이다.

큰딸이 우리 차에 배터리를 연결하여 시동을 걸어주었고, (고맙게도) 나를 집에 데려가려고 기다리고 있다.

다음 일주일

나는 한두 시간 이상 계속해서 깨어 있을 수가 없다. 나는 숨이 가쁘다. 폐가 아프고 기관지가 가렵다.

작은딸의 상태가 더욱 나빠진다. 코로나19가 딸의 폐를 공격하여 딸은 등에 통증을 느낀다. 딸은 전에 폐렴에 걸린 적이 있는데 그게 또 재발한 모양이라고 생각한다. 딸은 온종일 핼쑥하고 수척해 보인다. 평소의 명랑한 태도는 이제 찾아볼 수 없다.

딸은 눈물이 헤퍼진다. 나는 딸을 걱정하지만, 나 자신도 너무 아파서 내 걱정을 하는 것만으로도 벅차다.

안개 속처럼 몽롱한 상태에서 며칠이 지난다. 나는 대개 자고 있다. 친구들과 가족들은 우리 집의 건강한 두 사람에게 문자메시지를 보내서 도와주겠다고 제의한다. 그들은 베이글과 빵과 게필터 피시[1]를 유월절(유월절은 다음주인데 영원처럼 멀게 느껴진다)을 위해 가져오고, 집에서 손수 만든 마스크와 사랑을 가져온다. 맛있는 냄새가 부엌에서 올라온다. 큰딸이 (고맙게도) 부엌에서 프리타타[2]와 카레와 버터밀크 비스킷을 만들고 있다. 큰딸은 아직 대학원생이고 학생들을 가르치는 책임도 짊어지고 있는데 요리까지 하고 있다.

밤에 나는 늑대 인간이 된다. 남편은 다락방으로 거처를 옮겼다

---

1   송어나 잉어 따위의 생선에 달걀과 양파 등을 넣어 수프로 끓인 유대 요리.
2   달걀에 여러 가지 채소, 고기, 치즈 따위를 넣고 익혀서 만드는 이탈리아식 오믈렛.

(고맙게도, 우리 집에는 다락방이 있다). 나는 오전 세시 반에 잠에서 깨어나, 드디어 올 것이 왔다고, 내 폐는 돌멩이로 변하고 있고, 나는 이제 병원으로 죽으러 갈 때가 되었다고 확신한다. 내 갈비뼈는 띠로 둘러싼 것처럼 느껴지고, 호흡이 짧아서 숨을 헐떡이게 된다. 남편을 깨우는 것은 너무 위험하다. 내가 다락방으로 통하는 계단을 올라갈 수 있을지 확실치 않다. 그뿐만 아니라 계단을 다시 내려오는 것도 문제다. 나는 마스크를 쓰고 큰딸을 깨운다. 큰딸은 훌륭한 위안이 되고, 호흡 연습을 하는 데 능숙하다. 긴급 대기 중인 의사는 반듯이 누워서 잠을 자도 질식하지 않는다고 나를 안심시킨다. 내가 숨이 차지 않고 욕실까지 갈 수 있다면, 그리고 아직 완전한 문장으로 말할 수 있다면 병원에 갈 필요는 없다고 한다. 내가 침대 주위를 몇 바퀴나 돌 수 있다는 것을 의사는 대견하게 생각한다. 그는 내가 지금까지 대화를 나누어본 사람들 가운데 가장 인품 좋고 유쾌한 사람이다.

작은딸의 주치의인 보스턴의 의사는 날마다 전화를 걸고, 마침내 항생제를 권한다. 항생제는 (고맙게도) 하루도 지나기 전에 도착한다.

인정하기가 좀 민망하지만, 나는 이튿날 밤에도 똑같은 과정을 겪는다. 다만 이번에는 오전 네시 반에 깨었고, 긴급 대기 중인 의사를 굳이 성가시게 하지 않는다. 큰딸은 나를 진정시키고, 침대로 돌아가라고 말한다. 나는 순순히 침대로 돌아간다!

나의 코로나19 검사 결과는 일찍 나온다. 음성이다. 병이 절정에 다다르기 전에는 검사 결과가 음성으로 나오지만 절정에 다다른 순간 양성으로 변하는 경우도 있다고 한다. 내 경우, 병원에서는 가렵고 아프고 빨판처럼 기력을 빨아들여 나를 지치게 하는 것이 코로나바이러스라는 데 동의한다.

남편은 매일 아침과 정오에 나와 작은딸에게 아침과 점심 식사를 갖다 주려고 우리 병실에 잠깐 들른다. 우리는 차를 많이 마신다. 남편은 많은 접시를 깨끗이 씻고, 손도 자주 씻는다.

작은딸은 항생제 때문에 상태가 좋아지지만, 이튿날은 내리막이 되어 상태가 더한층 나빠진다. 어느 날 밤, 나는 병에 걸리기 전에 내가 어땠는지를 어렴풋이 인식한다. 나는 이제 10초 이상 주의를 집중할 수 있다.

이튿날 아침, 나는 움직일 수가 없다. 아픈 데가 너무 많고 호흡이 좋지 않다.

나는 전보다 더 많이 울고 있지만, 너무 피곤해서 실제로 흐느끼지는 못한다. 나는 오전 내내 잠을 잔다. 오후에도 내내 잠을 잔다. 나는 깨어나서 저녁을 먹고, 에피소드 하나를 다 볼 수 있을 만큼 오래 깨어 있을 수 있을 때는 〈그레이트 브리티시 베이크 오프〉[3]를 시청한다.

유월절 전날이다. 대개는 스물다섯 명을 초대한다. 나는 몇 주

---

3   영국의 '러브 프로덕션' 방송에서 제작 방영한 요리 경연 프로그램.

동안 요리를 했을 테고, 며칠씩 시간을 들여서 의례용 음식을 준비했을 것이다. 지금은 너무 피곤해서 그것을 잠시도 생각할 수 없다.

큰딸이 유월절을 준비한다. 나는 마초 볼 수프[4]에 넣을 국물 만드는 법을 딸에게 가르쳐준다. 냉장고에 큼직한 파르메산 치즈가 있고, 작년에 쓰고 남은 마초 가루도 마초 볼을 만들기에 충분하다(고맙게도).

날이 따뜻해서 우리는 덱에 나갈 수 있다(고맙게도, 우리 집에는 덱이 있다). 작은딸과 나는 마스크를 쓰고 충분한 거리를 유지하면서 워싱턴 DC와 뉴욕과 플로리다에 있는 친척들과 함께 화상 유월절에 귀를 기울일 수 있다.

이튿날 아침, 작은딸과 나는 상태가 좀 나아지고, 검사 결과는 거짓 양성이었던 것으로 밝혀진다.

다음 몇 주일

7주가 지나는 동안에도 우리 생활은 여전히 슬로모션으로 남아 있고, 우리는 동네를 한 바퀴 돌면서 숨을 돌린다.

우리의 증상이 가벼운 것은 우리도 알고 있다. 사랑하는 가족이 있고 병에서 회복할 안락한 집이 있고 적절한 치료를 받고 식료품

---

4   닭고기 국물에 누룩 없는 완자를 넣어 삶은 수프.

을 충분히 확보한 우리는 매우 운이 좋다는 것도 알고 있다. (고맙게도!)

전 세계가 고통을 받으며 무너지고 있다. 현재는 파악할 수 없는 수준의 고통을 참고 있다. 어렴풋하고 불확실한 미래에는 건강 관리와 위안이 운에 좌우되지 않을 거라고 기대할 수 있다. 동정과 친절과 진실이 일반적인 규범이 되리라고 기대할 수 있다.

격리

∧

수전 헨더슨[*]

마스크

엄마와 나는 내가 어린 시절을 보낸 집 거실에서 2미터 거리를
두고 앉아 있다. 둘 다 마스크와 장갑을 끼고 있다. 아버지는 어젯
밤에 세상을 떠났고, 나는 엄마와 함께 있으려고 뉴욕에서 버지니
아까지 차를 몰고 왔다. 엄마가 우는 동안 나는 반대쪽에 앉아서
내 입김이 얼굴에 닿는 것을 느끼고 있다. 이런 식으로 슬퍼해야
하다니, 정말 터무니없는 일이다. 나는 2주 동안 엄마를 껴안을 수
없다. 그보다 더 황당한 것은 아버지가 돌아가신 이후 지금까지
아무도 엄마를 안아주지 않았다는 사실이다.

---

[*] 수전 헨더슨(Susan Henderson): 작가. '전미도서비평가협회'의 평생회원이며,
    뉴욕주 롱아일랜드의 킹스 파크에 살고 있다.

떨다

최근까지만 해도 아버지는 건강했다. 지난해 여름에는 함께 여행도 했다. 아버지는 내가 산책을 하러 일어났는지 보려고 아침 다섯시에 내 호텔 방의 초인종을 누르곤 했다. 한 달 전에 엄마가 전화로 말했다.

"네 아버지가 식사를 그만뒀어. 아버지는 네가 오기를 바라지 않지만, 내 생각에는 와야 할 것 같다."

내가 도착해서 보니 아버지는 안락의자에 앉아서 히팅 패드와 담요를 덮은 채 와들와들 떨고 있었다. 엄마는 내가 올 거라는 말을 아버지한테 하지 않았다. 아버지는 면도도 하지 않고 머리도 빗지 않은 채였다.

서류

나는 엄마와 함께 슬픔을 나누려고 여기 왔지만, 그럴 시간이 없었다. 보험증권 번호를 찾아야 하고, 군 제대 서류를 보내야 하고, 비밀번호를 추측해서 알아내야 한다. 나는 뭐가 뭔지 알 수도 없는 서류를 읽으면서 짜증을 낸다.

삼키다

나는 아버지가 다시 식욕을 찾기를 바랐다. 아버지가 단백질과 지방을 더 많이 먹으면 병에서 회복할 수 있을 거라고 생각했다. 나는 아버지의 배 속이 암덩이로 가득 차 있는 줄은 꿈에도 몰랐다. 나는 하루 2천 칼로리를 목표로, 아버지한테 어떤 음식을 드릴 것인지를 계획하고 식단을 짰다. 그 목록 옆에는 실제로 아버지 입에 들어간 음식을 기록했다. 배 한 조각, '엔슈어'[1] 두 모금, 스크램블드에그 한 숟갈. 나는 세계가 무너지는 것을 밤마다 뉴스로 보면서 그날 하루의 칼로리를 계산했다. 내가 사랑하는 뉴욕에서 코로나19 확진자가 무더기로 나온 날, 아버지는 120칼로리를 섭취했다. 이탈리아가 봉쇄령을 내린 날, 아버지는 310칼로리를 섭취했다. 주식시장이 기록적인 하락세를 보인 날, 아버지는 1천 칼로리를 섭취했지만, 구토와 설사로 배출된 칼로리를 빼야 했다.

부고

이것은 내가 좋아하는, 아빠에 대한 기억들 가운데 하나다. 당시 여덟 살과 열 살이었던 내 아이들은 할아버지를 설득하여 우리 마당에 도랑을 파기로 했다. 그들은 삽으로 땅을 파고 징검다리를 만들면서 꼬박 하루를 보냈다. 그런데 그곳에 정화조가 묻혀 있다는 것을 우리들 가운데 아무도 기억하지 못했던 것이다. 이 추억은 아빠의 부고를 쓸 때 처음엔 넣었다가 부고 게재료가 예산을 초과하는 바람에 잘라낸 이야기들 가운데 하나다.

---

1   미국의 제약회사 애버트사에서 생산하고 있는 환자용 액상 강장 영양제의 브랜드.

듣다

나는 어릴 적에 쓰던 침실에서 무언가 무서운 일이 일어나는 소리를 들었다. 어느 날 밤, 아버지는 땀을 흘리며 어리둥절한 상태로 잠에서 깨어났다. 어떤 날 밤에는 제때에 화장실에 가지 못했다. 나는 오전 세시에 마룻바닥을 문질러 닦았다. 내가 방을 청소하며 아버지의 뒤처리를 하는 소리를 아버지가 듣게 해서 죄송했다.

국기

나는 아빠의 차를 몰고 장례식장으로 간다. 아빠의 유골과 군인에게 주는 접은 국기를 받아오기 위해서다. 비가 내리고 있다. 와이퍼를 작동시키는 스위치를 찾을 수가 없다. 장례식장에서 나는 카펫에 빗물을 뚝뚝 떨어뜨리며 서 있다. 우리는 모두 마스크를 쓰고 있다. 의장병들이 탁자 위에 자루를 하나 가져다 놓는다. 아버지다. 그들은 내가 아버지한테 다가갈 수 있도록 비켜선다.

아빠가 다시 나와 함께 있고 내가 아빠를 집으로 모셔갈 거라는 안도감이 나를 놀라게 한다. 차가 간선도로를 벗어나자 빗물이 차 지붕을 두드린다. 나는 펜타곤(국방부 청사) 주차장—아빠가 나에게 운전을 가르쳐주었던 곳이다—에 한참 동안 서 있다. 나는 때로는 괜찮고, 때로는 오열한다.

화창한 다음 날, 길 건너편에 사는 소년이 우리 진입로 끝에 서서 바이올린으로 바흐의 소나타를 연주한다. 엄마는 마스크를 쓴 채 현관 앞 계단에 앉아 있다. 엄마가 끌어안을 수 있는 것은 국기

뿐이다.

기회를 잡다

어느 날 아버지는 아예 일어나지 않았다. 반듯이 누운 채 천장을 바라보고 있었다. 나는 라디오를 틀어주겠다고, 아버지에게 신문을 읽어드리겠다고 말했지만 아버지는 싫다고 했다. 아버지는 물 세 모금밖에는 마시지 않았고, 화장실에도 가지 않았다. 밤에 아버지의 방은 다시 어두워졌다. 나는 무언가 새로운 일을 할 기회를 잡았다. "아빠, 사랑해요." 그러자 아버지도 나를 사랑한다고 말했다. 사랑한다고 말한 것은 나나 아버지나 처음이었다. 내 방에 돌아온 나는 아버지가 밤중에 돌아가시면 엄마가 아버지를 끌어안고 있을지 아니면 아버지 혼자 돌아가실지 궁금했다.

쓰레기통

이웃집 사람들이 재활용 쓰레기통을 연석까지 굴려와서 도로 쪽으로 손잡이를 돌려놓는다. 우리 쓰레기통은 엔슈어 병과 읽지 않은 신문으로 가득 차 있다. 나는 바이러스가 쓰레기통과 우편물과 문손잡이에 묻어 있을 거라고 생각한다. 나는 손을 씻지만, 지금까지 충분히 조심했을까?

고개를 돌리다

바이러스가 뉴욕 전역에 퍼졌고, 친구들의 집과 이웃집에도 퍼졌다. 우리 뉴욕주는 이탈리아의 선례를 따라 봉쇄령을 내릴 것 같았다. 나는 아버지가 침대에 일어나 앉는 것을 도와드리면서 말했다. 아버지는 너무 쇠약해져서 담요를 옆으로 치우지도 못했다. 아버지의 다리는 설사로 얼룩져 있었다. "뭘 좀 드셔야죠." 나는 엔슈어에 아이스크림을 섞었지만, 아버지는 숟가락을 쥘 수도 없었다. 나는 한 번에 한 입씩 아버지에게 떠서 먹였다. 아버지가 벽 쪽으로 고개를 돌렸을 때 나는 아버지의 눈물을 못 본 체했다.

젖니

나는 내 젖니가 들어 있는 상자를 발견한다. 젖니는 바닥에 테이프로 붙여져 있고, 이가 빠진 순서대로 번호가 적혀 있다. 나는 산산이 부서지고 있다. 하지만 조용히 괴로워하는 아빠와는 달리, 나는 고함을 지르고 문을 쾅 닫는다.

선택하다

엔슈어를 먹을 시간이라고 말씀드리자, 아버지는 고함을 질렀다. "나한테 언제 먹으라고 말하지 마!" 나는 아버지의 굶주림을 공모한 듯한 기분이 들었다. 나는 내가 다닌 초등학교 뒤에 있는 숲으로 달려 들어가 남편에게 전화를 걸고는 전화기에 대고 흐느껴 울었다.

"당신, 집에 와야 할 것 같아." 남편이 말했다.

"내가 아빠의 마지막 날들을 놓치면 어떡해?"

"뉴욕이 봉쇄되어 당신이 집에 오지 못하면 어떡해?"

돌멩이

나는 숲속 시냇가에 앉아 있다. 마스크가 시냇물에 떠내려간다. 나는 나무 그루터기 위에 색칠한 돌멩이가 수북이 쌓여 있는 것을 발견한다. 돌멩이를 하나 가져가도 좋고 남겨두고 가도 좋다는 쪽지가 붙어 있다. 나는 아빠에게 주려고 돌멩이를 하나 가져온다.

손을 흔들다

내가 펜실베이니아 역을 지날 필요가 없도록, 남편이 나를 데려가려고 버지니아까지 차를 몰고 왔다. 남편은 자기가 바이러스에 감염되었을 경우에 대비하여 잔디밭에서 인사만 한다. 엄마가 아빠에게 옷을 입히는 동안, 아빠는 몸의 균형을 잡으려고 안간힘을 썼다. 아빠는 숨을 헐떡거리며 벽에 손을 짚고 아기처럼 아장아장 걸음을 떼어놓았다. 아빠는 방풍문 뒤에 서서 손을 흔들었다. 우리가 보는 아빠의 마지막 모습.

음악

나는 요즘 걸핏하면 운다. 그래도 우리가 괜찮아질 거라는 조짐이 있다. 엄마는 당신의 인생이 계속 앞으로 나아갈 거라고 다시 상상하기 시작했다. 엄마는 우리가 TV를 보는 방이 예술 스튜디오가 될 수 있다고 생각한다. 엄마는 수십 년 만에 기타를 꺼내 소파 옆에 세워둔다. 나는 샤워를 하는 동안 '어스 윈드 앤드 파이어'의 노래를 부르고, 내가 아직 기쁨을 느낄 수 있다는 것을 깨닫는다.

인사

아빠는 세상을 떠났을 때 몸무게가 45킬로그램이었다. 내가 아빠와 함께 보낸 그 마지막 날들은 잔인하고 조심스러웠지만 영광이었다.

마스크

내가 앞으로 바라는 것은 단순한 것뿐이다. 마스크를 쓰지 않고 세상에 나가는 것, 낯선 사람의 개를 쓰다듬는 것, 내가 사랑하는 사람들의 숨소리를 들을 수 있을 만큼 그들 곁에 가까이 다가앉는 것. 나는 내가 다닌 초등학교를 지나쳐 걷는다. 초등학교는 지금 텅 비어 있다. 나는 학교 뒤에 있는 숲에 다시 들어간다. 아버지의 마지막 모습이 내 가슴에 무거운 추처럼 앉아 있다. 나는 숨이 가빠질 때까지 오솔길을 여기저기 걷는다. 얼굴에 반다나 스카프를 두른 여자를 만나면 지나갈 수 있도록 길을 비켜준다. 우리는 연결되어 있다―우리는 모두 미소와 슬픔을 서로 감추고 있지만, 우리는 모두 인간적 접촉을 서로 원하고 있다. 그 여자가 산책을 계속하는 동안 나는 휴대폰을 확인한다. 나는 계획했던 것보다 더 오래 여기 있었다. 나는 집 쪽으로 돌아서서 달리기 시작한다. 숲을 빠져나가, 내가 어린 시절을 보낸 거리를 지난다. 14일 동안 아

---

2   1970년대에 인기를 얻은 펑크 음악의 대표적인 밴드.

무도 우리 엄마를 껴안지 않았지만, 우리의 격리 기간이 마침내 끝났다. 나는 서두른다. 현관문에 다다랐을 때는 이미 마스크를 내던진 뒤였다.

세상에서 가장 슬픈 일은 아니다

∧

아다 리몬[*]

온종일 나는 목둘레 언저리에 가려움을 느낀다.
삶이 죄어드는 느낌이다. 나는

편지 상단에 날짜를 쓴다.
요즘엔 아무도 연도를 쓰지 않지만,

나는 연도를 쓴다. 올해는 연도를 써야 하는
해인 듯하다. 엄청나고 대단하고 끔찍한 해.

일하는 도중에 죽은 새끼 새 한 마리를 발견한다.

---

[*]   아다 리몬(Ada Limón): 시인. 멕시코계로, 켄터키주 렉싱턴에 살고 있으며, 샬럿
    퀸즈 대학의 온라인 프로그램에서 창작을 가르치고 있다.

아마도 비둘기일 것이다. 솔직히 말하면 모르겠다.

너무 어리고, 너무 여리고, 너무 작다.
애도 같은 건 하지 않는다. 다만 사무적으로

흙손을 가져와서, 축 늘어진 시체를 하수관 옆에
묻고, 그 위에 새 비비추를 심는다.

눈을 감은 새에게는 괜찮은 장소인 것 같다.
초록색 식물 밑, 땅속에서 영원히 눈을 감았으니.

그 위에서는 축제가 벌어지리라. 땅과 축제
사이, 그곳에 나는 지금 살고 있다.

나는 새를 묻기 전에 사진을 한 장 찍고,
이 투명한 시체를 남동생과 남편에게 보낸다.

제발 봐달라면서. 그들이 입회한 가운데
매장하고 나면, 나는 일상으로 돌아간다. 정확히 말하면

여느 때와는 다른 일상으로. 지금은 일상적인
날에도 일상적인 게 아무것도 없기 때문이다. 지금은

항상 무언가가 스카이라인 위에서 부서져

땅으로 계속 떨어지기 때문이다. 때로는

아무도 알아차리지 못하고, 때로는 슬픔처럼 덮이고,

때로는 노래 하나 없이 땅속에 묻힌다.

3
부

위안

데니 샤피로와의 대화

∧

"우리는 지금 이 순간 일어나고 있는 일에
주의를 기울일 필요가 있다."

데니 샤피로[*]는 베스트셀러가 된 다섯 권의 회고록에서 보여주
었듯이, 위기가 왔을 때 모습을 바꾸는 정체성의 풍경을 이해하는
재능을 갖고 있다. 『헌신』은 아버지를 일찍 여읜 상실감, 어머니와
의 불편한 관계, 어린 아들의 목숨을 위협하는 병마…… 이런 것
들과 싸우면서 신앙을 통렬하게 고찰한 책이다. 최근에 나온 『유
산』은 그녀를 키운 아버지가 생물학적 아버지가 아니라는 사실을
알게 된 뒤 자신의 정체성과 가족의 진정한 의미를 밝히려는 탐색
을 다루고 있다. 그녀가 새로 시작한 팟캐스트 〈지금 우리가 사는
법〉은 코로나 팬데믹 시대에 각계각층 사람들의 대처 방식을 고찰

---

[*] 데니 샤피로(Deni Shapiro): 작가. 다섯 권의 소설과 다섯 권의 회고록을 썼다.
컬럼비아 대학과 뉴욕 대학에서 창작을 가르쳤으며, 코네티컷주 리치필드에 살고
있다.

하고 있다. 나는 지난 10년 동안 데니를 여러 차례 인터뷰했는데, 이번 인터뷰에서도 이 어려운 시기에 어떻게 위안과 의미를 찾을 것인지에 대한 그녀의 좋은 충고를 들을 수 있을 것이다.

* * *

제니퍼 하우프트: 팬데믹 시대에 어떻게 의미를 찾을 것인가? 그리고 정상으로 돌아가려면 어떻게 해야 할까?

데니 샤피로: 내가 줄곧 생각하고 있는 것 하나는 팬데믹이 우리 '모두'에게 일어나고 있다는 것이다. 이 재난의 영향을 받고 있지 않은 사람은 지구상에 아무도 없다. 이 재난은 우리가 평생 동안 —아니, 어쩌면 인류 역사상—경험한 어떤 것과도 다르다. 그 의미는 우리가 어떤 종류의 정상 상태로—우리가 아는 팬데믹 이전의 상태가 아니라 더욱 힘들어진 생활로—돌아간다면 그것은 우리의 상호 연결성 덕분이라는 사실을 아는 데 있다.

제니퍼: 우리는 몇 가지 점에서 전보다 더 서로 연결되어 있는 것 같다. 세스 마이어스[1]는 록펠러 플라자의 스튜디오 대신 자택

---

1   세스 마이어스: 배우·코미디언. NBC 방송의 토크쇼 〈레이트 나이트〉의 진행자.

거실에서 책들을 배경으로 농담을 하고 있고, 트레버 노아[2]는 집 안에 갇혀 있는 지루함에 대해 밤마다 우리를 동정하고 있다. 앤드루 쿠오모 뉴욕 주지사는 최근 인터뷰에서 자기 동생도 코로나19에 걸렸다고 말하던데, 그때 보니까 목소리가 잔뜩 쉬어 있었다.

데니: 그렇다. 우리의 공적 자아와 사적 자아 사이의 간격이 모든 면에서 희미해지고 있다. 사람들은 여느 때보다도 더 타인들과의 상호 관계에 굶주려 있다. 그것은 자기 보호의 중요한 부분이다.

제니퍼: 감정적인 자기 보호와 관련하여 무엇이 가장 어려운 문제라고 생각하는지?

데니: 두려움을 관리하는 게 가장 어렵다. 우리 생활에 침투한 불안정성, 끊임없이 변화하는 공포를 어떻게 처리하느냐가 중요하다. 우리는 자신의 삶에 대해 갖고 있는 통제력을 유지하기 위해 저마다 할 수 있는 일을 해야 한다.

예를 들면, 내가 살고 있는 코네티컷주에 외출 금지령이 내렸을 때 나는 책을 홍보하기 위해 전국 투어를 하고 있었다. 나에게 가장 중요한 문제는 어떻게 하면 날마다 여기서 저기로 갈 수 있느

---

2   트레버 노아: 남아프리카 출신의 배우·코미디언·프로듀서. 케이블 채널 '코미디 센트럴'의 풍자 뉴스 프로그램인 〈데일리 쇼〉의 진행자.

냐 하는 거였다. 그런데 끊임없이 이동하던 생활이 갑자기 내 다이어리에 빈 페이지만 이어지는 생활로 바뀌었다. 내가 세운 계획은 내가 내 삶을 통제하고 있다는 환상을 지탱하는 버팀목이었는데, 그 버팀목들이 땅에서 뽑혀버린 것이다. 나는 새로운 계획을 세워야 했고 새로운 규칙에 따라 살아야 했는데, 그건 쉬운 노릇이 아니었다.

제니퍼: 그 새로운 계획이 당신 자신에겐 어떻게 보였는지 궁금하다.

데니: 나는 두 번째 팟캐스트인 〈지금 우리가 사는 법〉을 시작했다. 각계각층의 사람들―슈퍼마켓 관리자부터 의사와 간호사, 모바일 개 훈련사, 생화학자에 이르기까지―을 인터뷰하여 팬데믹에 대한 그들의 경험을 듣고 있는데, 우리 모두에게 삶이 어떤 것인지를 조사 분석하고 싶었다. 그리고 주로 나는 사람들을 서로 연결하는 새로운 방식을 찾고 있었다. 서점에서 독자들을 직접 만나는 일은 당분간 할 수 없을 테니까.

제니퍼: 의사와 간호사를 인터뷰했다고 했는데, 팬데믹의 최전선에 있는 그 사람들은 자신을 어떻게 돌보고 있던가?

데니: 내가 감동을 받은 것은 그들이 영웅으로 불리기를 원치 않

는다는 것이다. 다른 사람들을 돕고 다른 사람들과 상호작용을 하는 것은 그들에게 정체성의 일부다. 예를 들면 예순 살이 넘은 수전이라는 의사와 인터뷰를 한 적이 있다. 그녀는 외출 금지령 때문에 자택에 대피해 있었는데, 하루는 병원으로부터 이메일이 왔다. 병원에 출근해서 코로나19 진단 검사를 해줄 수 없겠느냐는 거였다. 본능적으로 나온 첫 반응은 "싫다"였다. 병원에 나가는 게 두려웠기 때문이다. 그녀는 그 이메일을 휴지통에 버렸지만, 이틀 뒤에 다시 꺼냈다. 그녀는 병원으로 달려갈 수밖에 없다는 걸 깨달았다. 검사소에서는 그녀를 간절히 필요로 하고 있었고, 일단 검사소에서 일하기 시작하자 그녀의 두려움은 말끔히 사라졌다고 한다.

제니퍼: 나도 가게 점원부터 단골 약국의 약사, 물리치료사인 친구에 이르기까지 모든 사람이 똑같은 말을 하는 것을 들었다. 그들이 다른 사람들에게 받는 감사는 그들의 영혼에 힘을 주는 양식이다. 상호 관계는 이 격리 시대에 큰 위안이다.

데니: 그것의 일부는 정체성과 관계가 있다. 이것이 내 삶이고, 이것이 내 역할이라는 의식. 내가 이 일을 하지 않으면 나는 내가 아닐 거라는 의식. 자신의 자아 속에 굳건히 서는 것은 자기도 병에 걸릴 위험에 빠져 있다는 두려움을 조금은 덜어준다.

제니퍼: 전선에 있지 않은 우리도 끊임없이 지속되는 그런 엄청난 두려움 속에서 살고 있다. 어떻게 하면 침착성과 집중력을 유지할 수 있을까?

데니: 두려움은 우리를 달리고 싶게 만든다. 싸우거나 도망치거나. 우리는 불안으로부터 달아날 수 있다고 생각한다. 하지만 실제로는 가만히 앉아서 불안을 느낌으로─현실이 아니라─인지하는 것이 가장 도움이 된다. 명상은 조용하고 편안한 공간에 앉아 있는 것만큼 간단하고 쉽게 할 수 있다. 명상은 우리가 지금 이 순간에 발을 딛고 서 있게 해준다.

우리가 전선에 있지 않다면, 우리들 대부분은 지금 이 순간 두려워할 게 사실 아무것도 없다. 아침에 일어나 20분 정도 명상을 하면 기분이 좋아진다는 것을 나는 알고 있다. 명상을 하면 미래로 기울어지지 않으니까. 두려움은 대부분 미래에 대한 불안에서 나온다. 명상은 지금 이 순간으로 돌아오게 하는 훈련이다. 명상은 우리에게 그것을 가르쳐준다. 지금 이 순간 일어나고 있는 일은 내가 숨을 들이마시고 있다는 것, 내가 숨을 내쉬고 있다는 것이다. 명상을 하루에 50번, 한 번에 2~3분씩 해야 할지도 모른다. 마음이 쉽게 협조하지는 않을 테니까. 하지만 지금은 우리 자신을 단련할 시간이 아주 많다.

오늘, 내가 아무것도 할 수 없었던 날

∧

제인 허시필드*

오늘, 내가 아무것도 할 수 없었던 날,
나는 개미 한 마리를 구조했다.

개미는 조간신문과 함께 집에 들어온 모양이다.
조간신문은
집에 갇혀 있는 사람들에게 아직도 배달되고 있다.

조간신문은 아직은 필수적인 서비스다.
나는 필수적인 서비스가 아니다.

---

*   제인 허시필드(Jane Hershfield): 시인·수필가·번역가. 아홉 권의 시집을 냈으며
   많은 상을 받았다. 여러 대학에서 초빙교수로 시를 가르쳤으며, 2019년에 '미국예
   술과학아카데미' 회원으로 선임되었다.

나에게는 커피와 책이 있고,

시간이 있고,

정원이 있고,

물통을 채우기에 충분한 침묵이 있다.

개미가 처음에는 조간신문 위를

개미 형태로 번진 잉크처럼

헤매다녔을 것이다.

그러다가 노트북을 가로지르고

이어서 쿠션 뒤로 올라간다.

까맣고 작은 개미는 혼자서

군청색 쿠션을 가로질러 꾸준히 움직인다.

그게 개미가 할 수 있었던 일이니까.

바깥 햇볕에 내놓으면

개미는 보금자리를 다시는 찾지 못했을 것이다.

그러면 내가 구조한 게 뭘까?

개미는 겁을 먹은 것처럼 보이지는 않았다.

공기를 뚫고 재빨리 자기를 이동시킨

내 손바닥 위를 돌아다니고 있을 때에도.

개미는 동행도 없이 혼자였다.
그 개미의 심정을 나는 헤아릴 수 없었다.
네 삶은 어떠냐고 묻고 싶었다.

나는 개미를 들어서 밖으로 데려갔다.

내가 아무것도 할 수 없었던 그 첫날,
나와 같은 종으로부터 멀리 떨어져 있는 것 말고는
아무 도움도 되지 못한 날,
나는 이것을 했다.

세시

∧

제니 쇼트리지[*]

두뇌 속의 '싸움-도주 반응'[1] 중추가 당신에게 무언가를 하도록 아무리 다그친다 해도, 할 수 있는 일이 아무것도 없을 때는 뭘 하지? '무엇이든 아무거나.'

나는 예순 살이고, 면역력도 떨어져 있다. 게다가 불안 장애까지 있으니까 해트트릭이다. 팬데믹 시대에 불안 장애는 결코 사소한 문제가 아니다. 반면에 남편과 나는 일도 수입도 잃지 않았다. 우리가 필요한 것은 뭐든지 배달시킬 수 있다. 우리의 생활 방식은 별로 바뀌지 않았다. 우리는 지난 몇 년 동안 집에서 일했다. 하

---

[*] 제니 쇼트리지(Jennie Shortridge): 작가. 다섯 권의 소설을 썼으며, 워싱턴주 시애틀에 살고 있다.

[1] 스트레스 환경에 노출되었을 때 나타나는 신경계 반응. 공격이나 생존 위협을 받았을 때 동물은 이런 반응을 일으킴으로써 그 위험에 맞서 싸우거나 달아날 수 있도록 준비한다.

지만 내 편도선은 내가 신체적으로 안전한 것을 상관하지 않는다. 나의 뇌 속 중심에 있는 그 아몬드 모양의 골치 아픈 녀석은 내 신경계에 꾸준히 경보를 보낸다. "살고 싶으면 도망쳐! 아니, 기다려. 도망치지 말고 싸워! 빌어먹을…… 도망칠래?"

시애틀에 새해가 시작된 지 며칠 뒤, 나는 오전 세시가 되면 어김없이 깨어나는 별난 짓을 하기 시작했다. 불면증이 낯설지 않은 나는 마음을 안정시키는 법을 알고 있다. 숨을 길게 들이마시고 '서른'이라는 낱말을 떠올린다. 숨을 천천히 내쉰 다음 다시 숨을 들이마시고 '스물아홉'을 생각한다. 그렇게 계속한다. '영'까지 세었는데도 아직 깨어 있으면, 내가 감사해야 할 일들을 꼽아본다.

지금은 물론 나의 안전과 남편의 안전, 가족의 안전을 꼽는 것부터 시작한다. 아니, 그것은 더 이상 사실이 아니다. 사촌이 얼마 전에 동해안 치료소에서 코로나19로 세상을 떠났다. 애틀랜타의 어느 병원에서 간호사로 일하는 여동생은 전염병이 발생한 이후 지금까지 줄곧 같은 'N95 마스크'를 쓰고 있다. 그리고 팔십대인 아버지가 병원에서 퇴원하자마자 코로나바이러스가 닥쳤는데, 아슬아슬하게 바이러스를 피한 것도 전혀 위안이 되지 않는다.

지금 내가 할 수 있는 일은 애정이 넘치는 별개의 존재에게 도움을 청하는 것뿐이지만, 내 편도선은 애정 따위는 전혀 갖고 있지 않다.

"제발 무엇이든 좀 해봐!" 편도선은 아드레날린을 펌프질하여 내 온몸에 보내면서 그렇게 외친다.

나는 숨을 들이마시고 내가 받은 축복을 헤아리고 기도를 드린 다음, 약간의 휴식과 함께 작은 은총이 내리기를 기대한다.

* * *

나는 어릴 적부터 잠드는 데 어려움을 겪었다. 잠잘 시간이 되면 엄마는 자장가를 불러주었지만, 내 눈은 여전히 뜨여 있고 이마에는 주름이 잡혀 있었다. 엄마는 이야기를 들려주는 쪽으로 방법을 바꿨지만, 그것은 결코 취침 시간에 어울리는 이야기들은 아니었다.

"샌드맨[2]이 아직 깨어 있는 아이들을 찾아온단다." 엄마는 말했다. "그래서는 아이들이 졸음을 느끼도록 아이들 눈에 모래를 뿌리지. 얘야, 걱정하지 마라. 샌드맨은 이제 곧 여기 올 테니까."

"하지만 샌드맨이 어떻게 우리 집에 들어와요?" 나는 턱을 덜덜 떨면서 물었다.

"샌드맨은 마술사야. 산타 할아버지처럼."

"하지만 나는 샌드맨이 오는 걸 바라지 않아요."

"진정해라." 엄마는 내 머리에 입을 맞추면서 말했다. 엄마가 바른 로션 냄새와 담배 냄새가 나를 감쌌다. "자, 이제 눈을 감아. 그

---

2   북유럽 전설이나 동화에 나오는 등장인물. 아이들 눈에 모래를 뿌려서 잠을 자거나 꿈을 꿀 수 있게 해준다.

리고 꿈나라로 가는 거야."

아마도 엄마는 아빠를 만난 해의 히트송인 〈미스터 샌드맨〉에
대해 말하고 있었을 것이다. 그 이야기에 대해 내가 아는 적절한
반응은 한 가지뿐이었다―잠을 안 자고 깨어 있다가 그 괴물을 물
리치는 것. 제 눈에 모래가 들어가기를 바라는 사람이 어디 있겠
는가? 어쨌든 그 이야기가 어떻게 졸음을 데려올 수 있단 말인가?
오히려 괴롭히지 않을까?

그리고 집 안이 조용해진 지 한참 뒤인 밤늦게 어둠 속을 헤매
는 또 다른 괴물을 누가 좋다고 하겠는가? 우리는 이미 괴물을 하
나 갖고 있었다.

* * *

외출 금지령이 내린 지 2주째에 새로운 적이 내 생활에 들어온
다. 오후 세시다. 날마다 일에 대한 집중력이 떨어지면 내 안에서
메스꺼움의 물결이 부풀어 오른다. 욕지기는 내가 가장 나쁜 일을
하고 있을 때―예를 들면 코로나19에 대해 가장 무서운 기사를 읽
고 있을 때―시작된다. 위험에 빠지면 그 문제에 대해 내가 알아
낼 수 있는 지식을 모두 얻는 것이 항상 나에게 맨 먼저 나타나는
성향이었다. 네 살이었던 나의 주장에 따르면, 문제에 눈을 크게
뜨고 그것을 이해하는 사람은 살아남는다. 그것은 치명적인 바이
러스보다 덜 해로운 문제에서도 효과를 발휘할 수 있다. 나는 통

제력과 비슷한 것을 얻는다.

하지만 전염병이 점점 더 기승을 부리고 있다는 보도를 볼 때마다 나는 호흡이 얕아지고, 그 때문에 머리가 어찔어찔해진다. 그 반응으로 구역질이 일어날 것만 같다. 내 위는 내가 섭취한 모든 것들, 모든 기억과 공포까지 남김없이 토해내고 싶어서 날뛴다. 어릴 적에 느낀 내 존재에 대한 위협은 대규모로 확대되어, 이제 놀랄 만큼 현실적이 되었다.

이것들은 내가 걱정으로 나를 괴롭혀 문자 그대로 나를 아프게 하고 있다는 증좌다. 그것은 피를 보면 기절하는 것과 비슷한 반응이다. 지나친 염려가 심장 박동과 혈압을 단숨에 끌어내려 졸도를 일으키는 것이다.

이것은 통제력을 갖는 것과는 정반대다.

* * *

사춘기가 되었을 때 나는 폭풍처럼 격렬한 엄마의 정신질환이 내 어린 시절의 괴물들을 낳은 것을 알았다. 샌드맨처럼 엄마가 해준 이야기 속에 등장하는 괴물들도 있었고, 내 침실에 살고 있다고 엄마가 주장한 폴터가이스트[3] 같은 유령들도 있었다. 그리고 우리가 한 번도 이야기하지 않은 괴물도 있었으니, 바로 엄마였다. 조증이 심하거나 울증이 심하거나 망상이 심해서 잠을 이루지 못하고 어두운 밤중에 살금살금 돌아다니는 엄마.

나는 공포와 공황을 고정화하게 되었다. 어떤 면에서 그것은 어렸을 때 나를 구해주었다. 나는 엄마의 기분을 눈치 채고, 조용히 있거나 착하게 굴거나 커튼 뒤에 숨어서 필요에 따라 사라지는 법을 배웠다.

그 고정화는 지금도 도움이 된다. 모든 사람과 모든 사물을 이해하고 그것을 모두 명확히 하려는 내 욕구는 내가 소설가가 되자 보상이 따르는 출구를 발견했다. 지금 이 견딜 수 없는 상황에서 소설의 등장인물들에게 통제력을 행사하는 것은 내가 즐거움을 얻기 위해 하는 일이다. 하지만 내 '싸움-도주 반응'의 일부는 내가 현실과 동조하지 못하게 할 수도 있다. 과잉 경계[4](나는 그것을 '탐색'이라고 부르고 싶다)는 안전을 유지하기 위한 만병통치약이 아니다. 그것은 얕은 호흡과 근육 수축, 이상한 반복 행동, 불면, 그리고 금방이라도 토할 것 같은 느낌과 마찬가지로 불안을 느끼고 있다는 것을 보여주는 증상이다.

냉혹한 진실은, 어느 순간 일어날 일에 대한 통제력을 가진 사람은 아무도 없다는 것이다. 다만 우리가 어떻게 반응하는가에 대한 통제력만 갖고 있을 뿐이다. 그리고 이 팬데믹 시대에 그것은 나의―그리고 우리의―유일한 장점일 것이다.

---

3   시끄러운 유령. 특정한 장소에 이유도 없이 이상한 소리나 비명이 들리거나 물체가 스스로 움직이는 초자연적 심령현상이 나타나면 폴터가이스트가 장난치는 것으로 보았다.

4   hypervigilance. 외부의 위험에 대한 경계심이 지나치게 발달한 상태를 뜻한다.

* * *

요즘은 뭐가 어떻게 돌아가는지 알 수가 없다. 신문도 헤드라인만 훑어보고 있다. 그런 다음 치료제와 백신 개발이 어떻게 되어가고 있는지, 그리고 그 밖의 유용한 정보를 좀 더 깊이 읽는다. 그런 기사를 읽을 때면 언제나 호흡을 의식하며 긴장을 풀고 느긋하게 숨을 쉰다. 무서운 기사에 마음이 끌리지만, 애써 그것을 무시한다.

우리는 사회적 거리 두기와 마스크로 코로나바이러스로부터 신체적 안전을 지킬 수 있다. 우리는 또한 불안이 물러갈 때까지 자극을 제한하고 마음챙김[5]을 실천하여 바이러스에 대한 압도적인 두려움을 다스릴 수도 있다. 그리고 이 바이러스의 위협은 금세 사라지지 않을 것이기 때문에, 우리는 위협이 사라질 때까지 오랫동안 이런 일을 계속하기로 결심할 수도 있다.

나는 지금 오전 세시 및 오후 세시와 진취적인 관계를 맺고 있다. 나는 턱과 손의 긴장을 풀고 시원한 공기를 내 허파 속으로 들여보내고 따뜻한 공기를 허파에서 내보낸다. 나는 변하고 있다. 모든 것이 변하고 있다. 변해야 하니까.

---

5   mindfulnes. 불교 수행법에서 나온 개념으로, 현재의 순간순간을 있는 그대로 받아들여 자각하는 것.

혼자, 욕망에 가득 차서

∧

소노라 자[*]

그러니까 연못으로 오라

또는 당신의 상상 속의 강

또는 당신이 동경하는 항구로 오라

그리고 세상에 입을 맞추라

그리고 살아라

당신의 삶을

― 메리 올리버, 「붉은 새」

그녀가 맨 먼저 느끼는 것은 안심이다. 이것은 결코 무방비 상

---

[*] 소노라 자(Sonora Jha): 작가. 인도 출신으로, 시애틀 대학에서 저널리즘을 가르
치고 있다.

태의 그녀를 덮친 적이 없다. 그녀는 집에 홀로 머물러 있는 법을 안다. 전에도 해본 적이 있다. 거기에 대한 글을 써서 발표한 적도 있다. 세상은 그녀가 홀로 지낼 수 있다는 것을 안다. 세상 사람들은 문을 두드리러 오지 않을 것이다.

그녀는 몇 년 전에 거의 1년 동안 홀로 살았다. 그때 그녀는 두 번째 결혼 생활이 끝난 것 때문에 울고 있었다.

이번에는 울 일이 아무것도 없다. 물론 팬데믹과 사방에서 죽어가는 사람들을 제외하고는. 하지만 눈물은 나오지 않을 것이다.

그래서 그녀가 다음에 느껴야 할 감정은 두려움이다. 그녀는 병들어 홀로 죽을 수도 있다. 그녀는 신문을 읽고, 사람들이 홀로 죽어가고 있는 것을 안다. 가족이 있는 사람들. 여섯 사람과 함께 살면서 그 여섯 명 모두에게 사랑받은 사람들도 홀로 죽어가고 있다.

나 홀로 죽게 하지 마. 그녀는 아들에게 문자를 보낸다. 그렇다. 그녀는 아들에게 부담을 줄 것이다. 아들은 스물네 살이고, 소프트웨어 엔지니어가 되기 위해 얼마 전에 보스턴으로 이사했다. 그녀는 아들에게 무거운 짐이 될 게 분명하다.

밖에 나가지 마세요. 아들은 문자로 답장을 보내온다. 제발 밖에 나가지 마세요.

그녀는 목록을 만든다. 신선식품과 냉동식품과 통조림을 산다. 시금치와 아이스크림. 그녀는 온라인으로 인도 음식—굴랍자문, 라스굴라, 비카네리 세브—을 주문한다. 뉴스에 따르면, 사람들은 죽음이 허리케인처럼 몰려올지 아니면 안개처럼 눌러앉을지 아직 모른다. 죽음이 다가오는 게 느껴지면 그녀는 우선 인도 음식을 먹을 것이다.

그녀는 목록에 적는다. '사람' '백인'이라는 항목을 끼워넣는다. 백인 우월주의자들이 안개처럼 자리를 잡으면 백인이 바로 가까이에 올 것이다. 그녀는 최근에 다투고 사이가 틀어진 남자친구에게 문자를 보낸다. 팬데믹 시대는 싸우기에는 좋지 않은 때라고. 그가 당장 답장을 보내온다. 글 보내줘서 기뻐. 그들은 섬뜩한 농담을 나누고, 그녀는 기분이 좋아진다. 나쁜 일이 일어나면 나를 데리러 와. 그녀가 그에게 말한다. 그들은 공포 영화에 대해 이야기한다.

세상은 공포 영화를 본 적이 없는 사람과 본 적이 있는 사람으로 나뉜다. 본 적이 있는 사람은 좀비들 때문에 또는 세상의 종말 이후에 나쁜 일들이 어떻게 일어나는지 알고 있다. 세상은 백인을 신뢰하는 사람과 신뢰하지 않는 사람으로 나뉘지만, 그녀는 자기가 어느 쪽인지 모른다.

그녀는 인도 친구들에게 화상 전화로 말한다. 사람들이 왜 결혼 생활을 유지하는지, 이젠 나도 알겠어. 그들은 모두 웃는다. 그들은 모두 남편이 있다. 6주 뒤, 그들 가운데 두 명은 남편이 없으면 좋겠다는 문자를 보낼 것이다. 다음주면 그들의 마음이 달라지리라는 것을 그녀는 안다.

지난번에 그녀가 혼자였을 때는 아직 자식을 실망시킬 수 있는 어머니였다. 지금 그녀는 실망시킬 사람이 아무도 없다. 그녀는 침대를 정돈하고 어질러진 것을 말끔히 치운다. 그녀의 작은 집은 아름답다. 한 달이 지난다. 그녀는 여전히 화상회의에 참석해야 하고, 학생들에게 온라인으로 강의를 하고 있지만, 두려움을 억누르기 위해 만날 수 있는 친구는 아무도 없다. 여자다운 몸매를 유지하기 위해 땀 흘려 군살을 뺄 수 있는 체육관도 없다. 여자 역할을 할 시간이 없다.

그녀는 이런 최소한의 일도 해본 적이 없다.

시간을 빼앗긴 침묵의 시대에 그녀는 강아지와 함께 놀고, 창밖의 다리와 호수를 내다보고, 아무것도 읽지 않는다. 그녀는 아무도 그리워하지 않는다. 아들조차도 그립지 않다. 가장 부끄러운 일은 잠에서 깨어날 때 발에 용수철이라도 달린 것처럼 가벼운 발걸음으로 일어난다는 것이다. 그것은 난생처음으로 할 일이 아무것도 없기 때문이다. 아니, 아무 일도 해서는 안 되기 때문이다. 정말이다. 그녀가 벽 속으로 사라져도, 그녀가 사라지는 모습을 보거나 무슨 일이 일어났는지 들을 사람은 아무도 없다.

숲에서 나무가 한 그루 쓰러지면…… 여자가 혼자 살면, 그 여자는 정말로 살았을까 아니면 죽은 거나 마찬가지일까?

더 많은 사람이 죽는다. 그래서 그녀는 향을 잔뜩 주문하기 위해 '아마존 프라임'을 이용한다. 그녀는 여기서 벗어날 길을 알려달라고 기도할 것이다. 그것은 괜찮을 것이다. 그녀는 전 세계를 위해 기도하고 있으니까, 그녀의 힌두교 신들을 신봉하는 것은 괜찮다. 그녀는 제 콘도의 거실에서 춤을 출 것이다. 자신의 안개를 피우고, 그것을 깊이 들이마시고는, 후각을 공격당하고 눈물을 흘릴 것이다. 그녀는 '나그참파' 향을 태우고, 숲 가장자리에 살고 있지만 물이 있는 마을에서 그리 멀지 않은 곳에 사는 코브라처럼 몸을 흔들 것이다.

거울 앞에 서서 자신을 사랑해보려고 애쓴 적이 있는가? 그녀는 아침마다 일어나서 거울을 보면 자기가 전날보다 더 아름다워진 것을 발견한다고, 그녀를 사랑한 남자들에게 말하기를 좋아했다. 그들은 그 이야기를 듣는 것을 좋아했다. 남자들은 스스로 아름답다고 믿는 여자들을 사랑한다. 하지만 오만한 여자들은 좋아하지 않는다. 그녀가 아름다움에 대해 말하고 있지 않았다면, 그리고 아주 수줍게 그 말을 하지 않았다면, 그녀의 말은 오만하게 들렸을지도 모른다. 그런데 그녀가 남자들을 내쫓을 때까지 그들은 이 모든 것을 좋아하고 만족했다.

작년에 언제부턴가 그녀는 날마다 더 아름다워진 모습으로 깨어나는 것을 그만두었다. 그녀의 얼굴에서 무언가가 달라졌고, 그녀는 미간에 나이가 어른거리는 것을 본다. 이어서 나이는 그녀의 양쪽 입가에 깊이 파인 두 개의 주름으로 내려온다.

내 눈엔 안 보이는데. 친절한 'BFF'[1]가 화상 전화로 말한다.

그녀는 자기가 나이를 먹는 것에 당황하여 허둥대지 않는 이유

---

1   best friend forever(영원한 절친)의 줄임말로, 채팅 용어.

를 모른다. 침묵과 침묵과 침묵 속에서 그녀는 공포와 절망과 불행에 대한 지배력을 잃어버린다.

그녀는 팬데믹이 끝나면 하고 싶은 일의 목록을 만들려고 자리에 앉는다. 그런데 아무것도 생각나지 않는다.

그녀는 머리에서 정보를 비워버렸고, 그걸 상상력으로 대체할 수도 없다.

그녀가 숨넘어가게 웃어대자 개가 놀라서 다른 방으로 잽싸게 달아난다.

하지만 그녀는 '항상' 무언가를 원했다. 그걸 나한테서 빼앗아가지 마. 그녀는 실내에 놓여 있는 화분을 보며 말한다.

그녀의 쉰일곱 번째 생일이 오고 지나간다. 쉰 번째 생일에 그녀는 아들에게 말했다. 이제 꿈을 다 이루었으니 나의 버킷 리스트에는 정말 아무것도 없다고. 나는 여행을 다녔고, 두 번 결혼했고, 사랑을 받았고 받은 사랑을 돌려주었다. 나는 전문직에 종사했고 어머니도 되었다. 나는 질병과 해직을 이겨내고 살아남았다. 그러니까 내가 지금 죽더라도 나는 충실한 삶을 살았다는 것을 알아두라고, 그녀는 아들에게 말했다.

좋아요. 멋져요. 하지만 엄마가 죽지 않으면 좋겠어요, 하고 아들은 말했다.

더 많은 사람들이 죽는다. 그녀는 아무 이유도 없이 며칠을 더 산다. 『뉴욕 타임스』의 뉴스 알림이 휴대폰에 뜬다. "'누군가가 마약을 주입한 것 같았다.' 한 청소년이 겪은 심장마비는 코로나바이러스에 걸린 아이들에게 닥친 새로운 고통의 실례다."

그녀는 학생들이 보고 싶다. 그들의 말투가 그립다.

그리고 그녀는 서서히 자신의 인생에 대한 욕망으로 가득 찬다. 그 인생의 일부는 이미 살았고, 일부는 아직 살지 않았다.

그녀는 배가 고프다. 케이크가 먹고 싶은 나머지, 케이크 냄새가 난다. 그녀는 절규하듯 큰 소리로 연달아 노래를 부른다. 향에서 피어오르는 연기를 향해 기도한다. 내 생애 최고의 사랑이 오게 해달라고. 10주가 지나고 수십만 명이 죽은 뒤, 그녀는 가상의 낯선 사람에게 현관문을 열어주고 그의 품에 쓰러진다.

하지만 그날 아침, 그녀는 찻주전자를 불 위에 올려놓는다. 차가 우러나면서 도자기 찻잔의 액체가 차츰 짙어지는 것을 지켜본다. 그녀는 뜨거운 수증기로 자신의 집게손가락을 고문한다. 찻잔의 황금빛 가장자리를 입술로 적시고, 달콤한 허브 향을 코로 들이마시고, 그녀가 통제할 수 있는 마지막 것일 수도 있는 찻잔에 입을 맞춘다.

고비에서 바라보기

— 2020년 3월의 기록

∧

레나 칼라프 투파하[*]

지난 제국의 시대였다.

과학과 노래가

크게 유행했다. 밤낮으로 도표가

화면으로 쇄도했다. 상형문자는

해독되지 않은 상태로 남겨두는 게 나았다. 뉴스는

임박한 사상자의 규모를 예보한다.

우리는 얼마나 늦게

우리의 중요한 전쟁터에 도착하고 있었던가.

큰소리치는 거짓말의 시대였다.

[*] 레나 칼라프 투파하(Lena Khalaf Tuffaha): 시인·수필가·번역가. 아랍계. 저널 리스트와 편집자로 활동했으며, 세 권의 시집을 발표했다. 워싱턴주 레드먼드에 살고 있다.

우리는 가게에 밀가루가 떨어질 때까지 쿠키를 구웠다.

쿠키는 혀를 따뜻하게 해주는 계피 가루와

갈색으로 변한 버터와 정제하지 않은 설탕으로

유쾌했다.

가상 모임들이 열리고

우리 창문 너머에 있는 꽃피는 가로수에

우리가 함께 이름을 붙여준 시대였다.

눈덩이 같은 꽃망울을 터뜨린 야생 자두.

조심스럽게 산책하는 우리 머리 위를 차양처럼 가려준

야생 벚나무. 멀리 떨어져 있는 사랑하는 이들은

우리 시대의 가장 큰 새들이 공항에서 잠자고 있었기 때문에

전보다 더 가까워졌고 전보다 더 닿을 수 없게 되었다.

그들도 자기네 나무 사진을 보내왔다.

어린 시절의 추억이 담긴 참피나무.

아직 꽃이 피지 않은 능소화.

바야흐로 연주를 시작하려 하는 교향악단.

최고의 상황 시나리오의 시대였다.

우리는 추적하고 분류했다. 우리는 저마다

우리를 기다린 '테라 눌리우스'¹에 대한

현장 안내서의 초안을 만들었다. '집에 있어. 집에 있어.'

멧종다리는 짹짹거렸다, 이상하게 명료한 소리로.
파랑어치는 아줄렌 섬광 속에서 상록수들 사이를
바스락거리며 돌아다녔다.
병든 도시들과
교통 정체가 없는 고속도로의 적막 속에서
불협화음을 내는 성가대.

하찮은 은유의 시대였다.
우리들 가운데 독실한 신자들조차
부활절의 기적이 일어날 가능성에 흥미를 잃었다.
우리의 슬픔은 돌풍처럼 강하게 밀려왔고,
억수같이 쏟아진 봄의 불안은
우리 지붕 밑에서 날마다 홍수처럼 불어났다.

최상급의 시대였다.
우리는 활기를 잃었다. 예정된 일이 연기되었다는 표시가
우리의 달력을 어수선하게 장식했다.
우리는 두려움과 긴장 사이를 오갔다.
아이와 부모는 당황하여 어쩔 줄 몰랐다.

---

1   terra nullius. '주인 없는 땅'이라는 뜻의 라틴어.

우리는 모든 표면을 구석구석 닦아내고,

우리의 약점 속에서 새로 시작했다.

욕조 안에서

∧

제나 블럼*

팬데믹 이후 최악의 날은 내 허를 찌르듯 갑자기 찾아왔다. 그
날은 코로나바이러스가 18개월 동안 지속될지도 모른다는 말을
들은 날도 아니었고, 내가 문명의 붕괴에 대비하여 통조림을 비축
하며 보낸 날도 아니었다. 내 주치의와 간호사들이 경험하고 있는
것과 비슷한 날도 아니었다. 나에게 정말로 끔찍한 일은 아무것도
일어나지 않은 평범한 날이었다. 코로나바이러스 감염증의 의미
에서 평범한 날이었고, 실제로는 전혀 평범하지 않다는 뜻이다.

화요일 오후 다섯시였다. 열여덟 명의 자원봉사자와 함께 자가
격리된 작가들과 독자를 연결하기 위해 개설한 소셜 미디어 플랫
폼 '마이티 블레이즈(강력한 불길)'에서 화요일은 '한잔하는 날'이

---

*   제나 블럼(Jenna Blum): 소설가. 데뷔작 『우리를 구하는 사람들』로 문명을 얻었
    다. 보스턴에 살면서 글쓰기 강사를 하고 있다.

었다. 신간 서적들이 화요일에 나오기 때문에 매주 화요일은 눈코 뜰 새 없이 바빴다. 나는 속옷 바람으로 안경을 쓰고 머리를 아무렇게나 동여맨 채 우리 집 식탁에서 정신없이 일하고, 저녁에는 친구 커스틴과 함께 산책하는 것을 낙으로 삼고 있었다. 내가 포장을 하고 있는데 그녀가 문자를 보내왔다. "밖에 나가지 마. 코먼 공원에 총잡이가 있어."

커스틴은 보스턴 코먼 공원의 한쪽에 살았고 나는 그 반대쪽에 살았다. 우리는 사회적 거리를 둔 산책을 하기 위해 자주 만났고, 서로 직접적인 관계를 맺고 있는 사이였다. 산책 한 번 건너뛰는 것쯤은 그리 대단한 일도 아니었지만, 그 문자를 받았을 때 나는 화가 나서 휴대폰을 탁 닫아버렸다.

나는 밖에 나가고 싶었다. 운동을 하고 싶었다. 자연을 느끼고 싶었다. 야외로 소풍을 가는 그 산책이 나에게는 꼭 필요했다.

전날 커스틴은 시간을 내지 못했지만, 그래도 나는 걸었다. 커먼웰스 가에는 자목련이 피어 있었다. 그 꽃은 내가 기억하는 것보다 향기가 짙고 더 반들반들하게 빛났다. 어머니 같은 자연은 팬데믹을 반겼다. 차를 몰거나 비행기로 날아다니는 사람이 훨씬 줄어들었다. 중국의 공기가 맑아졌고, 베네치아의 운하에서는 돌고래들이 헤엄을 쳤다. 어쨌든 봄이 오는 것을 막을 수는 없었다. 나는 꽃들을 향해 얼굴을 들고 숨을 들이마셨지만, 마스크 때문에 꽃향기는 거의 맡을 수 없었다.

이제 나는 지쳤다. 필터를 통해 꽃을 즐겨야 하는 데 지쳤다. 산책할 수 없는 데 지쳤다. '마이티 블레이즈'도 지겹다. 나는 글을 쓰고 싶었다. 체육관에서 운동을 하고 싶었다. 친구들을 보고 싶었다. 몇 달 전에 죽은 내 개가 그리웠다. 그보다 1년 전에 세상을 떠난 엄마가 그리웠다. 나는 총잡이가 되지 않기 위해 거기에 가고 싶었다.

바로 그 순간, 친구 스티븐이 전화를 걸어왔다. "확인하려고 전화했어. 어떻게 지내?" 그가 말했다. 스티븐은 내가 스티븐 킹[1]의 『스탠드』와 에밀리 세인트존 맨델[2]의 『스테이션 일레븐』을 읽은 덕분에 완전한 사회적 붕괴가 일어날 거라고 몹시 걱정하고 있는 것을 알고 있었다. 그는 이런 일은 일어나지 않을 테고, 설령 일어난다 해도 버몬트에 있는 그의 시골집으로 오면 언제든지 환영하겠다고 나를 안심시켰다. 나는 이미 그의 시골집에 불청객으로 찾아간 적이 있었다.

"정직하게 말할까? 별로 좋지 않아." 나는 말했다. "나는 코로나에 질렸어. 이 빌어먹을 상황이 지겨워 죽겠어."

"오늘 뭘 좀 먹었어?" 그가 물었다.

"아니." 나는 냉장고로 가서 문을 열었다가 쾅 하고 닫았다. "먹

---

1   스티븐 킹: 미국의 소설가. 『스탠드』는 사막의 생화학전 연구소에서 독감 바이러스가 유출되면서 인류 전체가 종말 위기에 처하는 이야기.

2   에밀리 세인트존 맨델: 캐나다의 소설가. 『스테이션 일레븐』은 독감 바이러스가 지구를 휩쓸어 인류가 거의 절멸한 뒤의 세계를 배경으로 셰익스피어 유랑 극단이 겪는 이야기.

고 싶지 않아."

"샤워는 했어?"

"물론 안 했지."

"좋아. 내가 너한테 원하는 걸 말해줄게." 스티븐이 말했다. "가서 목욕을 해. 나는 네가 알몸이 된 모습을 상상하지 않으려고 열심히 노력할게."

내 꼴이 너무 형편없어서 그를 놀릴 수도 없었다.

"알았어." 나는 일단 옷을 벗고 수돗물을 틀면서 말했다. "나는 지금 욕조에 들어와 있어."

"좋아. 나는 이제 너한테 시를 읽어줄 거야."

"시 따위는 듣고 싶지 않아. 나는 내 삶을 되찾고 싶을 뿐이야!"

"이해해." 스티븐이 말했다. "자, 들어봐."

나는 욕조 안에 앉아서 스티븐이 연달아 낭송하는 시를 스피커폰으로 들으며 오만상을 찌푸렸다. 주의를 집중할 수가 없었다. 말들이 내 귀를 스치고 미끄러지듯 지나갔다. 말은 아무 의미도 없었다. 하지만 나는 전화를 끊지 않았다. 나는 스티븐의 목소리가 나에게 파도처럼 밀려오도록 내버려두었다. 나는 욕조에 몸을 기댄 채 눈을 감았다.

"좀 나아졌어?" 스티븐이 물었다. 나는 투덜거렸다.

"아직은 아닌가보군." 그가 말했다. "그럼 이 시를 들어봐."

그는 한 시간 동안 시를 읽어주었고, 나는 식어가는 물속에 누워 있었다. 결국 나는 그가 읽고 있는 것에 대해 곰곰 생각해볼 수 있었다. 내 뇌가 말들의 의미를 이해하기 시작했다. 서서히 초점이 맞아가는 사진 같았다. 다만 그 사진은 나 자신이었다. 나는 한숨을 내쉬었다.

"어때? 좀 나아졌어?" 스티븐이 물었다.

"응. 고마워."

"오히려 내가 영광이지. 이젠 괜찮겠지?"

"괜찮을 거야." 나는 말했다. "그런데 스티븐?"

"왜?"

"그 마지막 시는 네가 쓴 거지?"

"귀가 밝군." 그가 말했다.

나는 빙긋 웃었다. 내가 정말로 들을 수 있었던 것은 그 마지막 시가 처음이었다.

이 촛불의 밤들

— 스티븐 P. 키어넌[*]

노인이 지팡이를 들어 올려
글라디올러스의 칼과 칼싸움을 한다.

---

[*]   스티븐 P. 키어넌(Stephen Kiernan): 소설가·저널리스트. 네 권의 소설과 두 권의 논픽션을 썼다.

그는 정원에서 광란 상태에 빠진다.

태양은 조금씩 서쪽으로 기울고

그 마지막 붉은 가장자리에

성냥이 그어지고, 라이터가 켜지고,

초들이 타오르기 시작한다.

어떤 사람들은 이미 잠들어 있지만,

우체부의 손가락은 상업과

수다스러운 로맨스로 물들고,

약속이나 간청의 편지는 그에게 한 통도 오지 않는다.

일찍 일어나는 제빵사,

자신의 마지막 빵을 팔 때까지는 총각이다.

어부의 아내는 창가에 서서

아무것도 없는 바다를 바라본다.

유리창에 그녀의 모습이 희미하게 비칠 뿐이다.

그리고 푸주한의 아내는 뚱보 남편을 위해

마지못해 드러눕는다. 그리고 잠시 후

사정없이 두드려 맞은 고기 같은 기분을 느낀다.

목사는 아무것도 쓰여 있지 않은 백지 앞에서

붉은 포도주를 홀짝인다.

집의 침묵이 그를 짓누르지만,

일단 첫마디만 찾아내면 설교 전체가 떠오를 텐데.

가까이에서 술고래가 노래할 준비를 하고

누가 자기 손에 이런 짓을 했는지 궁금해한다.
노인은 그의 방으로 안내되어 그곳에 남겨진다.

이 촛불의 밤, 낮게 타오르는 이 비통함은
유일한 게 아니다. 어딘가에서 누군가가
열 명의 친구를 위해 축배를 들고 있다. 어떤 남자는
여자의 배에 입을 맞추고, 그녀는 까르르 웃고 있다.
담요 밑에서는 갓난아기가
달의 위상처럼, 내리는 눈처럼 숨을 쉰다.
어떤 촛불은 책장이나 창문이나
교회나 탄생이나
친구의 얼굴이나 연인의 얼굴을 비춘다.

하지만 오늘 밤에 나는, 대부분의 밤처럼
컵처럼 오므린 불꽃 뒤에 손을 대고,
불꽃은 손가락 지문의 소용돌이와 융기와 손금을 비춘다.
그리고 나는 숨을 들이마신다.
너를 또 영원히 잃으리라는 것을 나는 안다.
그리고 어떤 빛도 나를 구할 수 없고
나는 숨을 내쉬지 않을 수 없으리라는 것도 안다.
심지 끝이 잠깐 빨갛게 타오른다.
하지만 이어서 연기가 나온다. 노인은

딱딱한 의자에 앉아서 기억한다.

길거리에서 달빛을 받은 사냥개 한 마리가

청승궂게 울부짖고 울부짖고 또 울부짖는다.

봉쇄령 속에서 품위 찾기

∧

장 궈[*]

불완전할지라도 기쁘게 사는 것은 일종의 구원이다.

우리 어머니는 친절하고 너그러운 분이었지만, 훌륭한 중국인 딸의 개념에 대해서는 완벽주의자였다. 만두피는 균일한 두께로 판판하게 편 다음 잘라서 곱게 다진 소를 싸고 그 둘레에 예쁘게 주름을 잡았다. 웍은 철수세미로 북북 문지르지 않으면 깨끗하지 않았다. 밥 짓는 물은 생쌀에 손가락 끝을 댔을 때 집게손가락 첫 마디가 잠길 만큼 깊어야 했다.

"하지만 엄마, 사촌언니 우처럼 손가락이 기형적으로 긴 사람은 어떻게 해요? 아니면 솥이 너무 높고 바닥이 얕으면……." 그러나

---

* 장 궈(Jean Kwok): 소설가. 홍콩에서 태어나 다섯 살 때 미국으로 이주했다. 하버드 대학과 컬럼비아 대학을 졸업했으며, 차이나타운 시절의 경험을 그린 소설로 이름을 얻었다. 네덜란드에 살고 있다.

나는 엄마가 눈을 가늘게 뜨는 것을 보고 말을 끊곤 했다. 열심히 하지 않으면 좋은 결과를 얻을 수 없다고, 엄마는 자주 경고하곤 했다. 지금 코로나19 봉쇄령으로 남편이랑 두 아들과 함께 집에 갇혀 있다 보니, 엄마의 말이 무슨 뜻이었는지 이해할 것 같다.

우리 가족은 중국에서 상당히 유복하게 살았지만, 미국으로 이주하는 과정에 모든 것을 잃어버렸다. 다섯 살 때 나는 브루클린 빈민가에서 난방도 안 되고 바퀴벌레가 우글거리는 아파트에 살았다. 날마다 학교가 끝나면 아버지는 나를 차이나타운의 공장으로 데려가서 일을 거들게 했는데, 그곳은 열악하기 그지없는 의류 공장이었다.

밤마다 쥐들이 매트리스를 따라 돌아다니는데도 구식인 어머니는 품위를 지켰고, 특히 막내딸의 행실에 대해서는 엄격한 기준을 유지했다. 조금이라도 운동을 배우는 데 도움이 될 만한 것―줄넘기, 달리기, 재주넘기 등등―은 무엇이든 숙녀답지 않은 행동으로 간주되었고, 그래서 금지되었다. 게다가 발레나 수영처럼 근육 조정 능력을 키워주었을 과외 활동은 할 시간도 없고 그럴 돈도 없었다. 친구들이 학교에서 무용 발표회나 새로 산 튀튀(발레용 스커트)에 대해 이야기하면서 키득거리는 것을 나는 그저 부러운 마음으로 감탄하며 듣기만 했다. 가장 곤란한 것은 내가 꿈 많고 비현실적인 아이였다는 점이다. 무지와 호기심이 결합된 구제 불능의 아이였다.

물을 끓이는 동안 불을 지켜봐야 한다는 것을 깜박했기 때문에,

어머니가 아끼는 냄비의 플라스틱 손잡이가 녹아버렸다. 한번은 아버지의 라디오가 어떻게 작동하는지 보려고 몰래 그 라디오를 분해했는데, 나는 정말 그것을 다시 조립할 계획이었지만, 낡은 비닐 바닥에 흩어진 작은 나사와 부품들 사이에 앉아 있는 현장을 들켜버렸다. 유리잔과 사발은 윤활유라도 바른 것처럼 내 손에서 미끄러지기 일쑤였다. 어머니는 마루를 쓸라고 거듭거듭 나를 불렀지만, 나는 멍하니 창밖을 내다보며 다른 삶과 다른 세상을 꿈꾸곤 했다. 중국인의 딸로서 나는 완전한 재앙이었다.

몇 가지 점에서 학교도 집보다 그렇게 좋지는 않았다. 영어를 배운 뒤 내가 타고난 학습 능력이 발휘되기 시작했고, 급우들은 나를 '두뇌의 여왕'이라고 부르기 시작했다. 이런 재능이 체육관에서는 전혀 도움이 되지 않았다. 체육 선생님은 체육관 천장에 매달려 있는 밧줄을 잡고 오르라고 나한테 소리쳤지만, 나는 미친 사람을 보는 듯이 선생님을 빤히 쳐다보았다. 나는 근시이기도 했지만, 거대한 보라색 안경을 쓰도록 나를 설득할 수 있는 방법은 전혀 없었다. (몸에 잘 맞지 않는 옷과 곱슬곱슬한 머리카락에도 불구하고 나에게는 아직 약간의 허영심이 남아 있었다.) 그 결과, 내쪽으로 날아온 공은 기껏해야 희미한 얼룩처럼 보이는 게 고작이었고, 나는 그것을 피하려고 애쓰곤 했다. 하지만 다른 과목은 모두 잘했기 때문에 바깥에서는 성공한 사람으로 여겨지고 집에서는 명백한 실패로 여겨지는 이중성을 경험했다.

내가 하버드 대학에 입학했을 때 우리 가족은 무척 기뻐했다.

내가 훌륭한 교육을 받게 되었기 때문이 아니라, 나를 부양해줄 남자를 찾으려고 애쓸 필요가 없겠다고 생각했기 때문이다. 나를 시집보내는 것은 불가능하다는 것이 우리 가족의 오랜 생각이었다. 오늘날까지도 오빠들은 나의 네덜란드인 남편을 보면 상냥하게 등을 두드리면서, "자네 괜찮아? 자네가 힘들게 살고 있다는 건 우리도 알아" 하는 따위의 말을 한다.

하버드에서 나는 대단한 중국인 딸의 개념을 한 걸음 더 전진시켜, 물리학자가 되는 대신 작가가 되고 싶다고 결심했다. 나는 생활비를 벌기 위해 무려 네 가지 일을 하고 있었지만, 내가 오랫동안 원했던 무용 강습을 받을 시간을 찾아냈다. 처음에 나는 모든 무용 학원에서 최악의 학생이었다. 어느 무용 선생님은 내 두 다리가 서로 엉키는 것을 보고는 소매로 입을 가리고 웃음소리를 죽여야 했다. 하지만 그래도 나는 춤을 좋아했고, 우아한 나를 꿈꾸었다. 격렬하고 강해지기를, 내 몸을 통제할 수 있게 되기를 꿈꾸었다. 그래서 나는 참고 견뎠다.

하버드를 졸업한 뒤 나는 다시 뉴욕으로 돌아갔다. 밤에 글을 쓸 수 있도록 낮에 할 일을 찾던 나는 신문에 이런 광고가 실린 것을 보았다. '구인: 전문적인 볼룸 댄서, 훈련 가능.' 나는 좀 겁이 났지만 결국 지원했다. 녹초가 될 만큼 치열한 오디션 과정을 거치는 동안, 나는 다른 여자들이 나보다 훨씬 훈련되어 있고 근육 조정 능력도 뛰어나고 나보다 예쁘고 붙임성도 좋고 아무도 나처럼 서투르지 않다는 것을 알 수 있었다. 나는 고집과 욕망 때문에 탈락하지 않고 남아 있었다. 그들이 나에게 기회를 줄 가능성은 전혀 없다는 것을 나는 알았다. 하지만 어찌 된 일인지, 그들은 나를 선택했다.

내가 무용수로서 진정한 훈련을 받기 시작한 것은 그때였다. 내 다리는 이제 서로 엉키지 않았다. 나는 내 중심과 내 발과 팔과 머리를 인식하게 되었다. 나는 공연과 경연 대회에서 학생들을 가르치고 춤을 추면서 몇 년을 보낸 뒤, 소설 전공으로 MFA(예술 석사)를 따기 위해 컬럼비아 대학에 들어갔다. 영어를 배운 적이 없는 어머니한테는 내가 컴퓨터 프로그래머로 일하고 있다고 거짓말을 했다. 하지만 몇 년 뒤 내가 베스트셀러 작가가 되고 나의 무용수 경력이 미국 최대의 중국어 신문 1면에 실리는 바람에 내 거짓말은 들통나고 말았다.

하지만 나는 여전히 서투르다. 다른 무용수들은 내 아이라이너가 항상 비뚤어져 있고 내 손톱이 망신거리라고 늘 놀려댔다. 텔레비전에 출연할 때는 물을 달라고 요구하지 않는다. 나를 인터뷰하는 사람에게 물을 엎지를 가능성이 있기 때문이다. 누군가가 나에게 공을 던지면 나는 몸을 숙여서 공을 피한다. 나는 지금까지 자전거를 타다가 셀 수 없을 만큼 많은 사람이나 무생물과 충돌했다. 제정신을 가진 사람이라면 아무도 내가 차를 모는 것을 허락하지 않을 것이다. 그리고 나는 아직도 부엌에서 문제가 많다. 그래서 아이들한테 간식으로 팬케이크 좀 만들어줄까 하고 물으면 아이들은 "천만에요. 엄마 팬케이크는 사양할게요!" 하고 외친다.

나 같은 사람이 요리사 겸 관리인인 집에 갇혀 있는 것을 상상해보라. 고맙게도 청소는 남편이 도맡아 하고 있다. 남편은 내가 다림질을 하다가 화상을 입은 것을 본 뒤로는 다림질도 떠맡았다. 그런 남편이지만 부엌에서는 나보다 훨씬 무능하다. 우리 모두가 친구와 가족으로부터 격리되어 있는 이 끔찍한 시대에 나는 우리에게 위안을 주는 중국의 옛날식 강장 음식을 먹고 싶지만, 그 요리법을 전혀 모른다.

어머니는 오래전에 돌아가셨고, 나는 어머니가 몹시 그립다. 흔히 있는 일이지만 나는 어머니가 나한테 가르치려고 애썼던 것들이 대부분 옳았다는 것을 깨닫는다. 신호를 무시하고 길을 건너지 마라. 남에게 친절해라. 건강이 최고다. 밥을 태우지 마라.

남편과 아이들이 쓰레기통 주위에 둘러서서 토스트의 까맣게 탄 부위를 긁어내는 일상적인 행사를 치르는 동안, 나는 머릿속에서 어머니 목소리를 듣는다. 과거에는 요리를 하다가 저지른 실수를 많이 감추었지만, 봉쇄령이 내려진 뒤에는 더 이상 비밀이 없다. 열세 살 된 아들은 내가 숯처럼 새까맣게 탄—그런데 신기하게도 속은 설익은—쿠키 몇 개를 던져넣은 쓰레기통을 들여다보고는 상냥하게 말했다. "이런 식이면 적어도 아빠는 뚱보가 되진 않겠군."

하지만 모든 것을 다 잃지는 않았다. 내가 가난하게 자라면서 배운 것이 있다면, 행복은 안에서 나온다는 것이다. 우리는 모두 자기 안에 무한한 자원을 가지고 있다. 꿈, 이야기, 희망. 머리 위에 지붕이 있고, 굶주림을 채워줄 음식이 있고, 가정에 사랑과 친절이 있다면, 우리는 부자다. 우리 아이들은 요리를 배우고 있어서, 오븐 속에서 맛있는 무언가가 구워지고 있으면 오븐을 주의 깊게 지켜본다. 나는 몇 년 동안 춤을 추지 않았지만, 우리 네 식구는 재미와 운동을 위해 날마다 댄스 앱에 맞춰 껑충껑충 뛰어다닌다. 얼빠진 춤이지만, 내가 옛날 느꼈던 춤에 대한 열정과 똑같은 즐거움을 안겨준다. 어쩌면 더할지도 모르겠다. 이제는 그 즐거움을 내가 사랑하는 사람들과 함께 나눌 수 있기 때문이다. 우리는 너무 바쁘게 살아서 때로는 그 바쁜 생활이 우리 모두를 각기 다른 방향으로 끌고 가곤 했지만, 이 봉쇄령 시대에 우리는 다시 한 번 서로를 위해 시간을 내는 법을 배웠다.

마침내 나는 내가 내 서투름에 대해, 그리고 영원히 품위를 추구하는 것에 대해 생각하고 있다는 것을 깨닫는다. 나에게 품위란 타인과 자신에 대한 연민을 의미하는 또 다른 말이다. 아마 둥근 나무못을 네모난 구멍에 끼워 맞추려고 애쓰지 않는 것이 품위일 것이다. 자신만의 독특한 강점을 발견하고 그 강점을 최대한 개발하는 것이 품위일 것이다. 자기가 좋아하는 일을 하고 자기가 하는 일을 사랑하는 것이 품위이다. 그런 의미에서 나는 집에 갇혀 있는 동안 품위를 찾아냈다고 말할 수 있을 것 같다. 그리고 결국 나는 그렇게 형편없는 중국인 딸은 아닐 거라고 생각한다.

무균실

^

제시카 키너[*]

며칠 전 밤중에 깨어난 나는 방이 빙글빙글 돌고 욕지기가 나는 것을 느꼈다. 금세 회복되었는데, 뭔가 잘못 먹은 데 대한 반응이 었을 것이다. 하지만 그 짧은 사건이 내게는 너무나 익숙한 밀실 공포증의 느낌을 불러일으켰다. 2020년에 이 기이한 팬데믹 거품, 우리 집의 네 벽을 빼고는 분간할 수 있는 막이 전혀 없는 거품 속에서 사는 것은 내가 병원의 격리병실에서 살았던 1979년 겨울의 석 달과 다르지 않다. 그때는 나의 왕자님 같은 오빠가 골수를 기증하여 내 목숨을 구해주었다.

또다시 나는 예전처럼 마스크를 쓰고 장갑을 끼고 소독을 하고 있다. 나는 이 틀에 박힌 일상을 잘 안다. 실제로 경험했기 때문이

---

[*]　　제시카 키너(Jessica Keener): 소설가. 『야간 수영』으로 데뷔했으며, 아마존 베스트셀러였다. 보스턴에 살고 있다.

다. 하지만 다른 사람들과 함께하지는 않았다. 전 세계와 함께하지는 않았다.

그때는 내가 대학을 갓 졸업했을 때였다. 우리가 '무균실'이라고 부른 내 병실은 가로 2.5미터에 세로 3미터쯤 되고, 다른 사람들의 세균으로부터 나를 보호하도록 설계되어 있었다. 그 무균실에는 주차장이 바라다보이는 작은 창문이 하나 있었는데, 그 창문을 통해 손바닥만 한 햇살과 누군가의 자동차 펜더를 볼 수 있었다. 그것 말고는 바라볼 게 아무것도 없었기 때문에 나는 우울한 현실에서 다른 쪽으로 주의를 돌릴 방법을 찾아야 했다. 언젠가 내가 그 방을 떠날 때는 살았거나 죽었거나 둘 중 하나일 수밖에 없었고, 그것이 엄연한 현실이었다.

중환자실에서 나는 기능이 고장 난 골수의 남은 부위를 파괴하기 위해 치명적인 화학요법을 받았다. 본질적으로 보자면 의사들은 나를 살리기 위해 나를 죽인 것이다. 그리고 그것은 효과가 있었다. 처음 며칠은 욕지기와 독감 비슷한 증상에 시달렸다. 그 힘든 며칠이 지나자 머리카락이 빠졌지만, 나는 머리가 다시 자라리라는 것을 알았다. 나는 상태가 좋아지기 시작했다. 병균에 감염될 위험만 없으면, 적혈구 수가 많아지기만 하면, 내 면역 체계가 완성되기만 하면, 밖에 나갈 수도 있었다. 하지만 그 모든 일이 언제 일어날지는 전혀 알 수가 없었다. 나는 세계에서 희귀 혈액병인 재생불량성빈혈로 골수 이식수술을 받은 최초의 백 명 가운데 하나였다. 내 주치의는 완치되려면 두 달이 걸릴 수도 있고 석 달이나 다섯 달이 걸릴 수도 있다고 말했다. 기다려볼 수밖에 없을 것이다. 이 기다림은 멘탈 게임이 되었다. 코로나19 때문에 요즘 우리는 모두 멘탈 게임을 하면서 살고 있는데, 그것과 비슷했다. 우리는 직장으로 돌아가기를 기다리고, 노부모와 포옹할 수 있게 되기를 기다리고, 우리가 살아 있다는 느낌이 들게 해주는 일들로 돌아가기를 기다리고 있다.

내 병실에서 너무 먼 앞일까지 생각하면 우울감과 절망감과 지루함의 물결이 숨을 쉬기도 어려울 만큼 밀려들 수 있었다. 그래서 나는 판에 박힌 일상과 그날의 할 일 외에는 생각지 않으려고 애썼다. 아침 목욕, 책 읽기, 음악 듣기, 일기 쓰기, 아침 식사, 점심 식사, 날마다 나를 찾아오는, 그래서 결국 내 친구가 된 담당 간호사의 방문, 밤에 찾아오는 어머니와 하는 카드놀이, 밤에 본 TV 프로그램들─형사 콜롬보, 동물의 왕국, 골든 걸스. 이튿날 아침이면 나는 이 일과를 다시 시작하곤 했다. 이런 날이 얼마나 오래 계속될까? 아무도 나한테 결정적인 대답을 주지 못했다. 그것은 영원히 끝나지 않을 것처럼 느껴졌다.

나는 친구들과 전화로 이야기했다. 또 한 주가 지나고, 긍정적인 태도를 유지하려는 노력에도 불구하고 머리가 무거워지는 증상이 재발하여 사람들과 이야기를 나누기가 어려워졌다. 그 힘든 시기에 나는 아무도 나를 문병 오지 못하게 해달라고 간호사들에게 부탁해서, 출입문에 '금일 면회 금지'라고 쓴 팻말을 달았다. 나는 혼자 있을 필요가 있었다. 그 암울한 시기에 나는 마치 뚜껑 닫힌 유리병 속에 들어 있는 곤충 같은 기분을 느꼈다. 나는 꼼짝없이 갇혀 있었지만, 모두 나를 볼 수 있었다. 나는 동물들이 왜 우리 안에서 서성거리는지를 알 것 같았다. 나도 병실 안을 천천히 서성거리기 시작했다. 날마다 원을 그리며 빙글빙글 돌았다. 음악을 들으면서 오락가락했다.

다행히 며칠 뒤에는 머리를 무겁게 짓누르던 무언가가 증발하듯 사라졌다. 어쩌면 나는 나 자신에게 휴식을 줄 필요가 있었던 것인지 모른다. 나는 다시 문병객들을 만나기 시작했고, 전화 통화도 재개했다. 하지만 그래도 나는 계속 서성거렸다. 그것은 나를 차분하게 안정시켜주었다.

무균실에서는 다른 사람을 껴안기는 고사하고 만지는 것조차 허락되지 않았다. 나는 가로 2.5미터에 세로 3미터인 투명 플라스틱 상자 안에 살고 있었다. 며칠이 지나고, 몇 주가 지나고, 몇 달이 지났다. 나를 문병 온 사람들은 플라스틱 장벽 너머로 나를 보기만 하고 돌아갔다. 요즘과 마찬가지로 그때도 사회적 거리 두기를 유지하고 마스크를 쓰고 손을 씻고 물건들을 구석구석 말끔히 닦고 빨리 풀려나기를 기다리는 데 차츰 싫증이 나고 지루해졌다.

그때와 지금을 비교했을 때 내가 느끼는 한 가지 중요한 차이점은, 그때는 내가 불가촉천민처럼 만져서는 안 되는 존재이고 괴상한 병에 걸린 환자였지만 지금은 아니라는 사실일 것이다. 지금 나는 유리병 속에 든 곤충도 아니고 우리에 갇힌 야생동물도 아니다. 전에는 아무도 내 병에 대해 들어본 적이 없었고, 골수 이식수술의 필연적인 결과도 이해하지 못했다. 지금은 누구나 코로나19에 대해 알고 있다. 나는 다른 사람들과 똑같다. 그리고 이런 말을 하는 것은 이상하지만, 나는 여기서 위안을 얻는다. 나는 격리되어 있지만, 이번에는 혼자가 아니다.

유폐

∧

피터 G. 퀸[*]

우리 집을 섬으로 만들고
거기에 꼼짝 말고 틀어박히란다.

우리 집 창밖에 있는 프로텍션 섬이
이제 어르신처럼 보인다.

얼마나 오래 계속될까? 튼튼한 냉동기가 텅 빌 때까지
끝나지 않으면 어떡하지?

우리는 다시 얼마나 가까워질까?

[*]　　피터 G. 퀸(Peter Quinn): 시인. 저널리스트, 편집자로 활동했으며, 워싱턴주 포
　　트타운센드에 살면서 출판사를 운영하고 있다.

살아 있는 피부에 닿을 만큼?

얼마나 자주 용감하게 외출할까?
어떤 필수품이나 잊어버린 물건을 사기 위해?

현금은 어디서 나올까?
어떤 청구서를 지불할 수 있을까?

오늘은 우편함에 수표가 들어 있을까?
제발 내일은 와주기를.

이웃을 돕는 이웃은
얼마나 오래 버틸까?

세계는 어쨌든
대도시에 집중되어 있다.

거기서 한참 떨어진, 내가 사는 소도시는
덧문을 닫고 두려움에 떨고 있다.

만약에 대비하지만
가게와 직장과 이웃과 목숨을 잃을 것은

확실하다.
그것만은 확실하다.

어제는 가버렸다.
마스크와 비누

충분한 식량과 페덱스[1]
필수품―배달할 것들이

동나지 않는다면.
인내는 용기다.

붉은가슴 핀치새 한 마리가
더 부드러워지고 더 가벼워진 대기 속을 날고 있다.

핀치새의 노래는 즐거운 찬가다,
차분하고 맑고 자유로운.

---

1   FedEx. 세계 최대의 물류 서비스 업체.

지붕에 이끼가 낀 집

∧

애비게일 카터[*]

나는 내 강아지 클로이를 두 집 떨어진, 지붕에 이끼가 낀 집 쪽으로 산책시켰다. 우리는 3년 전에 이 동네로 이사 온 뒤 거의 날마다 그 집 앞을 지나다녔다. 클로이가 딸기나무에 코를 박고 킁킁대는 동안 나는 진입로에 멈춰 서서, 기울어진 쇠 난간을 잡으며 무너져가는 계단을 올라가서 그 집 문을 두드리는 장면을 상상했다. 유리창에 드리워져 커튼 역할을 하고 있는 누르스름해진 시트가 양옆으로 갈라지고 노쇠한 얼굴이 나타나는 장면을 상상했다. 나는 그 집 주인을 한 번도 본 적이 없지만, 그가 노인이라는 것은 알고 있었다. 나이가 몇 살인지는 알지 못했다.

---

[*]   애비게일 카터(Abigail Carter): 작가·화가. 9·11 테러로 남편을 여읜 뒤 두 아이와 함께 고통과 슬픔을 이겨낸 4년간의 회고록을 발표해서 감동을 주었다. 워싱턴주 시애틀에 살고 있다.

"우리 형님은 집 밖에 나가는 걸 좋아하지 않으세요." 지난여름에 그의 동생이 마당 일을 하고 있는 것을 보고, 그 집에 사는 사람에 대해 내가 궁금해하자 그가 말했다. "내가 도울 수 있는 일은 하고 있지만, 나도 관리해야 할 내 집이 있어서⋯⋯." 그는 붉은 픽업트럭에 다시 올라타더니, 떠나도 좋다는 내 허락을 구하기라도 하는 것처럼 말했다.

지금 나는 아침 산책을 계속하면서 아직 본 적도 없는 그 이웃을 돕기 위해 내가 할 수 있는 일을 생각해보았다. 그의 집 문을 두드리면 그는 어떻게 생각할까? 낯선 사람이 자기 집 현관 앞에 서서 코로나바이러스가 섞여 있을지 모르는 입김을 사방에 퍼뜨리고 있으면, 그는 아마 질겁할 것이다. 그냥 쪽지를 남길까?

나는 그가 혼자 살고 있고 또 뉴스를 보면서 겁에 질려 있지만, 최신 기술을 이해하지 못해서 온라인으로 식료품을 주문하는 일도 못 하는 건 아닐까 궁금했다. 아니, 이런 생각은 노인에 대한 편견이 아닐까? 그는 화상 통화도 하고 자신을 돌볼 수 있을 만큼 유능할 수도 있었다.

나는 가능하면 다른 사람을 도우려고 최선을 다했고, 식료품점에 가는 것도 내 작업 방식의 하나였다. 나는 미지의 이웃을 위해 통통한 통닭구이를 고르는 장면을 상상했다. 그리고 사과와 오렌지, 우유, 빵, 버터를 살 수도 있을 것이다. 그가 그런 음식을 먹을까? 내가 잘못 사면 어떡하지? 동생이 이미 그의 찬장을 식품으로 가득 채워두지 않았을까? 그가 요리도 할까? 냉동식품을 데워서 먹을까? 내가 길쭉한 비닐봉지를 들고 몸을 구부리자, 그가 평소에 먹을 만한 음식들이 내 머리를 가득 채웠다. 그 비닐봉지에는 놀라운 기사들이 실린 그날 아침 신문이 들어 있었지만, 지금은 내 강아지가 싼 대변이 들어 있었다. 클로이는 지붕에 이끼가 낀 집에서 나를 끌어내리려고 목줄을 끌어당겼다.

그 노인은 내 도움을 원할까? 아니면 주게 넘게 참견한다고 화를 낼까? 아마 그는 자기를 죽일 수도 있는 바이러스와 접촉하는 것이 두려워서 겁에 질려 있을 것이다. 아니면 바이러스에 감염되는 것을 기꺼이 받아들일지도 모른다.

나는 걸음을 멈추었다. 정말로 내가 방금 그런 생각을 했나? 하지만 죽음을 면할 수 없는 내 운명은 길 잃고 굶주린 강아지처럼 나를 졸졸 따라다니는 게 사실이었다. 나는 남편을 여의고 혼자서 아이를 키우는 엄마였다. 코로나19의 첫 소식이 방송 전파를 탄 이후 나는 여러 차례나 만약의 경우에 대비하여 유언장을 꺼내 자세히 살펴봐야겠다고 생각했다. 하지만 아직도 그 일을 하지 않았다.

남편이 죽은 뒤 19년 동안 나는 그와 함께 해변에서 칵테일을 즐길 수 있는 하나의 방식으로 나 자신의 죽음을 생각한 적이 많았다. 무엇이 그렇게 나쁠 수 있을까? 물론 내가 죽으면 내 딸과 아들은 완전한 고아로 남겨진다고 생각한 순간, 나는 충격을 받고 그 생각을 옆으로 밀쳐내곤 했다. 엄마까지 여읜 아이들의 슬픔을 상상하면 나는 울고 싶어졌다. 그때는 아이들이 어렸지만, 지금 나는 성인이 된 아이들에게 부메랑처럼 되돌아가는 엄마였다. 생활이 정상으로 돌아가면 아이들은 흩어질 것이다. 홀로 지내기(외로움이 아니라)는 나에게 조만간 닥쳐올 현실이었다.

내 이웃에 사는 노인이 죽음을 바라고 있을 거라는 상상은 나 자신의 소망과 뒤섞여, 우리 지역에 있는 '데드 호스 캐니언'을 향해 가파른 비탈길을 내려가는 나를 따라왔다. 나는 길 한복판에서 혼자 소리 내어 웃었다. 이게 네가 늙어서 혼자가 되었을 때 일어난 일이야? 너는 길 한복판에서 무엇이든 죽음과 관련된 것을 보고 웃는 거야? 청소년들이 무엇이든 성적인 것을 보면 까르르 웃듯이? 나는 고개를 젓고, 집으로 가는 길에 그 노인의 현관문을 두드리자고 결심하고 다시 걸음을 내디뎠다. 하지만 나중에 그 집 앞을 지나갈 때 내 머리는 나와 내 딸을 위해 저녁으로 무엇을 만들어 먹을까 하는 생각으로 가득 차 있었다. 내 딸은 글루텐프리 채식 위주의 식사를 하지만, 나는 아직도 거기에 익숙해지지 않았다. 그래서 렌틸콩과 케일과 병아리콩을 잘 조합하여 맛있는 음식으로 만들 수 있는 방법이 없을까 하는 생각에 몰두하게 되었다. 그러자 그레이비 소스와 코티지치즈를 곁들인 푸틴식 감자튀김이 머리에 떠올랐다. 그 요리는 내가 조부모님을 만나러 퀘벡에 갔을 때 맛을 들인 음식이었다. 나는 이웃집을 지나칠 때도 그것을 알아차리지 못했다.

이튿날 나는 다시 그 집 앞에서 망설이고 있었다. 현관문을 두드려야 한다고 생각했다. 그때 나는 옆집 마당에서 정원을 손질하고 있는 남자를 발견했다.

"이웃집 아저씨를 본 적이 있으세요?" 나는 최악의 상황을 예상하면서 물었다.

"샘 말인가요? 물론이죠. 샘은 괜찮아요. 이따금 버스 정류장까지 산책을 한답니다. 샘의 동생이 식료품을 가져와요. 샘의 안부를 묻다니 정말 친절하시군요."

"다행이네요." 나는 말했다. 그리고 내가 참고 있는 줄도 몰랐던 숨을 내쉬었다. 클로이가 목줄을 끌어당겼다.

느닷없이 닥친 재난

∧

도나 미스콜타[*]

이번에 닥친 팬데믹보다 훨씬 전에, 내 딸이 코로나19 양성 판정을 받기 오래전에, 나는 재난 대비 훈련을 받은 적이 있다. 나는 핵 시대가 시작된 지 10년도 지나지 않은 1953년에 태어났다.

1950년대 후반에 나는 급우들과 함께 '덕 앤 커버'[1] 훈련을 했다. 사이렌 소리가 나면 우리는 그 신호에 따라 책상 밑으로 재빨리 들어갔다. 그런 다음 얼굴을 바닥에 대고, 두 팔로 뒤통수를 감쌌다. 이렇게 하면 폭탄이 터져도 책상이나 탁자를 방패 삼아 목숨을 구할 수 있을 거라고 믿었다.

---

[*] 도나 미스콜타(Donna Miscolta): 소설가. 대학 졸업 후 30년 동안 지방정부에 근무하다 2011년에 장편 『크루즈 가족이 춤을 추었을 때』로 데뷔했다. 워싱턴주 시애틀에 살고 있다.

[1] duck and cover. '머리를 숙이고 손으로 감싸라'는 뜻. 핵전쟁에 대비한 훈련법.

1960년대 초에는 어머니가 찬장에 통조림을 비축하는 것을 보았다. 손이 쉽게 닿는 아래쪽 선반에 3층으로 통조림을 쌓아올리는 어머니의 모습에서는 팽팽한 긴장감이 느껴졌다. 쓸데없는 통조림을 왜 쌓아두냐고 우리가 묻자, 어머니는 쓸데없는 게 아니라고 반박했다. 하지만 공기 속에는 두려움이 감돌았다. 그리고 뉴스에 쿠바, 카스트로, 미사일 같은 말들이 보도되었다. 재난이 일어나면 통조림이 우리를 구해줄 터였다.

1980년대에는 핵무기가 단계적으로 확산되는 세상에 아이를 낳는 것이 신앙심의 발로이거나 어리석음에서 나온 행동으로 여겨졌다. 딸 나탈리의 출산을 석 달 앞두고 있을 때 체르노빌 사건이 일어났다. 과학자들은 추정하기를 버섯구름의 경로가 시애틀의 우리 집 위를 지날 거라고 했다. 통조림을 잔뜩 쌓아놓고 탁자 밑으로 숨는 것은 원자핵 분열에 대해서는 아무 쓸모도 없는 이상한 방어책으로 여겨졌다. 결국 눈에 보이지 않는 위협인 체르노빌 버섯구름은 우리 북쪽을 지나갔다.

지금 눈에 보이지 않는 또 다른 위협이 전 세계를 휩쓸고 있다. 미국에서 그 위협의 진원지는 나탈리가 살고 있는 뉴욕이다. 센트럴파크에 설치된 임시 병원과 트럭에 마련된 시체 보관소는 나탈리의 아파트에서 몇 블록밖에 떨어져 있지 않다. 나탈리의 아파트는 또한 두 개의 주요 병원 사이에 자리 잡고 있는데, 코로나19에 걸린 환자를 수송하는 구급차의 사이렌 소리가 끊임없이 비명을 지른다. 위험은 항상 가깝고 늘 시끄럽다. 내가 대비하도록 훈련

받은 재난이 내 딸한테 일어나고 있었다.

　나탈리는 직업상 바이러스에 노출될 위험이 컸다. 나탈리는 아파트에서 혼자 대기하며 자신에게 물었다. 바이러스가 언제, 얼마나 세게 나를 공격할까? 나탈리는 머리가 아프고 피곤했다. 이게 초기 증상이었을까? 나탈리는 침대에 누워서 쉬었다. 진통소염제인 이부프로펜을 먹고, 허브 성분이 들어 있는 차를 마시고, 전해질 불균형을 막기 위해 이온 음료인 게토레이를 마셨다. 밤에는 걱정으로 잠을 이루지 못했고, 낮에는 피로에 시달렸다. 나탈리는 후각을 잃었다. 나탈리는 그게 증상이라는 것을 알았고, 이제 자기가 감염되었다고 확신했다. 검사 결과, 감염이 확인되었다. 며칠 뒤, 나탈리의 후각이 돌아왔고 피로는 누그러졌다. 지금에 와서 이따금 찾아오는 두통은 팬데믹을 혼자서 견디고 있다는 중압감과 증상이 더 심각했다면 어땠을까 하는 공포감 때문일 가능성이 더 크다.

　매일 저녁 6시 55분에 나탈리의 고양이는, 다른 사람들을 구하기 위해 제 목숨을 걸고 있는 의료 종사자들을 성원하기 위해, 창문에서 쏟아지는 박수갈채와 환호를 기대하며 창턱으로 뛰어오른다. 나탈리는 창문을 연다. 소리를 지르기 위해. 숨을 쉬기 위해.

교외의 밤 풍경

∧

사디아 하산[*]

저 나무들 뒤의 더 많은 나무들은 아파트를 가리고,

나는 내 아파트의 창문에서 그 아파트의 창문들을 감시한다.

땀으로 몸이 번들거리는 이웃 사람이 근육질 어깨 위로

아령을 들어 올린다. 그 밑에서는 미국 국기가 공기를 찰싹 때
리고,

페튜니아가 난간 너머에서 흔들린다.

깜짝 놀라는 것을 두려워하지 않는 사람들,

[*]   사디아 하산(Sadia Hassan): 시인·수필가. 소말리아 출신. 그녀의 글에는 가족이
      겪은 내전과 난민의 트라우마가 녹아 있다. 최근에 대학생 작가에게 주는 '허스
      턴/라이트 문학상'(시 부문)을 받았다.

보고도 느끼지 못하는 사람들 때문에,
가슴이 멍드는 것을 막으려면 어떻게 해야 할까?

회양목과 삼나무 숲 위로 솟아 있는 4층 건물의
긴 그림자. 깜박거리는 현관 등 아래를
천천히 오락가락하고 있는 한 여자.

카메룬 여자가 처참한 밤 산책 중에
숨죽여 우는 소리,
그건 프랑스어일까, 파투아어일까?

그녀는 그를 떠났나? 아니다. 하지만 떠나려 하지 않는 여자를
누가 탐내지 않을까? 떠나는 대신, 그녀는 그늘진 계단을 돌아
자기 방으로 날아가듯이 올라간다.

나는 내 방에서 술 취한 꿈의 생활로 미끄러져 들어간다.
나를 가득 채우는 것은 이 갈망 말고는 아무것도 없다.

꿈속에서 나는 어떤 연인의 냄새를 맡는다.
그의 유령에 사로잡혀 바다를 맛본다.
밤새도록 하늘과 침대 시트, 킴메리아족[1]의 주름살―
뒤집힌 배들의 고약한 냄새. 밤 뒤에는 더 많은 밤이 있다.

벨벳 같은 새벽에 나는 잠에서 깨어난다.

'심신 상실.' 그의 입은 추잡한 주문이다.

그것이 나를 깜짝 놀라게 한다. 저 나무들 뒤에는

버지니아의 더위 속에서 꽃을 피우는 자생 식물들이

무성한 들판이 있다. 까치수염, 스위치그래스, 노랑데이지.

---

1   기원전 9~7세기에 흑해 북안에 거주했던 유목기마민족. 호메로스의 『오디세이
     아』 11장에 세상이 끝나고 하계가 시작되는 곳, 안개와 어둠의 땅에 사는 종족으
     로 묘사되어 있다.

재난 속의 라벤더

∧

로베르토 로바토[*]

사랑하는 친구야, 너의 비극적인 태도를 벗고 곱게 개어서, 말
린 라벤더 꽃과 함께 치워두렴. 다시는 필요하지 않을 테니까.

ㅡ루시 모드 몽고메리, 『앤의 꿈의 집』

팝은 코로나19 위기의 대부분을 자기가 좋아하는 안락의자에
앉아서 보낸다. 그가 잠을 자는 동안 머리는 왼쪽 어깨로 기울어
져 있다. 깨어 있는 시간ㅡ지금은 깨어 있는 시간이 점점 줄어들
고, 그 간격은 더 벌어졌다ㅡ에는 이웃 사람들에게 손을 흔들고,
TV에서 액션 영화를 보거나 그의 집 앞에 주차하려고 애쓰는 낯선

---

[*]   로베르토 로바토(Roberto Lovato): 저널리스트·작가. 오랫동안 중남미의 마약
      전쟁, 내전, 난민 문제를 심층 취재했다. 최근에 회고록 『Unforgetting』을 발표했
      으며, 샌프란시스코에 살고 있다.

놈들에게 욕설을 퍼붓는다. 팝의 안락의자 옆에는 유리 탁자가 놓여 있고, 탁자 위에는 물과 그의 고국 엘살바도르에서 온 캔디와 라벤더가 놓여 있는데, 특히 라벤더는 내가 코로나19와 그것 때문에 드러난 문명의 위기에 대처하기 위해 사용하는 가장 중요한 도구라고 할 수 있다.

팝은 아흔여덟 살이고, 천식 환자에 치매도 앓고 있다. 한 연구에 따르면 '라벤더 향의 신경보호 효과'가 치매를 호전시킨다고 한다. 코로나19로 말미암아 계속 실내에 갇혀 있게 되자, 자제력이 부족한 팝의 치매 증상은 더욱 악화되고, 때로는 급속도로 나빠져서 폭력적이 되는 바람에 라벤더 치료법에 감추어진 상록 덤불과 녹회색 잎과 보라색 꽃의 효능이 필요할 정도다.

치매 때문에 그는 자기 인생의 중요한 사건들—예컨대 어린 시절에 겪은 엘살바도르의 대공황—을 잊어버린다. 팝의 기억력은 한결같지 않아서, 1980년대에 일어난 엘살바도르의 피비린내 나는 내전, 수십 년 동안 계속된 노동조합 투쟁, 사랑하는 아내이자 내 엄마인 마리아 엘레나와 함께한 삶과 엘레나를 잃은 일도 띄엄띄엄 기억할 뿐이다. 라벤더 오일을 흡입하면 어린이들이 문장을 기억하는 능력을 향상시키는 데 도움이 된다는 것을 보여주는 연구 결과가 있다. 그래서 나는 팝의 기억력에 대해서도 희망을 가질 수 있다는 믿음을 남몰래 품고 있다.

나는 내 자신의 기억력을 향상시키기 위해 일상적인 의식에서 오랫동안 라벤더를 사용했다. 면도할 때, 얼굴에 크림을 바를 때,

내가 좋아하는 커피숍 '라 보엠'에서 라벤더 차를 마실 때, 라벤더
는 코로나19 이전에 내가 어떤 사람이었는지, 지금 나는 어떤 사
람인지, 그리고 앞으로 내가 어떤 사람이 되기를 바라는지를 나에
게 상기시켜준다. 3월에 우리의 삶이 완전히 바뀌기 전에도 나는
저널리스트이자 활동주의자로서 내가 목격한—그리고 극복한—수
많은 문명의 재난을 상기하고 이겨내기 위해 라벤더를 사용했다.

1980년대 말과 1990년대 초에 내가 방문한 엘살바도르는 내전
을 치르고 있었다. 이 내전에서 8만 명이 죽었는데, 그 대부분이
미국의 지원을 받은 정부군에 살해되었다. 그때 나는 양초나 좌약
따위를 파는 샌프란시스코의 가게에서 구입한 라벤더 크림을 가
져갔는데, 그 크림은 내 피부를 달래주었을 뿐만 아니라, 어린아
이를 포함하여 무고한 민간인에게 자행된 폭탄 투하와 기총소사
의 결과를 목격한 뒤의 내 신경을 안정시키는 데에도 도움이 되었
다. 나는 엘살바도르에서 암살대에 쫓긴 뒤 라벤더 거품 목욕으로
나를 위로하기도 했다. 이 위생법은 로마 시대까지 거슬러 올라가
는데, 로마인들은 이 신묘한 식물을 '라반둘라'라고 불렀다. 라틴
어로 '씻다'라는 뜻이다. 현대 제국의 악을 씻어내기 위해 고대 제
국의 목욕법을 이용하는 아이러니가 내 관심을 자극하곤 했다.

최근에 나는 세상을 떠난 어머니를 어머니의 고향인 산비센테
의 작은 묘지에 묻고 내 대녀와 함께 어머니에게 작별인사를 하고
있을 때, 총을 휘두르는 엘살바도르의 갱단인 '마라스'의 추적을
받았는데, 그때부터는 라벤더 비누와 라벤더색 옥으로 만든 불교

도들의 염주, 그리고 라벤더 안대가 마음을 진정시키는 의식의 일부가 되었다.

라벤더는 오랫동안 인류를 위해 존재해왔다. 우리의 문명이 비극적일 만큼 우리의 이상에 미치지 못할 때에도 마찬가지였다. 부분적으로는 기독교의 출현 때문에 로마 제국이 쇠퇴하기 시작하자, 나중에 신약성서가 된 문서의 저자들은 마리아가 "향유를 예수의 발에 붓고, 그의 발을 자신의 머리카락으로 닦고, 집 안을 향유 냄새로 가득 채울" 때 사용한 '나르드'(라벤더를 뜻하는 그리스어 명칭인 '나르두스'에서 유래한 이름)의 효능을 찬양하기 시작했다. 그때부터 기독교도들은 대대로 라벤더가 악을 막는 효능이 있다고 믿었고, 고대 인도인들은 라벤더가 더러운 체액을 말끔히 쓸어버린다고 생각하여 '두뇌의 빗자루'라고 불렀다.

어떤 이들은 코로나19 덕분에 이제야 깨닫고 있지만, 엘살바도르 사람들은 오래전부터 '미국 문명의 쇠퇴'에 대해 알고 있었다. 나는 트레킹을 하는 동안 이 문제에 대해 많이 생각했다. 팬데믹은 우리에게 집 안에 틀어박혀 있으라고 강요하지만, 거기서 벗어나는 나의 주요 탈출구는 12킬로미터 트레킹이다. 나는 길을 따라 걸으면서, 나에게 탈출구를 제공해주는 또 다른 원천을 마음껏 즐긴다. 라벤더가 길가에 늘어서 있는 도시의 오솔길을 트레킹하는 것이다. 그것은 내가 팝의 과거―그리고 나의 미래―에 도움이 되기를 기대하며 사용하는 라벤더와 같은 라벤더이다.

자가 격리가 시작된 지 벌써 60일이 지났다. 나는 최근에 트레킹을 갔을 때도 라벤더를 땄지만, 지금은 코로나19 이후의 미래에 초점을 맞추고 있다. 그 미래에는 새로 사귄 친구 R**도 포함된다. 나는 팬데믹이 미국을 덮치기 몇 달 전에 동료 저널리스트인 R**을 처음 만났다. 그녀가 온라인 잡지를 위해 나를 인터뷰했을 때였다. 나는 그녀의 사려 깊은 질문 방식이 마음에 들었지만, 그녀가 샌프란시스코에 살지 않기 때문에 우리의 우정은 코로나19가 퍼진 봄에야 꽃을 피웠다. 그래서 우리는 직접 만난 적이 한 번도 없다. 우리의 관계는 전적으로, 좀 더 낭만적인 시대의 테크놀로지인 휴대폰을 통해 발전했다.

우리는 화상 전화를 이용하여 '다음 단계로 나아갈' 가능성에 대해 논의했지만, 우리가 주고받는 목소리의 고결한 관계에 시각적 자극을 도입하는 것을 우려했다. 앞뒤로 몇 번 왔다 갔다 한 뒤, 결국 우리는 4월의 어느 토요일 밤에 화상으로 통화하기로 일정을 잡았다.

나는 여느 때와 같은 방식으로 긴장된 마음을 다스렸다. 트레킹을 하면서 라벤더 꽃을 따는 것이다. 나는 이제 나의 일터가 된 주방 식탁 한구석에 마음을 진정시켜주는 보라색 꽃봉오리를 카펫처럼 깔고, R**이 보내준 줌 링크를 연결하고, 식탁에서 성성한 라벤더 가지 하나를 집어 들어 그 아름다운 보라색과 초록색 식물로 마음을 가라앉혔다. 이윽고 줌 화면이 열렸다. 나는 재치 있고 상냥한 눈빛을 가진 아름다운 검은 머리의 여인 앞에 숨을 죽이고 서 있었다. 나는 어색하게 미소를 지었다. 그녀도 쑥스러운 듯이 웃었다.

처음의 아리송한 순간이 지난 뒤, 우리는 지난 몇 주 동안 즐겼던 쾌활한 대화로 서서히 넘어갔다. 시각적인 요소는 우리 목소리의 관계를 더욱 넓히고 강화해주었다.

"라벤더를 좋아하시나보죠?" 그녀가 라벤더 가지를 알아차리고 물었다.

"네, 아주 좋아합니다."

우리의 얼굴이 환해졌다. R**의 손이 닿는 곳에 크림빛 라벤더 로션이 놓여 있었고, 그녀의 올케가 주었다는 라벤더 냉온팩이 있었기 때문이다. 우리는 둘 다 라벤더 향기를 맡고 있었던 것이다.

그 후 지금까지 우리의 대화는 계속되고 있다. 우리 관계의 주요 원천은 여전히 우리의 목소리이고, 줌은 특별한 토요일 밤을 위해 아껴둔다. 하지만 우리는 코로나19 이전의 구식 방법으로 만날 계획도 세웠다. 그 최초의 대면을 기대하며 나는 트레킹을 하고, 그녀를 만날 때 가져갈 라벤더 꽃을 딴다.

마음의 끝에서 부르는 노래

∧

수전 리치[*]

나는 당신을 라디오 주파수로 생각한다―

(때로는 찾기가 어렵다)

불빛으로 밝혀진 다이얼을 만질 때처럼.

그러나 오늘 밤 당신이 도착한다.

반쯤 잠든 내 귀에 속삭이며.

당신은 작은 즐거움과 웃음이 담긴 여행 가방,

공중제비를 돌며 나라를 가로지른 가방을 내민다.

---

[*]　수전 리치(Susan Rich). 시인. 앰네스티에서 활동했으며, 네 권의 시집을 냈다. 시
애틀에 살고 있으며, 하이라인 대학에서 가르치고 있다.

이 자가 격리 시대에
우리는 열에 들뜬 방랑자들이다.

휴대용 기기 말고는 가진 게 없다.

그 열린 화면에는 생략 부호가 떠오른다.
우리는 지진이 난 듯한 과거의 뼈를 치료한다―

새로운 어휘로
거친 입을 장식하며.

더 이상은 미루지 않는다.

세상이 조용해지면
나는 우리의 갈망에 눈을 뜬다.

남은 것은 그것뿐.
붕대도 감지 않고 치장도 하지 않고

해안선을 따라 빽빽이 모여서

격리 라디오 방송의

부드러운 리듬과 알림에 귀를 기울이는 것.

이것이 당신에게 방송된다.

4
부

소통

그녀의 길

― 프라밀라 자야팔[1]을 위하여

∧

클로디아 카스트로 루나[*]

우리가 세상을 어떻게 걸어가는지가 중요하다.

마음으로 보는 것이 중요하다.

슬픔을 인정하는 것

우리 어머니의 눈에서 늘 보아서 익숙해진

그 작은 불꽃을 다른 사람들의 눈에서 보는 것

오래된 이름들을 배우는 것

품위 있게 그 이름들을 말하는 것, 그것이 중요하다.

용기는 왕관이 아니다.

오히려 이를 딱딱 맞부딪치는 것

---

[*]   클로디아 카스트로 루나(Claudia Castro Luna): 시인. 엘살바도르 출신. 워싱턴주
      계관시인이며, 시애틀 대학에서 가르치고 있다.

[1]   프라밀라 자야팔: 미국의 정치인. 워싱턴주 제7구 출신 하원의원.

뱃속의 응어리와 비슷하다.

길고 험한 길을 선택할 때

미지의 것을 인정할 때

그것은 용기를 필요로 한다.

그리고 정의를 갈망하듯

빵을 갈망할 수도 있다는 것을 아는 것

집을 언뜻 보는 것은 그것의 일부다.

과거의 집에는 없었지만, 앞으로 지어질 집에는

식탁에 둘러앉은 사람들

그리고 겨우 시원한 레모네이드 한 잔을

원하는 모든 사람을 위한 자리가 마련될 것이다.

거리의 양지바른 쪽에는

현명한 나무의 빈틈없는 눈길 아래

현관 포치가 있을 것이다.

워싱턴주의 계관시인인 클로디아 카스트로 루나는 조지 플로이드가 살해된 이튿날 이 시를 썼다. 그녀는 코로나19를 생각하고, 이민법 개혁의 필요성을 생각하고, 다가오는 여성 참정권 획득 100주년 기념일을 생각하며 이 시를 썼다.

"끝에 있는 나무는 이 나라의 끔찍한 린치의 역사를 암시한다. 나무들은 잊지 않으니까 우리도 잊지 말자"라고 카스트로 루나는 말한다.

최첨단 시대에 나라 꼴은……

∧

데비 S. 라스카*

당신은 빨갛다.

쓸데없이 죽은 이들을 애도하며 붉게 상기된 얼굴로 텔레비전을 향해 소리를 지른다.

당신은 이 감염병의 시대에 캘리포니아의 길거리에 자주 출몰하는 구급차의 빨간 사이렌이기도 하다.

당신은 붉은 바다에서 헤엄을 쳐 머나먼 해안에 닿고 싶어 하는 욕망이다.

---

* 데비 S. 라스카(Devi Laskar): 소설가·시인. 벵골 출신 이민자의 딸. 2019년에 소설 『적색과 청색의 지도책』으로 데뷔하여 호평을 받으며 여러 상을 받았다. 샌프란시스코 광역권에 살고 있다.

붉은 바다, 그것은 어쩔 수 없이 죽기 전에 그렇게 불린다.

당신은 정상 상태와 어느 정도 비슷한 생활로 돌아가고 싶어 하는 욕망이다.

당신은 입법자들이 과학을 믿지 않는 주에서 그 반대편 주에 사는 가족을 방문할 수 있기를 바란다.

당신은 수십 년 된 기억이다. 인도의 붉은색, 햇빛을 받아 반짝이는 금적색의 신부용 사리.

당신은 필요한 존재이기도 하고, 불필요한 존재이기도 하다.

이 선거철에, 백신이 없는 바이러스를 이해하지 못하고, 자가격리와 외출 금지의 의미 차이를 거의 이해하지 못한 채, 당신은 당신이 할 수 있는 일을 한다.

이따금 당신은 시를 쓴다. 전시의 시는 사치품이다. 전시의 시는 필수품이다.

이따금 당신은 사진을 찍는다. 아직 눈에 보이는 것을 기록하려고 애쓴다.

이따금 당신은 여전히 꿈을 꾼다.

이따금 당신은 당신이 작가라고 말하고, 때로는 당신이 시인이라고 말하고, 때로는 이제 내가 뭔지 모르겠다고 말한다.

당신은 가족에게 전화를 걸어 경고하려고 애쓴다. 너희 주지사는 감염병보다 돈에 더 관심이 많으니까 우리 주지사 말을 들으라고 당신은 말한다.

또 다른 날에는 쓸데없이 밖에 나가지 말라고 경고하는 붉은색과 검은색의 메시지가 당신의 휴대폰 화면을 가로지른다. 자가 격리 날수를 기록하는 눈금 표시가 하나 더 늘어난다.

카메라를 손에 들고 또다시 짧은 산책에 나선다. 얼굴에는 마스크를 쓰고, 당신이 점찍은 대상을 렌즈를 통해 어둡게 보기를 바라면서 선글라스를 쓴다.

당신은 오랫동안 홍관조를 관찰한 적이 없지만, 붉은 개미들이 차고 안에 집을 짓고 있는 것을 알아차렸다. 저녁에는 붉은 여새들이 나타나 석양 아래 내려앉는다.

욕조의 배수구에 붉은 녹이 피어 있다. 나뭇가지에 앉아 있는 붉은 방울새를 향해 매 한 마리가 소용돌이를 그리며 내려온다. 붉은 거미 한 마리가 별빛 속에서 반짝인다. 코르크 마개를 연 붉은 포도주는 식초가 되어가고, 한 의사는 케이블 뉴스에서 주머니에 든 1센트짜리 새 동전 두 개를 문질러 윤을 낼 때 적혈구 수에 대해 이야기한다.

당신은 아직도 쓰고 싶다. 당신이 몇 년 동안 힘들게 쓰고 있는 소설을 아직도 마무리하고 싶다.

하지만 당신은 텔레비전에서 보는 숫자에 주의가 산만해진다. 사망자 수, 감염자 수, 개인 보호 장구의 부족, 병상 부족, 산소호흡기 부족, 미국의 많은 지역에서 벌어지는 식량 부족, 푸드 뱅크 바깥에 끝없이 늘어서 있는 자동차 행렬.

당신은 전에 기자였다. 당신은 다른 기자들이 아직도 진실을 추구하며 힘든 질문을 하는 데 감사한다. 특히 지금은 더욱 그렇다. 당신은 진실을 알고 싶지만, 때로는 진실을 참을 수가 없다.

텔레비전으로 방영된 '오늘의' 기자회견은 다른 질병에 대한 해결책을 제시하지만, 지금 미국 전역을 휩쓸고 있는 감염병에 대해서는 어떤 해결책도 내놓지 못한다. 이 질병은 석 달 만에 한국전쟁과 베트남전쟁에서 목숨을 잃은 미국인의 수보다 더 많은 미국인을 죽였다. 광범위한 검사를 위한 국가적 계획은 물론, 자신도 모르는 사이에 바이러스에 감염된 사람을 추적 조사하는 국가적 계획도 마련되어 있지 않다.

이 선거철에 입후보자들은 온갖 미사여구로 터무니없는 약속을 한다. 역사책은 피비린내 나는 미국 역사의 초창기에 정치가들이

터키석과 모피를 거래했다고 말한다. 지금 그들은 외과용 마스크
와 지폐를 거래한다. 그들은 미국 시장이 존재하지 않으면 당신들
의 생명은 아무 가치도 없으니까 일하러 돌아오라고, 이웃 나라에
있는 당신의 이웃들에게 말한다.

당신은 시인으로서 아직도 '위험한(dangerous)'이라는 낱말과
'마라톤(marathon)' '달(month)' '오렌지(orange)' '파인트(pint)'
'자주색(purple)' '은빛(silver)' '늑대(wolf)' 같은 낱말들의 운을
어떻게 맞출지 고심한다. 그러다가 책을 펼치고 해결책을 찾는다.
그 상황을 떠올리며 혀를 꼬부려본다. 불현듯, '오렌지'는 '지루한
(boring)' '경첩(door-hinge)' '꼴(forage)' '마름모(lozenge)' '오트
밀(porridge)' 같은 낱말들과 어울릴 수 있다. 당신은 잠시 들떠서
현기증이 날 정도다. 낱말에 몰두해 있을 때는 병든 미국을 거의
잊을 수 있다.

국가적 대응에 발맞춰 바이러스에 대비하는 대신 가만히 앉아
서 보낸 70일이었다. 그 70일에는 골프와 선거운동을 위한 대중
집회와 기적을 바라는 소리 높은 기도도 포함되었다.

책임자들은 자기가 똑똑하고 믿을 수 있다고 생각한다.
하지만 그들은 미국을 소독제와 자외선에 흠뻑 적시고 싶어 하
고, 억측을 멈추라고 간청하는 과학자들의 목소리를 압도하여 그

소리가 들리지 않게 되기를 바란다.

컴퓨터의 마술적 풍경에 무엇이 나타나는가. 화면에 보이지 않는 해설자의 목소리가 식량 부족에 대해 이야기하고 실내에 머물러달라는 주지사의 명령을 무시한 관광객들에게 포위된 해변에 대해 이야기할 때, 화면에 파노라마로 보여주는 과수원과 낙농장, 그리고 씁쓸한 오렌지 수프 요리법.

사라지고 있는 것들─숲, 재활용과 환경보호, 유기농 식품에 대한 규제, 비폭력, 해질녘에 대기의 굴절 작용에 따른 초록색 섬광, 당신의 낙천주의, 차량의 오염 물질 배출 기준, 화장지, 깨끗한 수질 기준, 새, 코뿔소, 초록색 하천, 쓰레기 없는 바다.

팬데믹의 한복판에 살고 있을 때는 깨어 있는 동안 줄곧 최악의 시나리오에 대한 생각으로 괴롭다. 만약 이렇게 되면 어떡하지? 긴급 사태가 일어나면 어떤 비상 대책을 세워야 할까?

내가 병에 걸려 죽으면 어떡하지?
아이들이나 노부모나 사랑하는 사람들이 혼자 남게 되면 어떡하지?

세계의 여타 지역이나 다른 문제에 대한 당신의 의견은 당신의 머릿속에서 모두 침묵하기 시작한다. 당신은 50일쯤 전에 열정을 가졌던 것들에 대해 계속 찬성론을 펴고 싶지만, 오늘이 무슨 요일이고 몇 월인지도 기억나지 않는다. 영원한 전쟁, 민권, 여권, 지구온난화, 식물과 동물의 멸종, 아이들과 들짐승과 가축에 대한 잔인한 폭력—이런 문제들에 대해 당신은 어떤 생각을 가지고 있었지?

뉴스에서 당신은 주정부의 외출 금지령에 반발하여 남부연합 깃발을 휘두르고 있는 사람들을 본다. 바이러스가 정치적 음모라고 믿는 성난 사람들. 그들은 자기네 깃발을 흔들고 무장할 권리를 주장하지만, 눈에 보이지 않는 질병과 관련된 상황을 총으로 뚫고 나아갈 수는 없다는 생각을 이해하지 못한다.

한편에서는 삶을 좀 더 공정하게 만들기 위해 열심히 일한다.
다른 한편에서는 모든 게 잿더미가 되어버리는 꼴을 보고 싶어 한다,

의사와 간호사와 일부 정치인들은 실내에 머물러 있으라고 호소하지만, 다른 자들은 가물과 토네이도, 기근, 인종 청소, 학교 총기 난사, 체계적 인종차별, 코로나19 같은 질병 따위를 아예 인정하지 않는다. 그들은 주기율표와 다윈의 진화론도 인정하지 않는다.

당신은 텔레비전을 보면서 분개한다. 당신의 목소리는 백합과 라벤더에 반응하여 당신의 알레르기가 아주 심해질 때만큼 거칠어진다.

당신은 우체국에서 마스크를 쓰고 줄을 서서 기다린다. 당신은 우체국에 들어오는 모든 사람에게 코와 입을 가리라고 요구하는 팻말 옆에 특권층이 모여 있는 것을 본다. 그들은 그 말에 따르기를 거절하고 서비스를 요구한다.

당신은 식료품점에서 줄을 서서 기다린다. 당신은 경비원이 마스크 착용을 한사코 거부하는 한 노인을 돌려보내는 것을 본다.

당신은 생각한다.
올해의 남은 몇 달이 지나면 비행기를 타는 게 안전해질까?
어머니나 아버지를 다시 볼 수 있을까?

당신은 휴대폰과 컴퓨터로 가족과 친구들을 본다. 당신의 머리카락은 더 하얘진다. 모든 사람의 눈 밑에 다크서클이 보이고, 양쪽 입가의 팔자주름도 또렷해진다.

조지아주에서는 한 남자가 어둠 속에서 조깅을 하다가 총에 맞아 죽는다. 조지아주 경찰이 당신과 당신 가족을 공격한 지 10년이 지났다. 당신 남편의 전 고용주가 당신 남편에게 근거 없는 고소장을 집어던진 지도 벌써 10년이 지났다. 저항하고 반격하면서 보낸 6년은 긴 세월이었다. 주 법원이 근거 없는 고발을 모두 각하하여 당신네 가족이 마침내 자유로워진 것은 불과 4년 전이었다.

하지만 당신의 '외상 후 스트레스 장애'는 악성 감기처럼 사라지지 않고 질질 끌고 있다.

무엇이든 당신에게 스트레스 반응을 유발할 수 있다. 모든 것이 당신을 자극하는 방아쇠 역할을 할 수 있지만, 아무것도 당신을 자극하지 못할 수도 있다.

마스크 뒤에 있는 것

∧

리즈 헤인스[*]

내가 좋아하는 것은 말 가면[1]이었다. 핼러윈데이였고, 나는 여덟 살이었다. 목덜미에서 끈으로 묶도록 되어 있는 플란넬 말 옷을 갖고 있었고 캔디를 받을 베갯잇도 있었다. 그리고 나는 우리 동네의 모든 집에 사는 사람들을 알고 있었다. 우리 가족은 곧 짐을 꾸려 이사를 갈 예정이어서 들떠 있었지만, 그날 밤에 내가 야생마의 커다란 눈구멍을 통해서 본 것은 풍요로움뿐이었다. 그날의 야생마 가면이 기억에 생생한 것도 그래서였을 것이다.

나는 가면을 수집한 남자를 사랑한 적이 있다. 나무와 종이, 양철과 찰흙으로 만든 가면들. 그가 외국에서 가면을 만나면 어떤

---

*   리즈 헤인스(Lise Haines): 소설가·수필가. 2002년에 데뷔한 뒤 네 권의 소설을 발표했다. 보스턴에 살고 있으며, 에머슨 대학의 선임 레지던스 작가로 있다.
1   영어로는 mask다.

표정을 지을지 궁금해서, 그와 함께 떠나는 세계 여행을 상상하기도 했다. 하지만 우리는 줄곧 집에 머물렀고, 가면 두어 개가 나를 겁나게 한다는 것을 알았다. 그것을 상자에 넣어 찬장 위에 감추어놓아도 두려운 건 마찬가지였다. 우리의 사랑이 사라진 뒤 나는 눈에 보이지 않는 가면을 쓰기 시작했다. 보이지 않는 가면을 쓰면 그것은 내 얼굴처럼 보인다. 나는 그 뒤에서 미소를 지을 수도 있고, 내가 하고 있는 일을 아무도 볼 수 없다.

지난여름에 언니, 형부와 함께 일본 도쿄에 갔을 때 검은색 마스크가 곳곳에 넘쳐났다. 시나가와 역에서 사람들은 사방팔방으로 동시에 움직였지만, 서로 부딪치는 사람은 아무도 없었다. 이제 우리 대부분은 마스크를 쓰고 더 넓은 궤도를 그리며 움직인다. 우리는 티셔츠와 잠옷을 잘라서 바늘로 꿰매어 안면 보호대를 만들고, 얼굴을 가로지르는 다채로운 색깔의 글씨를 쓴다. 우리가 가기 전에 해야 할 말이 있는 것처럼.

우리가 다시 표정을 볼 수 있을지 궁금하다. 사랑과 용서를 나타내는 그 표시들.

자가 격리와 식료품 배달과 사망자 수 집계가 시작되기 전에 '스타벅스'에서 한 커플을 본 적이 있다. 남자는 얼굴 전체를 볼 수 있었지만 여자는 눈밖에 보이지 않았다. 그녀는 마스크를 쓰고 있었다. 남자는 몸을 앞으로 숙이고 여자에게 속삭였다. 남자는 여자를 만지지 않은 채 입을 맞추었다. 그것은 사랑이었다. 마스크를 꿰뚫는.

사랑하는 O

∧

칭인 첸*

나는 종이를 세습재산으로 물려받은 집안에
아들로 태어났다고 사람들은 말했다

무너져가는 벽 안에 불을 넣으면
그것은 나를 화면에서 분리되어 있는 너에게 안내한다

나는 여기 자주 오지 않는다

도착한 사람, 나는 그를 바다에서 잃었다

---

*   칭인 첸(Ching-In Chen): 시인·작가. 중국 출신 이민자의 딸로 태어난 젠더퀴어.
    시를 기반으로 한 소설과 그림책 등 다중 장르 작가로 활동하고 있으며, 워싱턴주
    시애틀에 살고 있다.

나는 새들도 없이 활짝 피어나는
당신의 시력을 그토록 그리워하며 태어났다

내 몸은 펴지고
그것이 조화롭게 노래하는 소리

나는 너를 바다에서 잃었다
　하얀 알갱이 무늬가 있는 우리 어머니의 건물 밑에 묻힌 돌멩이
는 이상적인 이웃이다

푸른색의 환원 염료, 불타는 돌멩이를 던진다

아직 태어나지 않은 나의 모든 것은
한 줄기 불빛이 길을 낼 때
끈에 매달린 램프처럼 무모하다

내가 아닌 사내아이가 있었다
나는 바닷가에 떠다니는 선 안에서
두 마음으로 노래하는 한 마리 새였으니까

청중을 내려다보는
부드러운 목을 가진 새였으니까

황홀경

^

리디아 유크나비치[*]

혼자

내 말뜻은 이렇다. 혼자 있을 때, 나는 세상에서 사람들과 함께 있을 때는 경험할 수 없는 방식으로 완전한 체현과 완전한 존재의 전하(電荷)를 경험한다. 여기서는 삶이 기쁨에 넘친다. 한 번 깨물면 밧줄이 깨끗이 잘리고 전체가 하나로 통합된다. 나를 안에 꼭 맞게 끼워 넣어 예술품을 만든다. 상상의 바닷속에 나를 다시 꿰매어 붙인다.

나를 밖으로 불러내려면 매번 당신의 고기로 나를 유인해야 한다. 나를 속여서 자백을 받아내야 한다.

---

* 리디아 유크나비치(Lidia Yuknavitch): 작가. 소녀 시절에 겪은 가정 폭력과 양성애자 경험을 서술한 회고록 외에 네 권의 소설을 썼으며, 오리건주 포틀랜드에 살면서 글쓰기를 가르치고 있다.

그 말이 어떻게 들릴지는 나도 안다. 인간 포유류로서의 삶을 사는 목적은 오로지 다른 인간들과의 관계라는 것을 나는 알고 있다. 그건 누구나 알고 있지 않은가? 평생 동안 만나는 모든 사람(또는 거의 모든 사람)이 매 순간 그것을 나에게 일깨운다. 내가 혼자 있는 것을 좋아하고 고독에 매력을 느끼는 데 대해 사람들은 직접적으로 그리고 간접적으로 나에게 창피를 준다. 나를 '안다'고, 나를 깊이 '사랑한다'고 주장하는 사람들조차 그렇다. 그들은 말한다. 타인들과 관계를 맺고 싶을 때보다 정말로 혼자 있고 싶을 때가 더 많다면, 너는 뭔가 잘못된 게 분명해. 그렇지? 넌 어떤 상처를 갖고 있거나, 너를 이루는 부분들을 제대로 통합하지 못했거나, 아니면 인간의 상호 관계의 가치를 다 배우지 못했거나 그래. 넌 발육이 지러졌어. 발육 부전이야. 어쩌면 더 나쁠지도 몰라. 나는 이런 말들을 듣는다.

내가 가장 강한 관계를 맺은 대상이 물과 바위, 나무, 흙, 색깔, 소리, 생각이라면?

때로는 동물이기도 하다.

우리가 멀리 떠나보내는 사람들, 어떤 위기에 놓여 있는 사람들, 인간관계를 강요하는 사람들의 열정과 공격에서 가장 멀리 떨어져 있고 사회적 활기와 분주한 걸음에서도 멀리 떨어진 혼자만의 방을 선호하는 사람들에게 내가 가장 친밀감을 느낀다면?

고독은 나에게는 다르게 보인다. 나는 고독을 사랑한다. 고독을 바란다. 고독을 갈망한다. 고독 안에는 에로틱한 무엇이 있다. 나는 날마다 사회적 계약을 떠난다. 작별 인사를 하는 내 손은 허공에 멈춘다. 우리 만남의 잃어버린 보물이다.

잃어버린 보물

1901년에 그리스의 안티키테라 섬 앞바다에 가라앉은 고대 로마 시대의 난파선에서 유물 하나를 건져 올렸다. 기원전 70~60년의 것이었다. '안티키테라 기계'로 알려지게 된 이 유물은 해와 달의 천문학적 위치와 운행을 측정하는 데 사용된 고대 그리스의 기계장치였다. 지금까지 발견된 고대의 기계장치 가운데 가장 정교한 기구로 알려져 있는데, 그 장치는 깊은 바닷속에서 한 덩어리로 발견되었고, 나중에 세 개의 주요 다이얼로 분리되었다가 지금은 82개의 부품으로 분리되었다. 이 부품들 가운데 네 개는 기어(톱니바퀴 장치)를 갖고 있는데, 가장 큰 톱니바퀴는 지름이 약 13센티미터이고, 원래는 223개의 톱니를 갖고 있었다.

잃어버린 이

1976년에 열세 살 된 소녀가 자기 집 거실에서 군청색 털실로 짠 양탄자 위에 앉아 있다. 텔레비전에서는 〈자크 쿠스토의 해저 세계〉[1]를 방영하고 있다. 담배연기 냄새가 건축가인 아버지의 서재에서 날아와 그녀 주위에 감돈다. 다행히 오늘 밤 아버지는 할 일이 있어서 서재에 있다. 여느 때라면 거실의 검은 안락의자에 앉아 그녀와 함께 '자크 쿠스토'를 보고 있을 터였다. 아마 그랬다면 그녀는 숨도 쉴 수 없을 만큼 답답한 기분을 느꼈을 것이다. 마치 아버지가 그녀의 가슴과 폐와 심장을 짓누르고 있는 듯한 느낌이 들었을 것이다. 그런데 지금은 아버지의 담배연기 냄새뿐이다. 소녀는 지금 이 순간 저 그로테스크한 낱말 '가족'과 관련하여 자기가 아무것도 아닌 것에 조용히 감사한다. 소녀는 혼자 있는 상태이고, 이는 그녀가 아는 가장 아름다운 존재 상태이다. 그것은 짧고 순수하기 때문이다. 잃어버리고 잊어버린 것—아마도 바다 밑바닥에서 잃어버리고 잊어버린 것. 그 침묵. 굽이치는 심해의 해류 속에서 흔들리는 해초. 그녀는 군청색 카펫이 바다인 것처럼 거친 털실로 짠 카펫을 손으로 쓸어본다. 그녀는 눈을 감는다. 자크 쿠스토의 목소리가 그녀의 엉덩이를 아프게 한다. 그녀의 손이 무언가 딱딱한 것에 닿은 것은 그때다. 카펫 속에 묻혀 있는 작은 돌조각 같은 것. 그녀는 눈을 뜬다. 그리고 그것을 파낸다. 그 물체를 얼굴 쪽으로 들어올린다. 이빨이다. 작은 이. 젖니. 그녀는 엄지와 집게손가락으로 그 작은 이를 집어 들고 눈앞에서 찬찬히 살펴본다. 젖니 너머로 텔레비전에서 이야기하고 있는 자크 쿠스토와 그의 빨간색 털모자가 보인다. 그녀는 담배연기 냄새를 맡는다. 그녀는 이를 입 속에 집어넣는다. 얼마나 많은 이가 바다 밑바닥

---

1   미국의 프로듀서 앨런 윌리엄 랜즈버그가 연출하고 프랑스의 해양 탐험가 자크 쿠스토(1910~1997)가 진행을 맡은 다큐멘터리 TV 시리즈. 1968년부터 1976년까지 총 36편이 방영되었다.

에 살고 있을지, 얼마나 많은 소녀들이 이를 찾으러 바다에 뛰어들지, 그녀는 궁금해진다. 이를 찾아 바다 밑바닥까지 잠수하는 사람이 있을까? 그녀는 이를 꿀꺽 삼킨다.

혼자

바다는 우리의 모든 것을 삼킨다. 하지만 가라앉은 보물은 이야기를 재배열하는 방법을 갖고 있다. 바다 밑바닥에 가라앉은 배는 모래와 따개비 같은 바다 생물에 서서히 덮여서 이전의 가치를 잃어버린다. 물 위에 뜨는 것이 배를 만드는 목적이자 의도이기 때문이다. 배의 침몰은 인류에게는 일종의 실패지만, 바다 생물에게는 실패가 아니다. 수면 위를 항해하다가 난파하여 바다로 가라앉으면 형태가 변한다. 죽은 사람들이 분해되고 화물이 모래 속에 가라앉고 나면 난파선은 형태를 바꾼다. 물고기들은 난파선에서 집과 은신처를 찾아낸다. 레이더가 항로를 벗어난 커다란 덩치를 탐지하는 데에는 몇 년이 걸린다. 모든 역사와 의미는 존재에서 떨어져 나가지만, 결국에는 재발견되어 우리가 지어내는 이야기에 사연을 덧붙인다. 우리는 무의미한 것이 아닌 무언가를 말하기 위해 그것들을 필요로 하기 때문이다. 누군가가 가라앉은 물건을 발견하면 새로운 가치가 생겨난다. 우리는 무의미한 것이 아닌 무언가를 말하기 위해 인간의 역사를 필요로 한다. 우리는 무의미한 것이 아닌 무언가를 말하기 위해 우리 손으로 할 일을 필요로 한다. 인간의 가치 가운데 어떤 것은 한 번 잃어버렸지만 다시 찾았고, 우리 자신의 일부는 인양되어 산산조각 난 상태로나마 수면으로 다시 돌아왔고, 우리가 죽었다고 생각했고 이미 사라졌다고 생각한 무언가는 아직 생명을 간직하고 있다고 말하기 위해 우리는 가라앉은 보물을 필요로 한다. 미묘한 진실, 미묘한 인공물.

물고기는 사람을 전혀 필요로 하지 않는다.

물건의 고독

artifact[á:rtəfæ̀kt]

명사

1. 사람이 만든 물건. 인공물.

2. 문화적 또는 역사적 의미가 있는 물건. 유물.

어원: 라틴어의 'arte'(기술에 의해, 또는 기술을 써서)+'factum'(만들어진 것).

물건의 주관성

다섯 살 때, 소녀는 가상의 가족을 만들기 위해 작은 상자들 속에 나뭇가지와 이끼와 돌멩이를 가득 채우곤 했다. 막대기는 몸뚱이였고, 돌멩이는 심장이었고, 이끼는 머리카락이었다. 밤이 되면 그녀는 상자 뚜껑을 닫기 전에 두 손으로 상자들을 감싸고 가짜 가족에게 노래를 불러주고, 가짜 가족에게 옛날이야기를 들려주고, 가짜 가족을 흔들어 달래주곤 했다. 가족은 머리도 없고 뇌도 없고 입도 없고 이빨도 없었다. 팔도 없고 다리도 없고 손도 없었다. 단지 막대기 몸뚱이와 돌멩이 심장과 이끼 머리카락이 있을 뿐이었다. 그녀는 막대기와 돌멩이와 이끼로 만들어진 가족이 들어 있는 상자 세 개를 베개 밑에 간직했다. 상자 하나를 흔들면 달그락거리는 소리가 그녀를 위로해주었다. 아기가 재잘거리는 소리 같았다. 하루는 아버지가 그녀의 베개 밑에서 상자들을 발견했다. 소녀는 울기 시작했다. 베개 밑에 상자를 놓아두다니, 이런 바보 같은 짓은 아기들이나 하는 거야. 이런 아기 같은 짓은 당장 그만둬.

소녀는 혼자 속으로 울었다.

그날 밤 소녀는 집을 몰래 빠져나가 밖에 있는 쓰레기통을 뒤져서 그녀가 만든 인공물이 들어 있는 상자들을 찾아내어 뒷마당 나무 밑에 묻었다. 그녀는 상자를 묻기 위해 뚜껑을 닫기 전에 상자 속에 침을 뱉었다, 그녀의 DNA가 숨겨진 작은 가족을 영원히 묶어주고 지켜주도록.

고래 이야기

2018년에 'J35'라는 이름의 범고래가 태평양 북서해안 근처에서 새끼를 낳았지만 새끼는 곧 죽고 말았다. 어미 범고래는 죽은 새끼를 17일 동안 머리로 밀면서 1천 마일을 헤엄쳤다. 그것은 지금까지 기록된 범고래의 애도 기간 가운데 가장 긴 사례였다. 그 어미가 속한 '남부 거주 범고래의 J 무리'를 연구하는 과학자들은 그 어미에게 '탈레콰'라는 별명을 붙여주었다. 과학자들은 어미가

"애도 여행을 한 뒤에도 신체적으로 좋은 건강 상태를 유지하고 있는 것으로 보인다"라고 말했다.

'J35'는 새끼가 태어난 뒤 죽을 때까지 약 30분 동안 새끼와 유대를 형성했다. 과학자들은 바로 그것이 어미가 갓난아기와 떨어지려 하지 않은 이유라고 믿는다.

어미가 죽은 새끼를 밀면서 헤엄치는 동안 새끼 범고래의 머리와 주둥이가 자주 수면 위로 올라왔다. 새끼가 죽었을 때는 누구나 이제 다 끝났다고 생각했지만, 어머니 대지가 아닌 어머니 바다 속에서는 산 자와 죽은 자 사이의 공간이 열린 것 같았다.

잃어버렸다가 찾은 것

내 인생에서 가장 황홀한 순간은 내가 기억하기 어려운 그런 조용한 순간에 찾아왔다. 이제는 나도 나이를 먹은 탓에, 때로는 그 순간을 기억하기가 여간 어렵지 않다. 이것이 나를 괴롭힌다. 내가 기억을 찾지 못하면, 그래서 그 기억이 완전히 바다로 떠내려가 바닥에 가라앉으면, 그것은 내 기쁨을 돌이킬 수 없다는 것, 혼자가 되어버린다는 것을 의미할까?

'다시 아래로 내려가는 것을 잊지 마라. 난파선으로 잠수해 들어가라. 밧줄을 물어라. 헤엄쳐 돌아오라. 다른 사람들이 물에 빠질 필요가 없도록 다른 사람들에게 유용한 무언가를 가지고 돌아오라. 그걸로 충분하다.'

팬데믹 밤의 데이트

∧

소머 브라우닝과 데이비드 실즈[*]

D: 〈아이즈 와이드 셧〉[1]을 봐야겠지?

S: 기억은 잘 안 나지만, 톰 크루즈보다 더 재미난 사람은 없어요.

D: 준비됐어?

S: 시간이 좀 필요해요. 한 3분쯤?

D: 또 늦으면 그 예쁜 엉덩이를 때려줄 거야.

S: 음…… 그 엉덩이가 제 주인이 누군지 알 때까지요? 그럼 나
는 절대로 시간을 지키지 않을래요!

---

[*] 소머 브라우닝(Sommer Browning): 시인·작가. 콜로라도주 덴버에 살고 있으
며, 오라리아 도서관에 사서로 근무하고 있다. 데이비드 실즈(David Shields): 작
가. 소설과 논픽션을 포함해서 20여 권의 책을 썼으며, 영화 제작자로도 활동하고
있다. 워싱턴주 시애틀에 살고 있으며, 워싱턴 대학에서 영문학을 가르치고 있다.

[1] 1999년 6월에 개봉된 스탠리 큐브릭 감독의 마지막 작품. 당시 부부였던 톰 크루
즈와 니콜 키드먼이 부부로 나와 선정적이면서 몽환적인 연기를 펼쳤다.

D: ㅋㅋㅋ.

S: 좋아요. 준비됐어요.

D: 액션!

S: 톰 크루즈가 의사라는 걸 깜박 잊고 있었네요.

D: 톰 크루즈는 상자 위에 서 있는데, 그래도 여자가 톰 크루즈보다 30센티는 더 커.

S: 저 여자는 요로감염증에 걸린 게 분명해요.

D: 키드먼이? 왜?

S: 소변을 너무 많이 봐야 하니까요. 당신한테 하고 싶은 말을 빨리 타이핑할 수가 없어요. 당신 옆에 있어야 하는데……

D: "로마 시인 오비디우스는 아주 좋은 시간을 보냈다."—무슨 개소리야? 저 사람은 브라질 출신인가?

S: 글쎄요, 하하하.

D: 이 사람은 포르노 연기 학교를 최우등으로 졸업했어.

S: 당신은 그 헝가리식 말투를 안 믿는군요?

D: 불행히도 그 사람은 내가 다니는 비뇨기과의 의사와 똑같이 생겼어.

S: 매력적이네요.

D: 오오, 알몸으로 죽은 여자.

S: 알몸으로 죽은 맨디.

D: 시드니 폴락은 실제로는 "이건 우리끼리만 아는 걸로 합시다"라고 말했을 뿐이야.

S: 좀 서투르게 진료실로 장면을 전환한 거예요, 아니면 엄청나게 섬뜩한 거예요?

D: 키드먼을 괴롭히고 있는 캐릭터의 이름이 스카이 더몬트야. 저 영화는 대사 한 마디 한 마디, 장면 하나하나가 모두 형편없지?

S: 내 생각에 그건 고의적인 것 같아요.

D: 화장대 위에 있는 책들을 확대해봐야겠어. 무슨 책이지?

S: 사이언톨로지[2] 입문. 제1권부터 제4권까지.

D: 나는 다가오고 있는 이 순간이 좋아. 저 여자는 해군 장교를 위해 모든 걸 포기할 거야. 키드먼은 키스 어번[3]을 위해 모든 걸 포기했지?

S: 저 여자가 아이도 포기할까요? 모든 사람이 자신을 파괴하고 싶어 할까요?

D: 쳇. 전화가 서투른 연기로부터 우리를 구해주는군.

S: 우리가 발가벗고 침대에 들어가 있을 때는 당신이 전화를 받아서 "네, 실즈 박사입니다" 하고 말해줬으면 좋겠어요. 그러면 나는 당신의 온몸에 지릴 텐데.

D: 지금 또다시 스카스데일 출신의 누군가가 헝가리인의 오디션을 하고 있어.

---

2   미국의 SF 작가인 라파예트 론 허버드가 1954년에 창시한 신흥 종교. 인간은 영적 존재라고 믿으며, 외계인과 과학기술을 신봉한다. 톰 크루즈가 신자로 알려져 있다.

3   호주 출신의 가수. 니콜 키드먼은 톰 크루즈와 2001년에 이혼한 뒤 2006년에 키스 어번과 재혼했다.

S: 이 사람들은 너무 억눌려 있는 것 같아요. 방금 톰 크루즈는 문자 그대로 "미시간은 아름다운 주예요" 하고 말했어요. 아니면 멋진 주라고 했나? 뭔가 그 비슷한 말을 했어요.

D: 저 영화는 아르투어 슈니츨러[4]의 소설에 바탕을 두고 있는데, 그래서 큐브릭 감독은 1920년대의 빈을 1999년의 뉴욕시로 바꾸는 법을 이해하지 못한 것 같아.

S: 그건 정말 말이 안 돼요.

D: 저 영화는 〈촬영 대본 에러〉로 제목을 바꾸어야 해.

S: 이 거리 장면은 재미있는데, 이건 어떤 종류의 뉴욕이죠?

D: 톰 크루즈는 두 손을 정확하게 마주치지도 못해.

S: 매춘부의 요리를 하려면 비용이 얼마나 들까요?

D: 저 여자는 1977년경에 팬암 항공사의 승무원이지?

S: 정말 불가사의한 영화예요. 하지만 이 영화가 무엇을 노리고 있는지 알 것 같아요.

D: 그게 뭔데? 말해봐.

S: 일부일처제와 가정생활의 주도권 밑에 감추어져 있는 욕망. 고의적인 것 같아요. 내가 적응할 수 없는 부분은 바로 그거예요.

D: 나는 형편없는 영화라고 생각할 뿐이야. 감독은 런던의 방음

---

4   오스트리아의 작가(1862~1931). 의사였으나 생애의 대부분을 작가로 살면서 소설과 희곡을 많이 썼다. 〈아이즈 와이드 셧〉은 슈니츨러의 『꿈의 노벨레』에서 영감을 받아 제작되었다고 한다.

스튜디오에서 영화를 만들었고, 그 후 20년 동안 한 번도 현실 세계를 방문하지 않았어.

S: 달 착륙을 다룬 영화[5]를 만든 직후?

D: ㅋㅋㅋ. 이렇게 지루한 영화는 내 평생 처음 봐. 내 관점에서는 이 영화의 지루함을 정당화하는 건 불가능해. 하지만 당신과 문자를 주고받는 건 정말 재미있군.

S: 형편없는 영화예요.

D: 나는 거기에 대한 당신의 해석이 마음에 들어. 당신 친구 레온은 이따금 머저리처럼 굴지만 그래도 당신은 레온을 사랑한다고 말했지. 나는 당신이 그런 식으로 말하는 것도 좋아해. 이따금 나는 사람들과 그런 단계까지 도달하지 못할 때가 있거든.

S: 내 친구 마크도 머저리예요. 나는 사람들과 그런 단계에 이르면 안 돼요. 하지만 나는 사람들이 내 감정을 해치지 않도록 그들과 거리를 유지하고 있지요.

D: 그건 1만 킬로미터나 떨어진 곳에서 사람들을 보는 태도야. 하지만 이따금 사람들은 그냥 진저리나게 싫은 머저리들이지. 어쩌면 나는 "넌 나한테 잘 안 맞아. 내 인생에서 꺼져줘"라고 말하는 데 너무 익숙한지도 몰라. 나는 당신을 너무나 사랑해.

S: 이 영화에서 내가 제일 좋아하는 대목은 피아노 연주자가 비

5   1968년에 제작된 〈2001: 스페이스 오디세이〉를 말한다.

밀번호를 쓸 수 있도록 톰 크루즈가 냅킨을 그 남자 앞에 내려놓는 장면이에요.

D: 이건 시네마라는 낱말에서는 가장 섹시하지 않은 영화야.

S: '시네마라는 낱말', 놀라운 표현이군요. 당신과 함께 있고 싶어 죽겠어요.

D: 우린 절대 헤어질 수 없겠지? 다음 영화는 지루해. 그냥 통과해버리면 어떨까?

S: 당신이 원한다면 그 영화는 안 봐도 돼요. 이런 섹스 영화를 보면 즐거운 시간을 보낼 수 있을 거예요.

D: 언젠가 당신이 그랬지. 우리가 서로에게 특별한 관심을 기울이기로 결정한 건 좀 불가사의하다고. 난 그게 정말 마음에 들어. 우리 절대 헤어지지 말자.

S: 난교 파티에서 다른 사람과 자지 못하는 건 톰 크루즈뿐이에요.

D: '스튜디오 54'[6]가 이것과 비슷했을 때 거기에 한 번 가본 적이 있어. 그런 경험은 그때 딱 한 번뿐이었지만.

S: 정말로 사람들이 여러 사람 앞에서 공공연히 섹스를 해요?

D: 아주 많이들 하지. 모두 코카인에 취해 있었어. 그때는 아직 에이즈가 없었거든.

S: 미친 소리로 들리는군요.

---

6   뉴욕시 브로드웨이에 있는 극장. 전에는 디스코 나이트클럽이었다.

D: 섹스 클럽은 달라?

S: 거기서는 마약에 취해 있지 않아요.

D: 사람들은 성병 문제를 어떻게 다루지?

S: 섹스 클럽에서는 원하는 만큼 적게 할 수도 있고 많이 할 수도 있어요. 그러니까 원하면 섹스를 피할 수도 있지요.

D: 섹스 클럽에서 오럴 섹스로 성병에 걸리는 것만은 피하고 싶군. 우리가 사랑을 나누지 못하게 되면 안 되니까 말이야. 그걸 인정하는 건 너무 따분한가?

S: 아니, 그렇지 않아요.

D: 우리가 이 영화를 끝까지 함께 보면, 우리의 유대 관계는 끊어질 수 없어.

S: 진지하게 하는 말인데요, 이건 너무 심해요. 섹스 클럽에 가는 건 나한테는 그렇게 중요한 일이 아니에요. 당신도 알고 있겠지만.

D: 나는 대단히 흥미가 있고, 적어도 그걸 확인하고 싶을 거야. 이 호텔 직원은 영화에서 가장 자연스러운 배우야. 단연코.

S: 나는 그 사람 좋아해요!

D: 그 사람은 즐기고 있어. 다른 사람은 아무도 즐기지 않아. 그 사람은 살아 있어. 다른 사람은 모두 시체야.

S: 당신과 함께라면 뭐든지 다 하겠어요.

D: 정말 아름다운 말이군. 고마워. 나도 당신을 위해서 같은 일을 하도록 애써볼게. 톰 크루즈는 정상적인 인간처럼 운전도 하지

못해.

S: 그렇군요. 그보다는 오히려 서투른 시벨리우스 같아요.

D: 나는 치료법에서 아주 많은 것을 배우고 있어. 가장 중심이 되는 건 섹스야. 네가 느끼고 생각하는 대로 말해라. 네가 어떤 사람인지를 인정해라. 너 자신과 세상에 진실해라. '이래야 한다'는 것은 잊어라. 본능에 따라라. 흥.

S: 자기가 어떤 사람이고 실제로 원하는 게 무엇인지를 보여주는 건 무서워요. 우선, 자기가 뭘 원하는지를 아는 것조차 어렵잖아요.

D: 당신은 거기에 능숙하잖아. "나는 우리가 영화계에서 일하는 걸 더 이상 원치 않아." 그건 아주 좋았어. 나를 있는 그대로 받아들이든 말든 태도를 확실히 해. 나는 나 자신을 사랑해. 당신이 원한다면 나를 사랑해도 좋아. 아주 쉽지! 우리가 함께 하면 잘 해낼 수 있을 거야. 우리가 함께 그걸 하다니, 너무 흥분돼.

S: 아주 쉽지요. 하하하.

D: 음악!

S: 미쳤군요!

D: 무엇에 대한 영화인지 당신이 모를 경우에 대비하여 2분 동안 배경에 네온으로 'VERONA'가 비쳤어.

S: 나는 뉴욕이 그리워요. 이 영화는 적어도 그걸 할 수 있어요. 나는 당신 몸이 너무나 그리워요.

D: 내가 당신을 만난 게 얼마나 큰 행운인지 난 알아. 나는 절대

로 당신을 놔주지 않을 거야.

S: 그런 미래를 예언하는 건 믿을 수 없어요. 난 당신을 사랑해요. 오오, 이런 설마! 존 프린[7]이에요.

D: 존 프린은 몇 주 동안 아팠어. 내가 죽도록 좋아하는 그 사람 노래가 몇 곡 있지.

S: 나는 당신이 나한테 보내준 그 노래만 알아요.

D: 내가 좋아하는 노래를 몇 곡 보내줄게. 내 인생 목표는 엔딩 크레딧 밑에 "그것은 바보 같은 구세계다"라는 구절이 나올 만큼 훌륭한 영화 한 편을 만드는 거야.

S: 우와아아아아. 당신이 여기 올 때까지 못 기다리겠어요. 내가 당신을 꼬집을 수도 있어요. 우리는 함께 음악을 들을 수도 있죠. 그리고 커피를 마실 수도 있고요. 내가 원하는 건 그것뿐이에요.

D: 맨 먼저 뭘 할까?

S: 섹스샤워크라이키스.

D: 우리는 모든 걸 거꾸로 하니까. 우리는 암스테르담에서 사랑에 빠졌고 로스앤젤레스에서 만났지. 우리는 뉴욕주 몬토크에서 죽을 테고, 몇 달 뒤에 쿠알라룸푸르에서 다시 태어날 거야.

S: 우리는 함께 바닷속으로 들어갈 거예요.

---

7   미국의 포크송 가수. 2020년 4월에 코로나 합병증으로 사망했다.

유혹, 과일과 자비 이후

∧

세레나 초프라[*]

사랑이여, 몸이 할 수 없는 일,
몸이 그녀를 위해 하려고 하지 않는
일은 충분히 있지 않은가—

석류가 씨를 조금씩 주는 방식은
커다란 즐거움.

과잉은 고통 받은 그림자—

고양이는 내가 너그럽다는 것을 알아차린다,

*   세레나 초프라(Serena Chopra): 시인·작가·댄서·영화 제작자·비주얼 아티스트. 시애틀 대학 영문학과에서 문예 창작을 가르치고 있다.

창문과 함께하는 그 녀석의 한가한 시간에.
커피와 접시와 옷에 그려진 나의 불투명한 무늬,
뾰족한 시간의 끝에서
부풀어오르는 낮처럼 분리된 굶주림.

치유는 당신이 없어도 존재한다.
나는 어쨌든 할 필요가 있는 일을 할 수밖에 없지만,
욕심을 버릴 필요가 있다.

몸이 할 수 없는 일, 하려고 하지 않는 일—
    칼과 껍질의 이 환상.

이 정밀한 기관의 시간에는
냉기가 부서지고
토템이 내 턱 안에서 부러진다.
삶의 어떤 노력이
고양이 위에 머문다—녀석의 식사, 녀석의 잠자리,
내 것에 대한
녀석의 과다한 요구.

사랑이여, 세상에는 고통이 충분히 있지 않은가?
그대도 괴로워하고 있지 않을 세상에?

몸이 할 수 있는 일은 충분히 있지 않은가?

치유를
멈추려 하지 마라.

찢어진 살조차 침묵하고
나도 찢어진 상처를 남기지 않는다.
흔해 빠진 종창은 배터리로 붉게 물들고
응축된 것처럼 새로 부풀어 오른 모든 상처 자국은
제각기 붉어진다.
　　　　나를 괴롭히는 것은 아버지
　　　　바다를 모르는 육지 생활자
　　　　빈민가에 사는 시민
　　　　모국어들은
　　　　부드러운 발처럼
　　　　비바람에 노출된 조직에 상처를 남긴다.
　　　　두 건의 잘못된 자살 가운데, 손목은
그림처럼 고정되어 있다ㅡ

이 산소를 들이마시기 위해
세포가 회복되기 위해

역사처럼, 사랑이여
숲처럼, 사랑이여
아이들처럼, 사랑이여
욕심 없는 사랑처럼—

'원격 강의'로 요가 수련하기

∧

던 라펠[*]

늦여름의 늦은 오후에 바닷가를 따라 걷고 있다고 상상해보라. 그 넓은 백사장을 당신 혼자 독차지하고 있다. 갈매기 몇 마리가 서로를 부르면서 선회하고 있다. 한낮의 더위는 사라졌고, 바다 쪽에서 시원한 산들바람이 불어오고 있다. 당신의 피부와 머리카락에 그 산들바람을 느낄 수 있다. 당신의 맨발에 닿는 모래는 따뜻하고 부드럽다.

저 앞에 큼지막한 조가비가 하나 보인다. 당신은 그 나선형에 감탄한다. 이 조가비가 한때는 집이었다는 것을 당신은 알고 있다. 맨 안쪽 방으로 들어가는 길을 모두 볼 수는 없지만, 내부가 진주 광택이 나는 분홍색을 띠고 있는 것은 보인다. 당신은 조가비를 들

---

[*] 던 라펠(Dawn Raffel): 작가. 오랫동안 잡지 편집자로 일했으며, 장편소설과 회고록, 작품집이 있으며, 요가와 창작을 가르치고 있다.

어서 바라보며 바다처럼 들리는 소리를 듣는다. 그리고 자연의 균형과 조화를 상기하고, 무한히 작은 것 속에 무한히 큰 것이 들어 있다는 것을 상기한다.

당신은 조가비를 귀에서 떼고, 그 무게와 감촉을 느끼면서 잠시 더 손에 들고 있다. 그런 다음 조가비를 당신이 발견한 모래 위에 돌려놓는다. 당신은 물가 가까이까지 계속 걸어간다…….

* * *

이제는 팬데믹이 한창일 때 어두워진 방에 반듯이 누워 있다고 상상해보라. 당신은 밀실 공포증이 점점 심해지지만, 사방 벽 바깥에 있는 것을 얼마 동안 별로 보지 못했다. 그게 얼마 동안인지 는 아무도 모른다. 몇 날, 몇 주, 몇 달이 자신의 경계를 잃어버렸 다. 지금이 3월인가? 아니면 5월? 당신의 머리카락은 길게 자랐고, 인내심은 거의 바닥이 났다. 가슴이 아프다. 해변, 산들바람, 조가 비, 모래…… 모두 마음속에 그려진다. 스피커를 통해, 코드를 통 해, 모뎀이나 와이파이를 통해, 두뇌의 배선과 신체 생물학을 통 해, 기억을 통해, 감정을 통해, 고대부터 전해 내려오는 지혜의 전 통을 통해.

이것은 '줌(원격 강의)'을 이용한 '요가 니드라' 수련이다.

* * *

'요가'라고 말하면 대부분의 사람은 다운도그 자세와 물구나무서기를 상상하지만, 신체적 동작은 요가를 이루는 하나의 요소일 뿐이다. 요가를 상업화하려는 온갖 시도에도 불구하고 요가는 여전히 베다[1]에 뿌리를 두고 있다. 플랭크 자세를 수천 번 취하면 뱃살이 빠진다고 하면 당신한테는 좋겠지만, 요가의 목적은 우리가 자신의 진정한 본성을 경험할 수 있도록 마음의 장애를 극복하는 것이다. 바꿔 말하면 그것은 내면적인 일이다.

내가 가르치는 요가 '니드라'는 전적으로 '사바사나'—다양한 동작을 하는 수련이 끝난 뒤에 취하는, '송장'처럼 반듯이 누운 자세—에서 이루어지는 명상이다. 20분 내지 30분 동안(깊이 들어가려면 시간을 더 연장할 수도 있다) 몸은 움직이지 않는 정지 상태를 유지한다. 특정한 단계가 있는 시나리오에 따라 의식만 움직인다.

내가 수련생들을 해변으로 이끌 때쯤이면 우리는 이미 마음의 공간을 자세히 살핀 뒤였고, 우리가 이루고 싶은 변화나 취하고 싶은 행동의 씨앗을 거기에 심고, 몸이 지도자의 안내를 받아 여행하는 동안 의식을 '회전'시켰고, 호흡을 목격했고, 그것을 거꾸

---

1   인도 바라문교 사상의 근본 성전이며 가장 오래된 경전. 기원전 2000년부터 기원전 1100년에 이루어졌으며, 인도의 종교·철학·문학의 근원을 이루는 것으로, 리그베다·야주르베다·사마베다·아타르바베다의 네 가지가 있다.

로 헤아렸고, 무거움과 가벼움 같은 이중성을 경험한 뒤였다. 이 모든 것은 각성과 수면 사이의 매우 비옥하고 창의적인 상태—과학 용어로는 '알파파 상태'라고 부를 수도 있을 것이다—로 들어가는 데 도움이 된다.

몇 분 동안 계속되는 해변 장면은 마음에 주의를 집중하고 마음을 더욱 안정시키기 위한 '다라나'(정신 집중)의 예다. 다라나를 쓰는 것은 개개의 강사—이 경우에는 나—이다. 그것은 내가 작가이기 때문이기도 하다. 나는 수업을 할 때마다 다라나를 바꾸는 경향이 있다(조가비, 숲, 꽃…… 그것은 다양하게 변화하지만 변하지 않는다). 시나리오의 나머지는 어디에서 이루어지는 어떤 수업이든 상당히 획일적일 것이다. 그것은 일련의 빠른 시각화(마음에 생생하게 그리는 것)와 생각을 놓아버리는 것과 함께 계속된다.

요가 니드라는 스트레스와 관련된 피로와 불면증을 완화하는 데 매우 효과적이다. 피로와 불면증은 최근 몇 달 동안 결코 부족하지 않았던 몇 가지에 속한다. 또한 요가 니드라는 수련생들이 의식과 창의력의 더 깊은 심층으로 들어가는 데에도 도움이 된다. 내가 요가 니드라를 작가들(그들이 작가가 아니라면 생각을 너무 많이 하는 사람들로 알려졌을 것이다)에게 자주 가르치는 이유는 바로 그 때문이다. 코로나19 이전에 나는 공유된 물리적 공간의 에너지, 상호 작용의 미묘함, '함께 잠자기'의 연결성을 사랑하게 되었다.

우리가 저마다 현실에서 유리된 상태에서 요가 니드라 수업을 원격 강의로 받는 것은 좀 이상하게 느껴졌다. 하지만 얼마 후에는 그렇게 느껴지지 않았다. 테크놀로지를 가능하게 만드는 코딩—사상과 신앙의 체계에서부터 물리적 루트의 체계, 전기 회로, 망가지기 쉬운 육상 및 해양 생태계, 우리의 의식적 자아와 무의식적 자아, 복제할 수 있는 병원균에 이르기까지 우리가 살면서 실제로 경험한 모든 것과 마찬가지로—은 서로 관련되어 있다.

* * *

우리를 강제로 실내에 머물게 하고 서로 갈라놓은 바이러스, 수십만 명의 사람을 상실과 비탄으로 괴롭히고 있는 바이러스의 치료법은 아직 알려지지 않았다. 이 글을 쓰고 있는 현재, 나는 나와 가족이 무사하다는 데 감사하고 있다. 하지만 우리 주위에 널리 퍼져 있는 슬픔에 면역을 가진 사람은 아무도 없다.

언젠가 나는 뭔가 새로운 것을 배우는 게 슬픔의 치유법이라는 글을 읽은 적이 있다.[2] 그래서 팬데믹의 와중에 나는 '프라나 비디아' 수련(물론 원격 강의)에 등록했다. 배울 기회가 흔치 않은 이 요가 명상은 호흡으로 운반되는 생명력에 초점을 맞춘다. 이 생명

---

2   〔원주〕아서 왕의 전설에 바탕을 둔 T.H.화이트의 장편소설 『과거와 미래의 왕』에 이런 구절이 나온다: '슬픔에 가장 좋은 것은…… 뭔가 새로운 것을 배우는 것이다.'

력은 '심령체'[3]라고도 불린다. 날마다 나는 수천 킬로미터나 떨어져 있는 강사의 가르침에 귀를 기울였고, 내 몸 안팎에 있는 보이지 않는 것들을 보는 데 집중했고, 전 세계의 시간대에 있는 수강생들과 교유를 나누었다.

요가의 정의 가운데 하나는 '합일'이다. 요가는 이중성을 포용하고 인간의 관념들 가운데 가장 완고하게 역설적인 관념의 한계를 무시할 수 있다. 원격 강의로 심령체 수련을 받는다고? 왜, 그러면 안 될 이유라도 있는가?

* * *

요가를 가르치는 사람들은 그것이 기쁨을 가져다주기 때문에 요가를 가르친다. 요가 동작, 프라나 명상, 요가 니드라를 가르치는 내 일은 번창하고 있지만, 어떤 성공도 내가 요가를 가르칠 때 얻는 황홀감을 주지는 못한다. 내 수련생들이 마침내 밤에 잠을 충분히 잤다거나 속에 맺힌 응어리를 풀었다고 말하면, 물론 나는 그것을 즐기지만, 그것을 내 공으로 삼을 수는 없다. 바닷물이 내 것이 아닌 것처럼 내가 수련생들한테 전달하는 것도 내 것이 아니다. 내가 가장 깊은 평화를 경험하는 것은 이 지혜의 전통이 나를

---

3   물리적 몸에 겹쳐서 오감으로는 식별할 수 없는 초감각적 세계에 존재하는 몸으로, 마음의 몸과 영혼의 몸을 합쳐서 심령체라고 한다.

통해 흐르고, 나를 사방팔방 모든 방향으로 이어주는 것을 느끼는 순간들이다. 그 모든 방향에는 시간도 포함되어 있다. 시간은 결국 유동적인 구조물이다.

* * *

우리는 코로나19를 이미 알고 있었지만, 마치 전혀 알지 못했던 것처럼 코로나19에 급소를 찔리는 바람에 우리의 상황을 제대로 통제하지 못할 지경에 이르렀다. 하지만 우리는 마음을 단련하여 우리의 반응을 통제하기 시작할 수 있다. 평온한 곳, 더 깊은 웅덩이에서 나오면, 그 반응은 우리 자신만이 아니라 다른 사람들도 보살필 수 있다. 우리는 이제 행동을 취해야 한다.

나의 요가 니드라 프로그램의 일부는 이렇게 끝난다. 파도는 물방울을 공중으로 던지고, 거기서 물방울들은 반짝이다가 사라진다. 하늘은 물에 비친다. 하늘은 너무나 푸르고 끝이 없다. 그것은 무한하다.

소통을 위한 레시피

∧

제니퍼 로스너[*]

우리 어머니는 벌새처럼 바쁘게 날아다니다가도 소스 팬이 스토브 위에서 부글부글 끓기 시작하면 차분해진다. 150센티미터의 키에 몸무게가 40킬로그램인 어머니는 다른 분야에서는 보이지 않는 자신만만한 태도로 부엌을 이리저리 돌아다닌다.

어머니의 세계는 바이러스가 우리를 강타하기 전에 이미 오그라들기 시작했다. 여든아홉 살에 어머니는 63년 동안 남편이었던 (그리고 내 사랑하는 아버지였던) 분을 여의었다. 어머니는 운전을 삼갔고 친구들도 만나지 않았다. 다행히 어머니는 혼자 살고 있지 않았다. 내 언니와 조카가 코네티컷주의 복층 주택에서 어머니와

[*] 제니퍼 로스너(Jennifer Rosner): 작가. 스탠퍼드 대학에서 철학박사 학위를 받았다. 가족사를 추적한 회고록을 썼으며, 2020년 3월에 장편 『노랑새들이 노래하다』를 발표하면서 소설가로 데뷔했다.

함께 살았다. 대개 어머니는 저녁 식사를 요리하는 데 하루의 초점을 맞추고 있었다. 토마토와 케이퍼 초절임과 올리브를 곁들인 연어. 애호박과 레몬을 넣은 파스타. 어머니는 자신의 요리에 자부심을 가지고 있었다.

바이러스가 뉴욕시에서 맹위를 떨치기 시작하자 오빠가 가족과 함께 어머니 집으로 대피했다. 청소용품과 소독제, 통조림, 크래커ー그리고 강한 불안감ー가 들어 있는 상자들도 그들과 함께 왔다. 그들은 특히 어머니가 손 씻는 방식을 걱정했다. 어머니가 손을 자주 씻지도 않고, 비누를 제대로 사용하지도 않고, 20초 동안 씻지도 않는다는 것이었다. 그들은 어머니가 음식을 요리할 때마다 맹렬히 반대했다. 어머니는 집 안에 머물러 있었고 가족 가운데 가장 상처받기 쉬운 처지였지만, 그들은 어머니가 정성껏 준비한 저녁 식사를 마다하고 자기네가 먹을 음식을 직접 준비했다. 전화 통화에서 언니는 어머니가 전보다 더욱 움츠러들었다고 말했다. 어머니는 대부분의 시간을 부엌에서 멀리 떨어진 침실에서 보내고 있었다.

한편 나는 어머니 집에서 몇 시간 거리에 있는 우리 집에 남편과 두 아이와 함께 자가 격리되어 있었다. 식료품은 잔뜩 준비해놓았다. 어느 날 오후, 나는 어머니한테 전화를 걸어 요리법을 가르쳐달라고 부탁했다. 지중해식 닭요리를 만들 생각인데, 말린 토마토를 쓸까요, 아니면 싱싱한 토마토를 써야 하나요? 어머니는 우쭐해져서 몇 가지 조언을 해주었다. 요리에 뿌리는 밀가루에 파

프리카를 넣어라. 올리브유에 버터기름을 추가로 더 넣어라.

어머니는 이튿날 나한테 전화해서 요리가 어떻게 됐느냐고 묻고, 그날 밤에는 무슨 요리를 할 작정이냐고 물었다. 솔직히 말하면 나는 경황이 없었다. 큰애는 소화 장애를 앓고 있었고 많은 식품에 알레르기가 있었다. 게다가 지금은 슈퍼마켓에 가는 것도 제약을 받고 있어서 식사 준비가 훨씬 어려워졌다. 어머니는 어떤 요리를 만들 수 있을 것인가를 나와 함께 궁리하고 의견을 제시했다. 구운 토마토와 감자를 곁들인 생선 요리는 어떠냐? 나무딸기로 만든 비네그레트 소스를 끼얹은 스테이크는?

어머니와 나 사이에서 음식은 언제나 그렇게 간단한 문제가 아니었다. 신경성 식욕부진증이 있는 어머니는 내가 어렸을 때부터 내가 먹는 것을 늘 주의 깊게 지켜보았다. 그때도 어머니는 요리를 아주 중대한 일로 생각했지만, 어머니 자신은 거의 아무것도 먹지 않았다. 내 음식 섭취 때문에 어머니는 심한 스트레스를 받았다. 그 후 세월이 흐르면서 어머니의 걱정은 누그러졌지만, 내 딸애의 성장 문제 때문에 내 생각은 다시 음식 섭취에 중점을 두게 되었다(몸무게가 아니라 최선의 영양 보급을 위해). 어머니가 특별히 만든 음식들—나무딸기 과자, 단풍당을 넣어 바삭바삭하게 요리한 감자, 설탕과 함께 졸인 배를 넣은 파이—은 나에게 위안을 가져다주고, 그 음식에 대한 과거의 내 열광을 조금이나마 불러일으킨다. 내 아이들도 자기네 식성에 맞게 특별 조리된 이런 음식들을 좋아한다.

자가 격리되어 있는 요즘, 어머니와 나는 날마다 요리 문제로 통화를 한다. 어머니는 내가 저녁 식사로 무슨 요리를 할 것인가에 대해 조언을 하고, 내가 생각지도 못한 아이디어를 제공해준다. 어제저녁에는 어머니의 격려를 받으며 구운 컬리플라워와 헤이즐넛을 곁들인 파스타를 훌륭하게 만들어냈다. 파스타 삶은 물을 조금 추가하는 것이 소스를 걸쭉하게 만드는 데 도움이 된다는 것을 누가 알았겠는가? 나는 그게 얼마나 맛있었는지를 어머니한테 말씀드리고 어머니가 기뻐하는 소리를 빨리 듣고 싶어서 조바심이 난다.

우리는 과거 어느 때보다도 잘 먹고 있다. 어머니도 우리가 나누는 통화 덕분에 좀 덜 외로우실 거라고 나는 믿는다. 전화를 끊고 나면 나는 어머니가 내일 우리 가족이 먹을 저녁 식사로 무엇을 권할까 생각하면서 낡은 요리책을 뒤적이고 있을 모습을 상상한다.

언니는 어머니가 부엌에서 다시금 자기주장을 내세우게 되었다고 보고한다. 어머니는 나에게 ("그래, 생강은 드레싱에 도움이 '될' 거야" 하고) 말한 다음, 냄비를 스토브 위에 올려놓고 식료품 저장실에 비축되어 있는 식재료로 만들 수 있는 요리를 생각해낸다. 오빠네 가족은 여전히 다른 시간에 자기들이 직접 준비한 음식을 따로 먹고 있지만, 언니와 조카는 어머니가 만든 요리라면 뭐든지 좋아한다.

나는 8주 동안 어머니를 만나지 못했다. 어머니는 이번 7월이면 아흔 살이 된다. 그때쯤에는 우리가 직접 찾아가도 안전할 수 있기를 바란다. 지금은 전화로만 연락할 뿐이다. 나는 주방 조리대 앞에 서서, 어머니는 어머니의 부엌을 새처럼 날아다니면서 통화를 한다. 우리는 둘이 함께 정성껏 식사를 준비해서 함께 먹을 수 있는 날이 어서 오기를 손꼽아 기다리는 중이다.

낯선 화폐

∧

샌드라 사르[*]

나는 이제 카트를 밀면서 통로를 걷지 않는다.

아보카도의 이랑 진 과육을 손으로 누르지도,

그것의 저항을 엄지손가락 밑에서 느끼지도 않는다.

토마토를 따서, 컵 모양으로 오므린 손바닥으로

그 무게를 가늠해보지도 않는다.

지금은 화면에 떠 있는 낯선 여자 첼시가

'시리'[1]와 함께 내 집을 찾아와

물건을 배달해준다.

나는 문간에서 그녀를 얼핏 보고,

---

[*]   샌드라 사르(Sandra Sarr): 시인·작가. 루이지애나주 배턴루지에 살고 있다.

[1]   Siri. iOS(애플사의 모바일에 탑재된 운영 체제)용 개인 단말 응용 소프트웨어.

현관 앞의 불을 켜고, 마스크를 쓴 사람을 관찰한다.

그녀가 가게에서 문자 메시지를 보내
생소한 브랜드를 대신 보내도 되겠느냐고 물었을 때,
나는 이제 곧 폭풍우가 닥칠 거라고 경고했지만,
폭풍우가 닥치기 전에
사람의 형체는 봉지를 차례로 내리고 질질 끌어당긴다.

한 달 분량의 개 사료 한 포대와
'인스타카트'[2]가 금지한 피노 누아르[3] 여섯 병.
하지만 첼시는 그것을 권하고
따로 구입해서 가져왔다.
그리고 나는 그 돈을 갚았다.

내가 물건 사진을 클릭한 지 겨우 40분 뒤인
밤 9시에 물건을 배달하는 낯선 사람에게 어떻게 돈을 갚지?
내가 물건 사진을 클릭하면
낯선 사람의 손이 그 물건을 카트에 담고
이어서 자신의 픽업트럭에 싣는다.

---

2   Instacart. 온라인에 기반한 미국의 식료품 배달 서비스.
3   포도의 품종이면서, 이 포도로 만든 레드 와인의 이름.

그런 다음 내 현관 앞에 물건을 내려놓는다.
'안녕하세요'도 없고 '안녕히 계세요'도 없다.
나는 장갑을 끼고 조심스럽게 물건을 안으로 들인다.
보라! 첼시의 손이 나를 위해 골라준 아보카도 두 개.
잘 익었는지ー물렁물렁한지 단단한지ー보려고

과육을 손가락으로 눌러본다.
그 익숙한 저항이 느껴진다.
우레 소리가 우리 집을 뒤흔든다.
번개가 하늘을 섬광처럼 달린다.
첼시는 자기 집에 무사히 도착했을까?

와이퍼를 펄럭이며, 마스크를 목에
늘어뜨린 채 차를 세우고 있을까?
아니면 '앨버트슨스'[4]나 '윈 딕시'로 돌아가고 있을까?
첼시가 낯선 사람들의 필요를 채워주고 있을 때
집에서는 누가 첼시를 기다리고 있을까?
나는 전화기를 집어서 그녀에게 줄 팁을
내 형편으로는 최대한 후하게 올린다.

---

4   앨버트슨스: 미국의 식료품점 체인. 윈 딕시: 슈퍼마켓 체인.

그녀 덕분에 마실 수 있게 된 와인의
코르크 마개를 따서 술잔에 따른다.
새 도시에서 혼자 격리된 한 사람을 위해.

또 다른 목숨 날치기, 암에서 방금 회복된 내가
1년을 더 보는 기회를 잡을 수 있도록
위험을 무릅쓰고 과감하게 나서는
낯선 사람들을 빼고는
혼자 격리되어 있는 나를 위해.

바이러스와 가난이라는 쌍둥이 감염병,
서로를 필요로 하는 소용돌이 속으로
우리를 밀어넣고 있는 감염병의 와중에
남을 동정하는 이런 행동을
어떤 화폐가 보상해줄 수 있을까?

다른 사람들이 없을 때

∧

스티브 야르브로[*]

　아내와 나는 보스턴에서 북쪽으로 10여 킬로미터 떨어진 작은 도시에 살고 있다. 2016년 여름에 길 건너편 집에 일가족 세 명이 이사를 왔고, 나는 그 집 남자가 차에서 기타와 만돌린을 꺼내는 것을 보았을 때 너무 좋아서 이게 사실일 리가 없다고 생각했다.

　나는 아홉 살에 컨트리 뮤직과 블루그래스[1]를 연주하기 시작했고, 열두 살 때는 이미 같은 도시의 토양 보존 관리원과 고등학교 미식축구 코치와 함께 컨트리 뮤직 밴드를 결성하여 연주 활동을 하고 있었다. 하지만 그 후 오랫동안 나는 함께 연주할 사람을 만나지 못했고, 그래서 내 연주를 혼자 들을 수밖에 없었다. 나는 엄

---

[*]　스티브 야르브로(Steve Yarbrough): 작가·학자. 일곱 권의 장편과 세 권의 작품집을 냈다. 매사추세츠주 스토넘에 살면서 보스턴의 에머슨 대학에서 창작을 가르치고 있다.

[1]　기타와 5현 밴조로 연주하는 미국의 전통적인 컨트리 뮤직.

지와 검지로 픽을 쥐고 여전히 서투르게 코드를 잡으면서 멜로디가 끊기지 않게 하려고 애썼다. 그래서 나는 내 독주 솜씨를 최대한 발휘하고 더욱 발전시키려고 시도한 적이 한 번도 없다. 게다가 나는 음역대가 없어서 노래를 배우려고 애쓰는 대신 대개는 그냥 콧노래만 했다. 때로는 싫증이 나서 연주를 그만두었다. 그러면 손에 박힌 못이 사라지게 되고, 그러다가 쇠줄 현악기를 다시 연주하면 귀와 손가락이 둘 다 고통스러워졌다.

나는 곧바로 건너편 집에 가서 에드먼드 조겐슨과 그의 아내와 어린 아들에게 나를 소개했다. 나는 기타와 만돌린을 보았다고 말했고, 그는 자기가 그 악기들 외에도 몇 가지 악기를 연주하긴 하지만 '비르투오소(명연주자)'는 아니라고 말했다. 그때는 두 가지 이유 때문에 같이 연주하자고 제안하지 않았다. 첫째는 그가 기타와 만돌린을 연주한다면 나와 마찬가지로 블루그래스에 끌릴 가능성이 충분한데, 블루그래스 연주자들은 유명한 예외가 몇 명 있긴 하지만 대부분 보수적인 경향이 있고 때로는 극우 과격파 집단에 속해 있는 경우도 있기 때문이다. 정치적 긴장이 고조되었던[2] 그 여름에 나는 그런 족속과는 접촉하고 싶지 않았다. 하지만 나는 그를 뒷조사해서, 그가 테크놀로지 분야에서 일하면서 보스턴 대학에서 고전문학으로 학위를 땄고 사색적인 소설도 두어 권 출판

---

2 2016년 7월에 제45대 대통령 선거를 위한 공화당(도널드 트럼프)과 민주당(힐러리 클린턴)의 후보가 결정되어 본격적인 캠페인이 시작되었다.

하여 좋은 반응을 얻었다는 것을 알아냈다. 내가 온라인에서 찾아 읽은 서평으로 미루어보건대, 그의 집 벽장에 'MAGA'[3] 모자가 들어 있을 가능성은 거의 없어 보였다.

내가 함께 연주하자고 제안하지 않은 또 다른 이유는, 나보다 뛰어난 뮤지션들과 함께 연주하려고 애쓰다가 웃음거리가 된 적이 두어 번 있었기 때문이다. 엄지와 검지로 픽을 쥐고 블루그래스를 연주하는 것은 픽을 위아래로 번갈아 퉁기는 주법에 크게 의존하는 복잡한 작업이다. 위로 쳐야 할 때 아래로 치거나 아래로 쳐야 할 때 위로 치면 회복하기가 거의 불가능하다. 나는 세계 최고의 작가들 앞에서 내 소설을 읽은 적이 많았지만 낭패감을 느껴본 적은 한 번도 없었다. 하지만 블루그래스 연주가 실패로 끝나면 내 얼굴은 새빨개지고 목이 죄이는 듯한 느낌이 들어서, 나는 되도록 빨리 기타를 케이스에 집어넣고 슬며시 달아나곤 했다.

따뜻하지만 바람이 없는 어느 날 오후, 나는 저녁을 먹기 전에 한 시간쯤 연주를 하려고 기타를 집어 들었다. 그때 길 건너편 집의 창문이 열려 있는 것을 알아차렸다. 나는 거기에 대해 충분히 생각해보지도 않고 우리 집 창문을 열었다. 그리고 창가에 앉아서 〈와일드우드 플라워〉를 연주하기 시작했다.

며칠 뒤에 에드먼드가 찾아와서 말했다.

---

3   Make America Great Again. 트럼프의 선거 구호.

"언제 한번 같이 연주합시다. 하지만 나는 당신만큼 솜씨가 좋지는 않아요. 요전 날 당신이 연주하는 걸 들었거든요." 나중에 그는 여러 번 부탁한 뒤에야 겨우 내 동의를 받아냈다고 회고했다.

우리가 같은 음악 세계에서 오지 않은 것은 곧 분명해졌다. 그는 몇 년 동안 부친과 함께 블루스 밴드에서 연주 활동을 했고, 그의 부친은 1960년대와 1970년대에 록 밴드인 '러빈 스푼풀'의 공연 때 오프닝 연주도 한 전문 악사였다. 에드먼드는 블루스 밴드에서 피아노를 쳤다. 기타리스트로서는 픽이 아니라 손가락으로만 줄을 퉁기는 주법을 사용했지만, 만돌린으로 켈트 뮤직도 연주했다. 내가 음악을 듣는 취향은 특별한 장르에 얽매이지 않는 절충주의였지만, 블루그래스와 컨트리 뮤직과 초보적인 블루스 말고는 아무것도 연주하지 못했다. 1년 전까지는 손가락으로 줄을 퉁기지도 못했다.

그렇게 우리가 함께 한 처음 몇 번의 연주는 세상을 깜짝 놀라게 하지 못했다. 하지만 옛날의 바이올린 곡이나 블루그래스 바이올린 곡은 켈트 뮤직과 공통점이 많아서, 결국 우리는 〈솔저스 조이〉 같은 곡에서 공통된 바탕을 발견했다. 이따금 역할이 바뀌기도 했지만, 처음에는 내가 기타를 치고 그는 만돌린을 연주했다. 그는 좋은 목소리를 갖고 있어서 대개 보컬을 맡았다. 알고 보니 그는 정말 좋은 노래도 몇 곡 작곡한 사람이었다. 개리슨 케일러[4]는 언젠가 질리언 웰치와 데이비드 롤링스[5]에게 "당신들의 신곡들은 너무 오래된 노래처럼 들린다"라고 말한 적이 있는데, 에드먼드의 노래에 대해서도 같은 말을 할 수 있었다.

우리는 정기적으로 함께 연주하게 되었다. 하나의 곡을 몇 번 연주해본 다음, 그것을 녹음하여 유튜브와 페이스북에 올리곤 했다. 얼마 후 우리는 열렬한 팬들을 조금 갖게 되었고, 우리 팀을 '해리슨 가 2번지'라고 이름 지었다. 코로나바이러스가 퍼지기 시작한 직후인 지난 1월에 우리는 월섬에서 자선 공연을 하여 좋은 반응을 얻었다. 우리가 대중 앞에서 직접 연주한 것은 그때가 처음이었다. 우리는 봄에 보스턴 인근에서 많은 공연을 할 계획을 세우기 시작했다.

* * *

몇 년 전, 에드먼드를 만나기 전에 나는 기악곡을 한 곡 썼다. 내가 '썼다'고 감히 말할 수 있는 곡은 단 두 곡뿐인데, 그 기악곡도 그중 하나였다. 내 친구인 다른 뮤지션에 따르면 그 곡은 노먼 블레이크[6]의 〈푸어밸리에서 오는 마지막 열차〉만이 아니라 스티븐 포스터[7]의 〈어려운 시절이 다시는 오지 않기를〉과도 멜로디가 비

4   미국의 풍자 작가·방송인.
5   웰치: 미국의 가수·작곡가. 롤링스: 가수·작곡가·기타리스트. 두 사람의 파트너십이 유명하다.
6   블레이크: 미국의 가수·작곡가·기타리스트.
7   포스터: '미국 민요의 아버지'로 불리는 가곡 작곡가.

숫하기 때문에 제목을 '스티브 포스터가 노먼 블레이크를 만나다'
라고 지어도 되었을 거라고 한다. 우리가 마지막으로 몇 번 만났
을 때 에드먼드는 내가 쓴 곡에 붙일 가사를 썼다고 말했다. 나는
당장 그 가사와 사랑에 빠졌다.

먼지투성이의 낡은 문

아무도 볼 수 없는 내 마음속에
먼지투성이의 낡은 문이 서 있다
나는 자물쇠로 그 문을 단단히 닫아둔다
그리고 더 이상 그 문으로 들어가지 않는다
하지만 나는 날마다 일어나고 아내를 사랑하고
아이들의 금발을 헝클어뜨린다
때로는 인생이 너무 달콤해서
거기에 문이 있다는 것을 거의 잊어버린다

사람은 저마다 제 몫의 수명과
즐거움과 짊어져야 할 부담을 갖고 태어난다
그의 길은 정해져 있다
마음은 다른 길로 가고 싶어 하지만
그가 가야 할 길은 이미 새겨져 있다
내 수명이 다하여

308

해안에 밀려와 부서지는 파도처럼 죽음이 다가오면
나는 작별 인사를 하고 그대의 손을 잡으리라
그리고 그 먼지투성이의 낡은 문으로 들어가리라

연주회가 계획대로 봄에 열렸다면 이 노래도 레퍼토리에 포함
되었을 것이다. 하지만 상황이 바뀌었다. 내가 재직하고 있는 대
학교가 원격 수업으로 전환하기 전에 마지막으로 학생들을 만나
고 집에 돌아와 보니 에드먼드한테서 메시지가 와 있었다. 아무래
도 우리가 가장 최근에 만나서 함께 연주하기 사흘 전에 코로나바
이러스에 노출된 것 같다는 것이었다. 그리고 며칠 뒤에는 나도
바이러스에 노출된 것을 알았다.

우리 가족은 자가 격리에 들어갔지만, 증상이 나타난 사람은 아
무도 없었다. 그래도 우리는 매사추세츠주의 사회적 거리 두기 지
침을 엄격하게 지켰다. 이 지침은 이 글을 쓰고 있는 지금도 계속
시행되고 있다. 우리 주에서 하루에 125명 내지 250명이 코로나19
로 목숨을 잃고 있기 때문이다. 또다시 나는 혼자 앉아서 기타와
만돌린을 연주한다. 이따금 창밖을 내다보면, 길 건너편에서 에드
먼드도 나와 똑같은 일을 하고 있는 게 보인다. 그는 어려운 시절
이 물러가면―어려운 시절은 다시 오게 마련인 것처럼 물러가게
마련이니까―우리가 함께 연주할 계획인 곡을 연습하고 있다.

어려운 시절은 결코 영원히 지속되지 않는다는 것을 우리는 자
신에게 일깨운다.

엄마로서 피할 수 없는 기쁨

∧

크리스틴 밀라레스 영[*]

나는 우리 집 마당에 텐트를 치고 그 안에 반듯이 누워 있다. 비가림 덮개가 딸린 6인용 텐트는 우리가 잔디밭을 원하게 되리라고는 상상할 수도 없었을 때 설치한 판석 테라스를 덮고 있다.

이른 아침의 고요 속에서 남편의 전화기가 울퉁불퉁한 바위산 같은 그의 얼굴을 환하게 비춘다. 나는 시간을 묻는다. "3시 45분." 남편이 속삭인다. 아이들은 주위에서 자고 있다.

나는 깨어 있다. 그 사실에 대해서는 내가 기꺼이 받아들일 수 있는 치료법이 전혀 없다.

우리 가족이 자가 격리를 시작한 지 6주째다. 팬데믹이 시작된

*   크리스틴 밀라레스 영(Kristen Milares Young): 작가. 쿠바계. 하버드 대학에서 라틴아메리카 역사와 문학을 전공했다. 2020년 4월에 첫 소설 『정복』을 발표하기 전에는 저널리스트로 활동했으며, 2013년에는 퓰리처상을 받기도 했다. 워싱턴주 시애틀에 살고 있다.

뒤 남편과 나는 유아원과 유치원에 다니는 아이들을 집에서 가르치면서 우리 일까지 하느라 과중한 부담을 지고 있다. 나는 그 이유를 전혀 이해할 수 없지만, 팬데믹과 관련된 이유 때문에 우리는 그동안 밖에 거의 나가지 않았다. 우리 집에서 겨우 두 블록 떨어진 곳에 넓은 공원이 있는데도.

첫 번째 주말, 우리는 차를 몰고 길레모코브라고 불리는 외딴 시골의 군립 공원에 갔다. 그곳에서도 우리는 탁 트인 전망과 쾌적한 하이킹을 즐길 수 있는 곳을 찾아와 까불며 떠드는 다른 사람들한테서 안전한 사회적 거리를 유지했다. 우리는 굴 껍데기가 널려 있는 바닷가에 자리를 잡고 집에서 가져온 음식을 먹기 전에 소독제로 손을 소독했다. 우리가 앉아 있는 곳에서 눈 덮인 산맥 기슭까지 이어져 있는 해안에는 어디선가 떠내려온 유목이 떠 있고, 파도가 해안에 철썩철썩 밀려오고 있었다.

두 번째—그게 지난주였나? 아니면 2주 전이었나?—에는 1킬로미터쯤 떨어진 워싱턴 호수까지 걸어갔다. 가는 동안 나는 코로나바이러스에 감염될 기회를 헤아려보았다. 그런 기회는 무려 수십 번이나 되었다. 나는 이런 식으로 생각하는 것을 좋아하지 않는다. 하지만 두 아들은 네 살과 여섯 살이고, 솔직히 말하면 내가 시킨 일을 항상 기억하지는 못한다. 이런 새로운 상황에 적응하기는 어렵다. 뉴스는 물건의 표면이나 행인한테서 바이러스에 감염되기가 얼마나 쉬운지에 대해 시시각각 새롭고 섬뜩한 사실들을 알려준다. 나는 '슬립스트림' 같은 키워드를 찾아보기 위해 뉴스를 검색한다.

우리는 반다나 스카프와 모자와 스키용 넥게이터를 코 위로 끌어올려 입과 코를 막았지만 장갑은 끼지 않았다. ("왜 장갑을 가져오지 않았어? 두 아이와 간식을 챙겨서 집 밖으로 나오는 게 그렇게 힘들어?" "그래.") 나는 아이들에게 아무것도 만지지 말라고 여러 번 주의를 주었지만, 우리가 멈춰 서서 길 건너에 있는 이웃들과 큰 소리로 인사를 나눈 뒤에 아이들이 맨 먼저 한 일은 횡단보도의 신호등 버튼을 누르는 것이었다. ("안 돼! 안 돼! 얘들아! 엄마가 하지 말라고 했잖아!") 나는 가방에서 마지막 남은 항균 소독제 튜브를 꺼낸다. 그것은 공황 상태에 빠진 주민들이 사재기에 나서서 슈퍼마켓을 싹쓸이하기 전에 간신히 손에 넣은 것이었다.

이 시점에서 우리는 길을 건너고 있다. 사실 우리는 거기에 주의를 집중할 필요가 있지만, 나는 우리가 건너편 인도에 도착하기 전에 아이들이 콧구멍을 만지거나 손가락을 빨거나 눈을 비비거나 하지 않을까 걱정한다(이것은 결코 쓸데없는 걱정이 아니다). 그래서 나는 길을 건너면서 계속 아이들 손을 닦아준다. 이런 멀티태스킹(다중 작업)은 우리가 길을 다 건너기를 기다리고 있는 운전자들에게 비난을 살 만한 미친 짓이다. 어쨌든 우리는 길 건너편 인도에 다다른다.

나는 아이들의 안전을 지키기 위해 애쓰고 있다. 지금 엄마인 나에게 중요한 것은 우리가 이 상황에서 함께 살아남는 것뿐이다. 그리고 가능하면 기분 좋게 그 일을 해내는 것이다. 나를 놀라게 하는 것은 바로 그것이다. 있을 법하지 않은 일이지만 우리는 행복하다.

　나는 뇌물로 간식을 가져왔다. 포장된 그 음식은 사실은 음식인 체하는 가공식품이다. 나 같으면 절대로 그런 걸 사들이지 않겠지만, 남편이 인터넷에서 구입한 것이었다. 내가 식료품 담당이라면 포위된 성에서 농성할 때와 같은 궁핍을 중재할지도 모르지만, 남편은 그런 궁핍 대신 자애로운 마음으로 우리에게 약간의 진미를 제공해준다. 이제 그는 좀 더 분별을 갖게 되었다. 내 알뜰함은 골수까지 배어 있고, 얼마 전에 돌아가신 우리 할머니가 나에게 심어준 것이다. 할머니는 간호사가 되고 싶었지만, 간호사 대신 여자의 몸으로 가장이 되었다. 할머니는 나를 안내해주는 길잡이 별이었고, 믿기 어려울 만큼 뛰어난 여성이었다.

　할머니는 또한 자신이 심어져 뿌리를 내린 곳에 머무르는 경향을 갖고 있었다. 망명자인 할머니는 자신의 첫 세대가 된 1세대를 낳기 전에 자신이 이민 1세대가 되었다. 그 중요한 이동들—중간 중간에 랄린에서 아바나로, 쿠에토로, 오랑주로, 마이애미로, 탬파로, 시애틀로 이동한 것은 헤아리지 않더라도, 세대마다 다른 나라로 옮겨 다닌 이동들—을 제외하면, 할머니는 좀처럼 움직이지 않고 있던 자리에 그대로 머물렀기 때문에, 나는 얼마 전에 할머니를 데려갔고 언젠가는 우리 모두를 데려갈 죽음에 대한 두려움 비슷한 병적 공포증을 할머니가 갖고 계셨던 게 아닐까 하고 걱정했을 정도였다.

내가 말하고자 하는 것은 누군가가 할머니를 어딘가로 데려가지 않으면 할머니는 거의 집을 떠나지 않았다는 것이다. 이 에세이를 쓰다 보니, 세대 사이의 어떤 경향이 드러났다. 그것은 주지사의 포고령 때문에 더욱 강화되긴 했지만, 아직도 나를 괴롭히고 지치게 했다. 그래서 나는 평일 오전 열시에 노트북을 덮고 일어나서, 온 가족이 함께 산책을 하러 나가자고 제안했다. 그때 마침 아이들은 새로 산 태블릿을 들고 소파에 행복하게 자리를 잡고 앉아서 '마인크래프트'를 열기 위해 교육적인 앱 과제를 수행하고 있었다. 아이들은 세계를 건설하는 교육적 비디오 게임인 마인크래프트를 좋아한다. 소설가인 내가 그것 때문에 아이들을 꾸짖는 것은 위선일 것이다.

호수로 가는 길에 어떤 여자가 진창길의 마른 쪽을 차지한 채 길을 비켜주지 않는다. 그래서 우리 네 식구는 한 덩어리가 되어 그녀를 빙 돌아서 간다. 우리는 자주 외출하지 않아서 제대로 된 마스크는 필요 없을 것 같았기 때문에, 마스크 대신 반다나로 코와 입을 가리고 있어서 꼭 산적처럼 보였다. 집에 돌아가면 풀밭에서 아이들의 신발에 묻은 진흙이 며칠 동안 부스러기가 되어 떨어질 것이다. 나의 일부는 그 여자—나보다 나이가 많고, 혼자이고, 단호한 여자—에게 갈채를 보낸다. 하지만 나의 또 다른 일부는 그녀에게 성난 눈길을 보내고 싶다. 내 감정을 제대로 표현하려면 내 반다나를 끌어 내릴 필요가 있을 것이다.

호숫가에 다다르자 오리들이 낮은 소리로 꽥꽥거리며 우리 쪽으로 다가온다. 기대를 품고 있지만 그렇다고 먹이를 구걸하지는 않는다. 나는 그 아름다운 순간을 화려한 수컷과 수수한 암컷의 깃털에 대해 아이들에게 가르침을 줄 수 있는 기회로 재빨리 바꾼다. 하지만 아이들의 아빠는 후드 티를 입고 나는 화장을 하고 있다는 사실은 이 생물학적 진화의 도형이 그릇되었다는 것을 나타낸다. 아이들은 익숙지 않은 햇빛에 눈을 가늘게 뜨고, '오레오'(쿠키)를 더 달라고 요구한다. 거북들이 일부만 물에 잠긴 나무의 은빛 뿌리 옆에 포개져 있다. 교미를 하고 있는 걸까? 나도 눈을 가늘게 뜨지만, 레이니어 계곡의 야생동물에 대해서는 별로 배우는 게 없다. 일주일 뒤에 나는 그 계곡에 텐트를 치고, 텐트 입구에 늘어진 덮개를 통해 하늘을 쳐다본다.

나는 시간 가는 줄도 모르고 있다.

* * *

어제 나는 흙손과 쓰레기통을 사용하여 우리 정원 구석구석에 있는 고양이의 배설물을 치웠다. 나는 정원 일을 별로 해본 적이 없고, 철 따라 관심을 기울일 필요가 있는 식물보다는 다년생 식물과 선구식물을 더 좋아하지만, 블루베리는 가지치기가 되어 있고 싱싱한 초록색을 띠고 있다. 그리고 가시가 많은 구스베리는 올해도 열매를 많이 맺을 것 같다. 사실 그 구스베리는 차고 옆에 심기보다는 마당 구석에 심었어야 했다.

아이들은 지하실을 로켓처럼 뛰어다니고, 남편이 지하실 천장에 매달아준 나무 고리에 매달려 그네를 탄다. 지하실 천장을 통해 아이들의 외침 소리가 거실에 울려 퍼진다. 거실에서는 남편이 이메일과 화상 통화를 동시에 처리하면서 우리 워싱턴주의 경제를 구하는 데 힘을 보태고 있다. 나는 작업실로 쓰는 방에서 선 채로 글을 쓴다. 나는 집에서 일하기 때문에 10년 동안 방 한 칸을 내 작업실로 쓰고 있다. 나는 가족이 안전하다는 것을 합리적으로 확신할 수 있을 때는 사랑하는 남편과 아이들의 소음을 막기 위해 브라운 잡음[1]을 내주는 이어버드를 낀다.

나 자신에게 공정하게 말하면, 나는 팬데믹 기간 동안 날마다 열심히 일했다. 그럴 수밖에 없었다. 나는 쓰는 데 10년이 넘게 걸린 첫 장편소설 『정복』의 북 투어 일정을 다시 짜느라 정신이 없었다.

7월이나 9월에는 캘리포니아로 날아갈 수 있을 거라고 믿을 수는 없지만, 그래도 만약의 경우에 대비하여 계획을 세워야 했다. 믿음은 묘한 것이다. 믿음은 어려운 시절에는 당신을 떠받쳐줄 수 있고, 좋은 시절에는 당신을 가득 채워줄 수 있다.

이 에세이를 준비하면서 나는 아이들과 함께 밖에서 더 많은 시간을 보냈다. 외출 금지령으로 바깥세상에 나가지 못하는 우리의

---

1   브라운 운동에 의해 생성되는 신호 잡음. 브라운 운동은 1827년에 스코틀랜드 식물학자 로버트 브라운이 발견한, 액체나 기체 속에서 미립자들이 불규칙하게 운동하는 현상을 말한다.

상황을 일람표로 작성하는 것은 나를 위협하여 더 깊은 연대 속으로 몰아넣었다. 문학의 계시와 그것의 장래 예측은 그와 같다. 나는 팬데믹 이전에 확립했던 내 삶에 대한 비전을 실현하려고 열심히 노력했다. 나는 그들의 사랑에 의지하고 있었다. 그들의 용서와 망각을 기대하고 있었다. 그리고 나 자신을 믿고 있었다.

연좌시위에 가져가야 할 것

∧

앰버 플레임*

놓고 갈 것:　　　　가져갈 것:

안심 담요　　　　　방탄조끼

피할 수 없는 피부　　믿을 만한 증인들(백인)

혀　　　　　　　　　숨이 막힌 목

정당화　　　　　　　총

그리고 총이 없으면, 크게 벌리고 비명을 지르는 입

비명을 지르는 입이 없으면, 헐떡이며 흘리는 눈물

눈물이 없으면, 분노로 움켜쥔 주먹

주먹이 없으면, 항복하여 치켜든 두 손.

---

*　앰버 플레임(Amber Flame): 시인·작곡가·공연자. 퀴어(성 소수자)이고 흑인 싱
　글 맘이며, 샌프란시스코 광역권에 살고 있다.

맥박이 뛰는 몸을 가져가라.

거기에 아이들의 열기를 추가하라.

아직 산 채로 남겨진 사람들. 드러누웠다.

텅 비어 있다. 조용하다.

당신의 이상적인 이미지가 된다.

—을 하지 마라.

충격에 대비하여 힘껏 버텨라.

그들이 총을 쏠 것을 예상하라.

나를 위해 기도해달라고 엄마에게 부탁할 때

∧

테리 엘람[*]

내 손가락들은 기도하는 곳이다

— 루실 클리프턴[1]

엄마는 아흔두 살이라서, 기도할 때 무릎을 꿇지 않는다. 무릎 수술을 두 번 했는데, 지난번에는 수술을 겨우 마쳤다. 엄마는 일 어날 때—일어나는 시간이 날마다 전날보다 조금씩 늦어지는 것 같다—점점 작아지는 몸을 뒤튼다. 지금은 뼈가 두드러지고 목이 뻣뻣하다. 마치 기도할 준비를 하는 것처럼 목을 길게 빼고 있다. 나는 넘어져서 무릎이 까지거나 속이 상하면, 그 목 위에 곱슬곱

---

* 테리 엘람(Teri elam): 작가·활동가. 여러 잡지에 기고하고 있으며, 조지아주 애 틀랜타에 살고 있다.

1 미국의 시인·작가·교육자(1936~2010). 1979~1985년에 메릴랜드주 계관시인 을 지냈다.

슬하고 풍성한 머리카락으로 덮인 내 머리를 올려놓고 엄마의 품속으로 파고들곤 했다. 그러면 엄마는 자신의 변형인 나, 앙상하게 여위어 간신히 살아 있는 나를 단단한 두 팔로 감싸안곤 했다. 내 상처에 엄마가 입을 맞추고 노스캐롤라이나의 쾌활한 가락으로 〈엄마의 아기를 축복하소서〉를 불러줄 때까지 나는 꼼짝도 하지 않았다. 노래가 끝나면 엄마는 나를 다시 세상 속으로 밀어넣곤 했다.

요즘 엄마는 집에 머물러 있다. 걷고 달리고 수많은 계단을 밟았던 엄마의 발은 금빛 슬리퍼에서 안정감을 찾으면서 조심스럽게 바닥에 닿는다. 침대 옆에서 엄마가 "할렐루야! 할렐루야! 나의 주님!"이라고 목청껏 외치는 소리가 흘러나온다. 82년 전에 팜리코 강에서 조금 떨어진 샛강에서 세례를 받은 열 살배기 소녀의 몸에서 나오는 소리 같다. 엄마가 하느님에게 처음으로 자신을 바친 것은 그때였다. 같은 해, 대부분의 사람이 '에어'라고 부른 엄마의 어머니는 폭력을 일삼는 남편의 주먹을 피해 엄마를 남겨둔 채 밤바람 속으로 사라졌다. 엄마 자신과 그 밖의 모든 사람이 엄마를 돌봐야 했다. 그래도 엄마는 날마다 무릎을 꿇고 기도를 드렸다. 나는 마음에 상처를 입었을 때 에어의 목이 돌아오기를 기도하는 엄마를 상상한다. 엄마의 몸은 날마다 자신의 어머니가 되어가고 있었다.

내 몸은 병약하고 때로는 강퍅하지만, 팔다리는 움찔하면서 한두 가지 모양으로 구부러질 것이다. 내 몸은 내 허락도 없이 오만하게 자신의 외관과 기능을 새롭게 한다. 내가 지금까지 걷거나 달리거나 계단을 밟은 것은 아직 엄마의 절반도 되지 않는다. 하지만 내 몸이 숨을 내쉴 수 없거나 팔다리를 느끼지 못할 때를 빼고는 기도하기 위해 자주 엎드리지 않는 이유에 대해서는 그럴싸한 핑계를 전혀 댈 수 없다. 아침에 이야기할 때 엄마는 『오늘의 말씀』을 읽었느냐고 묻는다. 그것은 엄마가 종교적으로 나를 무장시키는 '신앙 수양서'다. 그 책에는 내 이름과 주소가 떨리는 흘림체로 세심하게 새겨져 있다. 한때 교사였던 엄마의 완벽한 필체의 골격을 거기서 볼 수 있다. 이것은 엄마의 길게 뺀 목 위에 얹혀 있던, 전에는 숱이 많았고 아직도 곱슬곱슬한 머리카락으로 덮여 있는 내 머리의 2020년도 버전이다. 내가 머뭇거리자 엄마는 내 마음속에서 선의의 거짓말이 형성되고 있음을 알아차린 듯, "죽음이 네가 섬기는 신이니?" 하고 속삭인다. "때로는 그래요. 지금도 그렇죠." 나는 MSNBC[2]의 화면 아래쪽에 나타나는 사망자 수가 점점 늘어나는 것을 지켜보면서 그렇게 말하고 싶지만, 실제로 말하지는 않는다. 그 대신 내 입에서 나온 것은 어른이 된 나의 자아가 두렵고 상처받거나 발가벗겨진 기분을 느낄 때 내가 자주 하는 말이다. "엄마, 나를 위해 기도해줘요. 우리 모두를 위해."

내가 엄마를 마지막으로 방문했을 때 나는 차에 타고 있고 엄마

---

2   미국과 캐나다에서 24시간 뉴스를 제공하는 케이블 뉴스 채널. 마이크로소프트와 NBC가 결합된 이름이다.

는 현관 앞에 서 있었다. 우리 주위는 세상이 완전히 폐쇄되어 있었다. 미소와 찡그린 얼굴은 마스크를 썼고, 멀리 떨어져 있는 희망을 언급한다. 나는 다시 한번 엄마에게 기도를 부탁한다. 엄마는 오른손을 내민다. 손가락에 주름이 잡혀 있다. 엄마가 몸이 흔들리지 않도록 안정시키자 엄마의 손이 가볍게 떨린다. 엄마가 입을 연다. 나는 엄마의 쾌활한 노스캐롤라이나 가락이 다시 흘러나오는 것을 듣는다. 엄마는 〈엄마의 아기를 축복하소서〉를 천천히 확실하게 목청껏 부른다. 이번에는 엄마가 노래를 멈추고 덧붙인다. "너 자신을 위해 기도하렴, 내 사랑하는 딸아." 그런 다음 허공에 키스를 보내고 작별 인사로 손을 흔들어 나를—그리고 우리 모두를—다시 세상 속으로 밀어넣는다.

5
부

멈추지 마

루이스 알베르토 우레아와의 대화

∧

"당신의 이야기를 하늘에 쓰세요……"

나는 2015년에 루이스 알베르토 우레아*가 시애틀의 '휴고 하우스'[1]에서 강연하는 것을 처음 들었다. 강당에 모인 약 300명의 청중은 그의 말에 열중하여 귀를 기울이고 있었다. 그는 시와 소설과 에세이를 마치 자라는 생물처럼 표현했고, 책장에 새겨진 낱말들은 높은 나뭇가지에 달려 바람에 펄럭이는 다채로운 색깔의 나뭇잎처럼 묘사했다. 그는 속내, 말하자면 땅속에 감추어진 뿌리처럼 더 깊은 곳에서 나뭇가지에 영양을 공급하는 신비로운 심층부에 대해서도 말했다. 당신이 전달하고 싶은 이야기의 진정한 본질을 밝히려면 신뢰와 직관적 통찰이 필요하고 뿌리 주위의 흙을 많

---

*   루이 알베르토 우레아(Luis Alberto Urrea): 멕시코계. 열일곱 권의 픽션과 논픽션, 시집을 냈으며, 일리노이 대학(시카고) 창작과 교수로 재직하고 있다.

1   시애틀 출신 시인 리처드 휴고를 기리기 위해 1992년에 설립된 비영리 글쓰기 센터.

이 파낼 필요가 있다고 그가 말한 것이 기억난다. 그 자신이 쓴 픽션과 논픽션은 인간의 영혼이 어떻게 인간이 본래부터 가지고 있는 고통과 두려움과 나약함 위로 높이 날아오를 수 있는가를 절묘하고 정교하게 서술하고 있다.

나는 땅에 삽을 박아넣고 팬데믹의 속내를 찾기 위해 루이스를 찾았다. 지금 우리 모두가 살고 있는 이 속내의 본질은 무엇인가?

* * *

제니퍼 하우프트: 2018년에 당신은 크리스타 티펫[2]에게 우리 시대의 심오한 진실은 "우리가 서로를 그리워한다는 것이다. 우리는 우리들 사이에 장벽을 세우려 드는 본능적 욕구를 가지고 있지만, 이것은 우리를 약간 미치게 만들기도 한다"라고 말했다. 그때는 미국과 멕시코의 국경에 대해 언급하고 있었다. 우리가 서로 동정심을 가지고 화해하려 한다면, 팬데믹은 우리에게 어떤 기회를 제공하고 있는가?

루이스 알베르토 우레아: 지금 우리는 토론회와 낭독회와 강연회 대신 화상 통화로 세상 돌아가는 이야기를 나눈다. 최근에 나도

---

2   미국의 저널리스트·작가· 팟캐스트 'On Being'의 진행을 맡고 있으며, 2014년에 버락 오바마 대통령으로부터 '전미 인문학 메달'을 받았다.

화상회의에 참석한 적이 있는데, 참석자는 팸 휴스턴과 조 윌킨스[3]과 나였다. 마지막에 우리는 이 역병으로 말미암아 생겨날 수 있는 예기치 않은 축복에 대해 이야기하는 것으로 대화를 마무리했는데, 그것은 바로 포용성이다. 물론 시청 앞에서 기관총을 휘두르며 마스크를 쓰지 않을 권리를 요구하는 사람들은 영적으로 계발되는 그 '깨달음'의 순간을 갖지 못할 게 분명하지만, 그곳에 나와 있는 대다수는 일종의 명상적 상태에 빠져들 수밖에 없다고 나는 생각한다.

당신은 소셜 미디어에서 그것을 볼 수 있다. 나는 작가와 예술가들이 다른 사람들을 위해 그들이 소통하고 창작하고 공유하고 작업할 수 있는 공간을 만들어주는 것을 본다. 사실은 나도 페이스북에서 그걸 시작했다. 지금까지 50개가 넘는 포스팅을 올렸는데, 벌써 많은 사람이 자신들의 삶의 아름다운 이미지를 1만 2000개가 넘게 공유했다. 그것은 말하자면 '인스턴트 공동체'였다. 그런데 그 많은 포스팅 가운데 짜증을 내고 야비하게 굴거나 정치적 공격을 가한 것은 단 하나도 없었다. 눈 씻고 찾아봐도 없었다.

분명히 우리들 마음속에서 무언가가 꿈틀거리고 있다. 우리는 상처를 받고 손해를 보고 더 나은 자신을 갈망하고, 다가올 미래에는 더 다정한 세상이 되기를 간절히 꿈꾸고 있다. 우리 모두 콘

---

3   둘 다 미국의 작가.

서트와 야구 경기와 근사한 레스토랑과 술집으로 돌아갈 수 있을 때, 우리가 그걸 잊을까? 나는 모르겠다. 하지만 브레넌 매닝[4]의 말마따나 우리는 '거침없는 신뢰'를 가져야 한다.

제니퍼: 팬데믹 위기는 우리가 타인에 대한 보살핌과 더 깊은 동정심을 가지고 '우리'가 될 것인가, 아니면 두려움에서 자신을 지키려는 반응과 더불어 전보다 훨씬 더 깊이 분열하게 될 것인가의 갈림길로 우리를 몰아넣은 것 같다.

루이스: 그게 바로 지금 일어나고 있는 일이다. 흥미롭게도, 아주 강인한 사람들은 겉보기에 패닉 상태에 빠져 있고, 눈송이 같은 우리는 모두 생각하고 계획하고 공유하고 창조하면서 적극적인 조치에 나서고 있다. 우리 국가 공동체의 일부에서는 화장지를 사재기하고, 자신만의 생존을 위한 비상 벙커를 냉동 건조식품으로 가득 채우고 있다. 또 다른 일부에서는 텃밭에 채소를 심고, 마스크를 쓰고, 이웃집에 보급품을 갖다준다. (우리 집에는 냉동 건조식품이 하나도 없지만, 이제 곧 토마토와 딸기를 잔뜩 수확할 수 있을 것 같다!)

나는 그 중간을 보려고 애쓰고 있다. 단순히 '이것이냐 저것이

---

4   미국의 가톨릭 신부. '거침없는 신뢰'는 그의 저서 제목이기도 하다.

냐'가 아닐 수도 있다. 완전한 고립이나 완전한 연대가 아닐 수도 있고, 완전한 슬픔이나 완전한 사랑이 아닐 수도 있고, 오로지 자신에 대해서만 이기적으로 마음을 쓰거나 오로지 타인들에 대해서만 이타적으로 마음을 쓰는 게 아닐 수도 있다. 앞으로 나아갈 길을 찾는 것은 '옳은 일'을 해야 한다는 강박관념에 사로잡히는 대신 창의성을 발휘할 용기를 내려 가는 것이다. 해결책은 우리가 아직 보지 않은 어딘가에 있지만, 우선 거기에 이르러야 한다. 나는 가능성을 찾고 있다.

제니퍼: 우리가 개인으로서, 그리고 하나의 사회로서 이 엄청난 재난의 시기로부터 얻을 수 있는 최고의 성과는 뭐라고 보는지?

루이스: 그 질문에 대한 대답은 비유적으로 시작하겠다. 지구는 작가나 시인들과 마찬가지로 우리에게 이미지로 말한다. 알아차렸는지 모르지만, 우리가 세계 지배의 옥좌에서 물러나면 우리 대부분은 집에 가서 문을 닫았다. 그리고 지구의 물리적 변화가 일어나기 시작했다. 내가 전에 알고 지낸 볼리비아의 아이마라족 주교가 생각나는데, 자기네 교회에서는 영성체를 할 때 땅바닥에 포도주를 붓고 첫 번째 성체를 땅에 떨어뜨리는 것이 전통이라고 말했다. 그들은 대지를 '파차마마'[5]로 알고 있는데, 어느 자식이 자기 어머니를 먼저 먹이지 않겠는가?

우리가 소비와 공격의 지속적인 발작을 강제로 중단하자마자 베네치아에서는 운하가 깨끗해져 돌고래가 돌아왔고, 도시들에는 동물들이 돌아와 길거리를 배회하고, 전 세계의 공해 수준이 뚝 떨어졌다. 우리는 자신을 구하기 위해 나섰고, 세계를 지배하는 자리에서 물러났다. 그러자 파차마마는 이 변화를 최대한 활용하기 위해 거기에 더욱 박차를 가했다. 우리 주위에서 일어나고 있는 지구의 변화에서 당신은 미래에 대한 희망을 느낄 수 있을 것이다. 이제는 누구나 뒷마당에 새들이 늘어나는 것을 보고, 나무들 사이로 바람이 불어오는 것을 더 많이 느낀다.

내가 지금 보고 있는 현실은—정치적으로 말하든 문화적으로 말하든—아주 비슷하다. 우리는 빨리 굴에서 나와 자신을 치유하려고 애쓰고 있는 지구로 돌아가려 하고 있다. 하지만 우리가 돌아가는 곳은 복잡하고 혼란스럽고 극도로 유독한 정치체이기도 하다. 우리는 지금 주위에서 일어나고 있는 사태에서 배워야 한다. 우리의 운명은 우리 손에 달려 있다. 우리는 죽고 싶지 않았기 때문에 생활방식을 바꾸었다. 하지만 이제는 살고 싶기 때문에 함께 협력하여 또 다른 변화를 만들어낼 필요가 있다. 내가 앞에서 언급한 포용성은 점점 중대하게 느껴지고 있는 연대 의식일 것이다. 우리는 모두 같은 경험을 공유하고 평등해졌다. 버려진 다른 도시들, 폐쇄된 랜드마크들, 세계 곳곳의 발코니에서 손을 흔드는

5   잉카의 토템 문명에서 제물을 바치고 섬기던 여신.

사람들의 영상을 볼 때마다 우리는 모두 눈물을 흘린다. 여기에서 우리는 하나가 되기 때문이다. 그리고 나는 그 연대 의식이 권력자들을 몹시 겁먹게 할 거라고 생각한다.

사람들은 변화를 원할 것이다. 그 변화는 우리 자신을 위한 기념비를 세우려는 욕망에 대한 변화보다는 오히려 서로에 대한 변화여야 한다. 우리는 서로를 위해 기념비를 세우고 있다는 강한 느낌을 존중할 필요가 있을 것 같다. 내가 항상 말했듯이, 저들은 존재하지 않고 오직 우리만 존재한다.

'우리'를 위한 이 새로운 세계를 건설하는 것은 결코 수동적인 일이 아니다. '당신들'이 햇빛 속으로 나가 그 힘을 움켜쥐고 그것이 갈 필요가 있는 곳으로 그것을 가져가야 한다. 횃불을 밝혀서 어둠을 물리쳐라. 수수방관하지 마라. 행동을 취하고 목소리를 내라. 그렇다. 투표는 당연히 해야 한다. 당신 주변에 있는 사람들도 모두 반드시 투표를 하게 해라. 하지만 우리는 그동안 서로를 위해 집 안에 머물러 있었다. 서로를 위해 문자 그대로 우리 세계를 멈추었다. 이제는 밖으로 나가서 서로를 위해 살아야 할 때다. 노래를 멈추지 마라. 행진을 멈추지 마라. 일을 멈추지 마라. 당신의 이야기를 하늘에 쓰고 절망하지 마라. 절망은 지배자들의 가장 강력한 무기이기 때문이다. 절망은 당신을 지치게 할 것이고, 결국 밝은 햇빛 속에 서는 것을 두려워하게 만들 뿐이다.

아름다운 미국이여, 다시 한번

∧

리처드 블랑코*

나는 교회에서 어머니와 함께

〈아름다운 미국이여〉[1]를 찬송가처럼 불렀다.

어머니는 모음을 발음할 때마다 쿠바식 억양이 더욱 심해졌다.

'오, 아르음다압구나.' 하지만 스테인드글라스를 통해 들어오는

찬란한 햇살에 맞추어 완벽한 가락으로 섬세하게 노래했다.

어머니는 우리를 구해준 이 나라를 위해 구세주에게 감사의

노래를 부를 때에는 십자가에서 눈을 떼지 말라고 나에게 가르

쳤다.

우리는 하늘을 향해 올라가는 오르간 소리처럼 열정적으로 찬

---

*   리처드 블랑코(Richard Blanco): 시인·토목 공학자. 버락 오바마 대통령 취임식
     때 축시를 낭독했다. 메인주 베델에 살고 있다.

1   America the Beautiful. 미국에서 〈성조기여 영원하라〉에 이어 제2의 국가로 불린다.

송가를 부른다.

　우리가 미국에서 맞은 첫 번째 독립기념일 퍼레이드를 구경할 때
나는 아버지의 햇볕에 탄 어깨 위에 높이 올라앉아
그 하늘과 더 가까운 곳에서 '드넓은 하늘'을 불렀다.
음색이 우리의 몸을 꿰뚫고 뒤섞였다.
아버지가 영어로 배운 유일한 노래를 연주하면서 행진하는 악대의
금관악기 소리와 하나가 된 것처럼 함께 호흡하고 노래했다.
집회에서는 내가 한 번도 보지 못한 '노을빛으로 파도치는 곡식'을
변성기인 청소년의 쉰 목소리로 대담하게 노래했다.
'장엄하게 서 있는 푸른 산들'도 나는 여태껏 본 적이 없지만
내 창자 속에서 올라오는 가사를 부를 때마다
미국을 찬양하는 가사를 목이 아프도록 힘차게 외칠 때마다
그것을 충분히 상상할 수 있었다.
'미국이여!' 그리고 또 한 번 '미국이여!'
나는 니체를 읽고 신의 존재를 의심하기 시작했지만
그래도 여전히 '신이 너에게 축복을 내리고
너의 선량함을 우애로 영예롭게 하기'를 바랐다.
우리가 겪은 전쟁들과 학교 종소리보다 더 크게 울려 퍼지는
총성들의 진실에도 불구하고, 미소를 지으며 마이크에 대고
거짓말을 해대는 정치인들에도 불구하고, 함께 노래하는 대신
상대보다 더 큰 소리로 외쳐대는 분열된 우리 목소리의
교착상태에도 불구하고, 나는 여전히 노래하고 싶다.

내가 국가를 부를 줄 아는 유일한 나라,

그 나라가 아름답든 아름답지 않든

단지 그 나라와 화합하기 위해—'이쪽 바다에서 빛나는 저쪽 바다까지'—

나는 다시—아름답든 아름답지 않든—노래하고 싶다.

끈기

─ 2020년 전몰장병기념일 주말에

∧

팸 휴스턴*

새끼 숫양 한 마리가 토요일에 태어났다. 아주 작은 녀석이었다. 내가 '작다'고 말하면 정말로 작은 것이다. 녀석은 통상적인 짝짓기 철이 끝난 지 한 달 뒤에 수태되어 늦봄에 태어난 미숙아였다.

이 근동에서 우리에게 가장 필요하지 않은 게 있다면, 그것은 또 한 마리의 숫양이다. 우리에게는 숫양이 이미 두 마리 있고, 녀석들은 아주 좋은 친구 사이지만, 대부분의 시간을 그 동물의 이름이 암시하는 짓¹을 서로에게 하면서 이마가 피투성이가 된 채 보내고 있다. 때로는 재미 삼아 뒤에서 나에게 돌진하여 내 무릎을 들이받아 거꾸러뜨리기도 한다.

---

*   팸 휴스턴(Pam Houston): 소설가·수필가. 캘리포니아 대학(데이비스 캠퍼스)에서 창작을 가르치고 있으며, 콜로라도주의 리오그란데 강 발원지 근처의 해발 3000미터 고지에 살고 있다.

1   영어로 숫양을 뜻하는 ram은 '들이받다'라는 뜻이기도 하다.

녀석들은 아이슬란드 양인데, 양털 깎는 사람이라면 누구나 아이슬란드 양이 가축 가운데 가장 사납고 거친 품종이라고 확인해 줄 것이다. 숫양들은 어떤 손상도 충분히 입힐 수 있을 만큼 크고 둥글게 휜 뿔을 갖고 있다. 우리 양들은 코요테와 퓨마와 흑곰과도 싸워서 물리쳤고, 몇 놈은 지기도 했지만 이 작은 미숙아의 어미인 엘시를 비롯한 몇 놈은 이겼다. 엘시가 살아서 새끼를 또 한 마리 낳은 것은 그 때문이다. 앞에서 말했듯이 우리에게 가장 필요 없는 것이 바로 또 한 마리의 숫양이다. 양 떼를 포식자로부터 지키는 것은 숫양이 아니라 암양들이다. 거대한 뿔을 가진 수놈은 포식자가 나타나면 겁을 먹고 뒤에 숨어서 움츠리고 있다. 새끼를 새끼의 아비인 숫양들한테서 지키는 것도 암양들이다. 나는 숫양이 태어난 지 몇 분밖에 안 된 새끼를 뿔로 들이받아 공중으로 던지는 것을 본 적이 있다. 다행히 새끼들은 땅에 떨어지면 다시 튀어오른다.

이 골짜기의 목장주들은 숫양들이 경쟁을 줄이기 위해 수컷 새끼들만 쫓아다닌다고 말할 것이다. 하지만 나는 어떤 숫양이 힘없는 울음소리를 내고 있는 작은 암컷 새끼도 역시 공중으로 내동댕이치는 것을 본 적이 있다. 언젠가는 숫양과 새끼를 떼어놓으려고 달려가다가, 새끼를 낳은 지 5분밖에 안 된 어미가 자기보다 1.3배나 더 무거운 그 숫양을 땅바닥에 쓰러뜨리고 꼼짝 못하게 누르고 있는 것을 본 적도 있다.

토요일에 태어난 새끼 양은 지금까지 내가 본 수컷 새끼들 가운데 가장 작았고, 좀 무기력해 보였다. 어미 젖을 먹으려는 열의도 없었다. 아이슬란드 양은 보통 오전 나절에 새끼를 낳기 때문에, 새끼는 햇빛의 온기와 밝기를 최대한 오랫동안 누릴 수 있고, 그 동안 네 발로 일어나서 안정된 자세를 취하고 어미 젖을 실컷 먹을 수 있다. 긴 오후 동안 나는 그 새끼가 적어도 두 번은 성공적으로 젖을 빨도록 유도했지만, 엘시는 새끼를 돕거나 격려하는 행동을 거의 보여주지 않았다. 그래서 나는 엘시가 새끼를 이미 죽은 것으로 여겨 포기했나 보다고 생각했다. 어미가 새끼한테 별로 관심을 보이지 않을 때는 항상 녀석이 나보다 더 많은 것을 알고 있을 거라는 생각, 새끼가 유전적인 결함을 갖고 있거나 내부 장기하나가 잘못된 것을 어미가 이미 알고 있을지도 모른다는 생각이 있다.

나는 고지대에서 살고 있기 때문에, 5월로 접어든 지 오래된 지금도 기온이 영하로 내려간다고 예보되었다. 밤이 되어도 엘시는 새끼를 따뜻하게 해주려고 애쓰지도 않았고, 새끼는 너무 기운이 없어서 스스로 안락한 곳을 찾을 수도 없었다. 나는 헛간에서 엘시 모자와 함께 자려고 기모 바지와 오리털 파카로 몸을 감싸고 털모자까지 썼다. 새끼를 따뜻한 집으로 데려가면 좋을 텐데 왜 그러지 않았는가 하면, 아직도 엘시가 새끼를 완전히 거부하지 않기를 바랐기 때문이다. 새끼를 분유로 키우는 것도 재미있긴 하지만, 그런 새끼들은 성장에 필요한 영양소와 항생물질을 거의 얻지 못하기 때문에 제대로 자라기 힘들다.

목장에서 배우는 것은 가장 귀여운 새끼들이 죽는다는 것, 그리고 갓난 새끼의 곱슬거리는 털과 따뜻한 입김, 내 턱을 핥아주는 새끼의 작은 분홍빛 혀보다 더 기분 좋은 것은 이 세상에 거의 없다는 것이다. 이 새끼가 1년 뒤까지 살아 있다면 내 무릎뼈를 부숴 버릴 만큼 크고 튼튼해지겠지만, 이번 여름에는 나비를 쫓아 방목장을 이리저리 뛰어다니고 높은 소리로 귀엽게 매애 하고 울고 사촌누이들과 풀밭에서 뒹굴 것이다.

내 이웃들은 대부분 그 새끼를 구하기 위한 내 노력이 이미 지나쳤다고, 새끼가 죽을지 살지는 자연의 순리에 맡겨야 한다고 말할 것이다. 하지만 나는 목장주가 아니다. 나는 작가이고 교육자이고 진보주의자이며 활동주의자이고, 아이슬란드 양을 키우고 녀석들에게 이름을 붙여주는 여자다. 코로나19 때문에 나는 꼬박 석 달 동안 집 안에 틀어박혀 있었고, 덕분에 내가 키우는 동물들과 어느 때보다도 친밀한 관계를 맺게 되었다. 미숙아와 함께 헛간에서 잠을 자는 것은 그 모든 것의 자연스러운 연장처럼 느껴진다.

엘시는 새끼한테서 떨어진 곳에 자리를 잡았다. 나는 건초더미에 등을 기댄 채 바닥에 앉아서 새끼를 내 무릎 위로 끌어올렸다. 녀석은 조그맣게 젖을 빠는 듯한 소리를 내면서 내 오리털 파카 안으로 파고들었다. 새끼가 원할 때마다 나는 녀석을 놓아주었지만, 그러면 녀석은 그냥 거기에 서서 벽을 뚫어지게 바라보며 비틀거리곤 했다. 그래서 나는 다시 녀석을 안아 올렸고, 녀석은 다시 내 품에 자리를 잡곤 했다. 아침에 첫 햇살이 비치자마자 나는 새끼한테 젖을 조금 먹이려고 했지만, 엘시는 새끼가 젖을 충분히 먹을 만큼 오랫동안 가만히 서 있지 못하고 다른 곳으로 가버리곤 했다. 오전 여덟시에 새끼는 뒷다리로 서 있을 기력을 잃어버렸고, 내가 아무리 잡고 있어도 몸이 계속 비틀거렸다. 녀석이 굶어 죽어가고 있다는 확실한 징후였다.

어미 젖을 대신할 수 있는 것은 아무것도 없지만, 나는 집으로 가서 대용유를 잘 섞었다. 새끼가 너무 허약해서 젖꼭지를 빨지 못했기 때문에 나는 튜브가 아니라 젖병으로 강제 급식을 했다. 젖병 꼭지를 새끼의 입안에 억지로 밀어넣고, 녀석의 목을 문질러서 우유를 삼키게 했다. 우유 2온스를 먹을 때까지는 내 무릎에서 놓아주지 않았다.

갓난 새끼에게 대용유를 먹여서 상태가 호전될 경우에는 대개 개선 효과가 빨리 나타난다. 그런데 나는 별다른 효과를 보지 못하고 있었다. 몸이 떨리는 것은 멈추었지만, 눈은 아직 흐리멍덩했고 여전히 서 있기를 싫어했다. 그때쯤 나는 새끼가 결국 죽게 된다 해도 살아 있는 동안은 내가 녀석에게 약간의 위안을 줄 수 있을 거라고 생각하게 되었다. 나는 녀석을 안아서 흔들어주고, 라놀린 냄새가 나는 녀석의 머리에 입을 맞추고, 뿔이 날 자리에 봉긋하게 솟아 있는 혹에 입을 맞추었다. 새끼는 거의 무게가 느껴지지 않을 만큼 가벼웠다.

엘시는 우리 한구석에서 약간 냉정한 눈으로 차갑게 나를 지켜보는 것 같았다. 넌 내가 모르는 무언가를 알고 있니? 엘시에게 물었지만 녀석은 되새김질만 할 뿐이었다.

나는 어린 새끼의 어디가 잘못되었는지는 알지 못했지만, 이번 주말까지는 수십만 명의 미국인이 코로나19로 목숨을 잃으리라는 것은 알고 있었다. 실제 사망자 수는 그보다 훨씬 많다는 것도 알고 있었다. 몇몇 주(플로리다, 조지아, 텍사스)는 코로나19 통계 자료를 속이고 있었기 때문이다. 나는 죽은 사람들, 할머니와 할아버지, 남편과 아내, 의사와 간호사, 딸과 아들들의 대다수가 사랑하는 이들이 곁에서 지켜보지도 않는 가운데 세상을 떠난 것을 알고 있었다. 수만 명의 죽음은 불필요했다는 것도 알고 있었다. 그들은 단지 트럼프 행정부와 공화당 조력자들이 저지른 어마어마한 실수—어쩌면 고의적인 실수—때문에 쓸데없이 희생당한 것이다. 나는 우리 정부가 계획적으로 내부로부터 해체되고 있다는 것을 알고 있었다. 나는 거침없이 말하는 여자인 까닭에 내가 사랑하는 이 목장에서는 더 이상 안전하지 않다는 것을 알았고, 이 나라에서 누가 안전하고 누가 안전하지 않은가에 대한 척도에서는 내가 대다수 사람들보다 훨씬 운이 좋다는 것도 알고 있었다. 나는 그 이기적이고 뻔뻔한 남자들이 이 나라의 지배권을 여자들 손에 양도해야 할 때가 지난 지 오래라는 것도 알고 있었다. 여자들은 줄곧 심리적 조종에 말려들어 권력은 자기네 것이 아니라고 믿게 되었지만, 이제는 여자들이 그런 미망에서 벗어나 권력에 발을 들여놓을 때가 되었다는 것도 나는 알고 있었다. 나는 거기에서 해야 할 어떤 역할이 있고, 아마도 우리 모두가 나름대로 역할을 해야 한다는 것을 알고 있었다. 그리고 그 역할이 무엇인지 알아낼 필요가 있다는 것도 알고 있었다.

일요일에 나는 헛간에서 그 어린 숫양에게 두 시간마다 2온스씩 여섯 번 강제 급식을 하면서 온종일 시간을 보냈다. 녀석은 고무 젖꼭지를 입에 억지로 쑤셔넣는 나에게 완전히 진저리가 나서, 일곱 번째에는 벌떡 일어나 머리를 위아래로 까딱거리더니 어미인 엘시에게 비틀거리며 다가가 젖을 빨기 시작했다. 나는 일요일 밤도 헛간에서 보냈지만, 그때쯤 어린 새끼는 다시 아장아장 돌아다니고 있었고 엘시도 새끼한테 처음보다는 많은 관심을 보이고 있었다. 새끼도 대개는 어미 곁에 웅크리고 누워서 잠을 잤고, 한 시간에 한 번쯤 나에게 다가와 킁킁 냄새를 맡곤 했다. 아마 내가 충분한 온기를 유지하고 있는지 확인하기 위해서였을 것이다.

월요일 아침이 되자 처음으로 어린 숫양이 살아날 수 있을 것처럼 보였다. 월요일이 다 지나기 전에 데릭 쇼빈이라는 이름의 미니애폴리스 경찰관이 조지 플로이드의 목을 8분 46초 동안 무릎으로 눌러서 죽이는 사건이 일어날 터였다.

내가 어렸을 때 아버지는 내 것을 많이 망가뜨렸다. 그중에서도 가장 중요한 두 가지만 들자면 내 넙다리뼈와 처녀막이다. 그는 술을 마시거나 화가 난 상태에서 운전하거나 함부로 운전하다가 차를—차에 누가 타고 있든 상관하지 않고—무려 열여섯 대나 찌부러뜨렸다. 그리고 심리적 고문도 있었는데, 그 심리적 고문이야말로 모든 고문 가운데 가장 지독하다고 나는 아직도 믿고 있다.

아버지의 집에서 살아남으려면 지나칠 만큼 조심하고 경계하며 교활할 만큼 잔꾀를 부려야 했다. 그리고 내 몸뚱이가 무슨 짓을 당하고 있든, 거기에서 내 마음을 분리시키는 능력도 필요했다. 무엇보다 필요한 것은 바로 끈기였다. 17년 동안 버틸 수 있는 끈기가 필요했다. 내 머릿속에서는 항상 나에게 주의를 주는 목소리가 북소리처럼 울려 퍼졌다. 계속 눈을 뜨고 있어. 최악의 시나리오에 대비해. 어떤 희생을 치르더라도 살아 있어야 해. 여기서 도망칠 수 있을 만큼 오랫동안 살아남아야 해.

화요일 동이 틀 무렵에는 어린 숫양의 다리가 이미 제대로 움직이고 있었다. 나는 그 후에도 사흘 밤낮을 헛간에서 몇 시간씩 보냈지만, 사흘 뒤에는 내가 침대로 돌아가도 될 만큼 날씨가 따뜻해졌다.

이제 태어난 지 일주일이 된 어린 숫양은 바깥의 방목장을 폴짝폴짝 뛰어다니고, 외양간 벽을 뛰어넘고, 제 어미의 몸뚱이 위를 기어 다니고, 물통을 힘껏 들이받는다. 녀석의 몸무게는 지난 토요일보다 네 배나 늘어났고, 안아서 들어올리면 배불리 먹어서 둥글게 부풀어 오른 녀석의 따뜻한 배가 느껴진다. 대용유는 밀봉하여 내년을 위해 치워둔다. 지금도 녀석은 나를 볼 때마다 젖을 먹으러 엘시에게 곧장 달려간다.

나는 어떤 부류의 영웅도 아니다. 나는 내가 할 수 있을 거라고 생각했기 때문에 그 숫양의 목숨을 구했다. 진심에서 우러나온 내 글도, 내 활동주의도, 내 열정적인 진보적 가치도 조지 플로이드의 목숨을 구할 수 없었기 때문에 나는 새끼 양을 구했다. 이 나라 전역의 도시들이 지금 불타고 있기 때문에 나는 새끼 양의 목숨을 구했다. 나는 우리에게 비처럼 쏟아져 내리고 있는 슬픔의 물결을 (조금이나마) 달래기 위해, 내가 적어도 하나의 연약한 생명을 구할 수 있는 힘과 끈기를 가지고 있다는 것을 나 자신에게 입증하기 위해 새끼 양을 구했다.

나는 열일곱 살 때 아버지의 집을 떠났고, 쉰여덟 살 나이에 3억 3천만 명[2]의 형제자매와 함께 그곳으로 다시 돌아가리라고는 예상치 못했다. 코로나19를 이기기 위해, 막판에는 언제나 잔인함 자체를 위해 잔인한 짓을 저지르는 저 영혼 없는 폭력배를 물리치기 위해, 우리는 큰 뿔을 가진 사내들이 겁을 먹고 뒤에 웅크리고 있어도 모두 힘을 합쳐 장기전을 펼쳐야 할 것이다. 나는 전처럼 빠르게 달릴 수는 없고, 전처럼 힘껏 발길질을 할 수도 없지만, 지난 수십 년 동안 내가 잃지 않은 것은 끈기다. 어미가 죽은 것으로 여기고 내버린 새끼를 구하기 위해 일주일 동안 헛간에서 잠을 자는 게 뭐 그리 대단한 일이냐고 생각할 수도 있지만, 어머니는 나를 죽은 것으로 여겨 너무나 자주 아버지 침대에 내버렸다. 이제 당신들은 내가 어떻게 물통을 들이받을 수 있는지를 보아야 한다. 아직도 내가 어떻게 뛰어다니는지를 보아야 한다.

---

2   미국의 인구수.

요즘 엘시는 나를 바라볼 때 전보다 조금은 더 존경스러운 눈빛을 던진다. 아이슬란드의 황야에서라면 엘시는 그 갓난 새끼를 포기해야 했을 것이다. 하지만 이곳에는 건초 가득한 헛간이 있고, 뭔가를 구하기 위해서라면 뭐든지 하겠다고 마음먹은 집요하고 끈질긴 여자가 있다. 그 여자가 구할 수 있는 것은 생명일 수도 있고 민주주의일 수도 있다. 오늘 아침, 오늘 아침에야 겨우 생각나서, 나는 그 어린 숫양에게 '탱크'라는 이름을 붙여주었다.

왜 침대에서 나오지?

∧

제니퍼 하우프트[*]

'왜 침대에서 나오지?'

사람들이 하는 일이니까. 건강에 좋은 일이니까.

쉬를 해야 하니까.

내 치아에 불쾌한 세균막이 덮여 있으니까.

오른손 집게손가락에 생긴 거스러미를 잘라내야 하니까.

강아지한테 밥을 주어야 하니까. 욕실 바닥에 빨랫감이 쌓여 있으니까—내 일은 말할 것도 없고, 해야 할 일이 있다. 팬데믹 동안에도 해야 하는 일이다.

침대에서 나오는 것은 옳은 일이니까. 그것이 책임 있는 삶의 방식이다. 하지만 내가 아침에 눈을 떴을 때 옳은 일을 하지 않으

---

[*]   제니퍼 하우프트(Jennifer Haupt): 저널리스트·작가·글쓰기 강사. 이 책의 편집자. 워싱턴주 시애틀에 살고 있다.

면 어떻게 될까?

침대에 누운 채 나 자신에게 이런 질문을 하면 좀 무서우니까. 자명종을 끄고 옆으로 돌아누워 '왜?'라고 물을 때, 나는 선택권이 있다고 상상한다. 이불을 젖히고 발을 하나씩 바닥에 내려놓은 다음 온종일 계속 움직이지 않으면 무슨 일이 일어날까?

한두 시간 늦잠을 자도 괜찮다고 판단한다면, 정오까지 또는 오후 두시나 저녁 먹을 시간까지 계속 자기로 결정해도 그걸 막을 수 있는 것은 아무것도 없기 때문이다.

나는 라디오나 텔레비전을 켜기로 결정할 수도 있기 때문이다. 나는 강아지한테 밥을 주고 빨래를 하고 책상 앞에 앉아 여덟 시간 동안 반쯤 생산적인 일을 하는 것보다 텔레비전을 보거나 냄새 나는 침대에 누워 있는 게 더 바람직하다고 판단할 수도 있다. 빌어먹을 책임 따위는 내가 알 바 아니다.

실제로 내 말은 도대체 무엇 때문에 아침에 침대를 급히 떠나느냐 하는 것이다.

지금 나는 정말로 쉬를 해야 하고, 강아지가 밥을 달라고 짖고 있고, 손톱의 거스러미가 살 속으로 파고들고 있기 때문이다.

사람들이 걱정할 것이기 때문이다. 남편 에릭이 걱정할 테고, 아이들이 걱정할 것이다. 내 강아지는 진저리를 낼 것이다. 내가 아침의 화상회의에 나타나지 않으면 내 상사는 나를 해고할 것이다. 이번은 처음이니까 해고하지 않을지 모르지만, 다음번에는 분명히 해고할 것이다. 내 인스타그램에 올라온 사진들이 모두 쾽한 눈으로 엉망이 된 채 침대에 들어가 있는 내 꼴을 묘사하고 있으면, 친구들은 벌레가 온몸을 기어 다니는 것처럼 근질거리고 오싹하다고 생각할 것이다.

내가 침대에서 나가지 않으면, 나는 나를 치료해주는 의사가 보험료 청구서에 쓰는 대로 '가벼운 우울증'에 시달리고 있는 게 아니기 때문이다. '기능적'—이것이 내 행복을 정의하는 핵심 단어다.

중증 우울 장애는 부적당한 '병적 행동'으로 정의되기 때문이다. 평소보다 훨씬 오랫동안 침대에 머물러 있는 것은 부적당하다.

퇴근하고 귀가한 남편이 씻지도 않고 침대에서 팝콘을 씹거나 크림소다를 빨아먹으며 텔레비전 재방송을 보고 있는 나를 발견할 것이기 때문이다. 나는 남편에게 오늘 나의 가장 큰 즐거움은 낱알들이 설탕을 빨아들여 내 입 안에서 녹는 거였다고 말할 것이기 때문이다.

'왜 오늘 아침에 침대에서 나가지?'

남편이 강아지 밥그릇에 사료를 퍼넣는 소리가 들리기 때문이다.

샤워기를 잠그는 소리가 들리기 때문이다. 내 아들 드루가 자기 방으로 돌아가면서 콧노래를 부르고 있다.

움켜쥐었던 손을 억지로 펴고 한쪽 다리를 침대 가장자리 너머로 차낼 때 약간의 통증이 방출되기 때문이다.

변기에 앉아 방광을 비울 때, 남편이 집을 나가기 전에 복도 끝에서 "자기야, 사랑해!" 하고 외칠 때, 고마운 마음이 들기 때문이다.

침대에서 나갈 수 있는 선택권을 갖고 있기 때문이다.

그 모든 것 너머

∧

크리스틴 헴프[*]

나는 시간 속에 나를 억지로 쑤셔 넣는다.

그것은 작은 코트나 가죽 제품처럼 꽉 낀다.

내 몸은 거기에 비해 너무 크지만

나는 넓은 공간을 위해 그렇게 한다―내가

가져가는 빛을 위해. 그녀의 눈은 처음에는

눈물로 깜박이고 동공은 크게 확대되어

그 안에서 나는 역사의 문을 볼 수 있다.

그녀가 솟아나는 나무―그녀의 자궁 너머에서

[*] 크리스틴 헴프(Christine Hemp): 작가·시인·수필가. 워싱턴주 포트타운센드에
살고 있으며, '휴고 하우스'에서 시와 논픽션을 가르치고 있다.

기억과 피와 뼈 속으로 자라나는
나뭇가지의 완전한 대담무쌍함.
나는 손을 들어올리기 전에 무덤도
볼 수밖에 없다. 그것이 내가 지금 여기에

있는 이유다. 시간의 소용돌이. 전치사들은
나를 보낸 그 불의 위치와 시간을 설명하거나
결정할 수 없다. 그것은 모두 선물이다.
내가 가져오는 것은 사랑을 서투르게 흉내 낸

선량함과는 아무 관계도 없다. 뿔, 후광,
또는 날개까지도 내 이야기가 아니다―그것을
내 이야기로 만들려고 애쓰는 사람들도 있지만.
나는 깨끗한 마룻바닥에 누워 있다―사원 복도에

내걸린 유명한 그림들 사이로 가져가라는 말을 들은
하얀 백합 한 송이를 들고. 하지만 그녀는 그 모든 것
너머를 본다. 육신 안에서 마음은 편안하다―불꽃이
발화할 때도 침착성을 유지하면서. 그녀는 배를 움켜쥐고

입을 벌린다. 나는 씨앗과 열매에 대해 더 많은 것을
이야기한다. 그녀는 나를 빤히 바라볼 뿐이다.

우리의 짧은 대화에서 나는 그녀의 두려움을 맛보지만

그녀는 움찔하지도 않고, "그래" 하고 말할 뿐이다.

(주여, 인간은 얼마나 많은 기쁨과 슬픔을 견딜 수 있나요?)

뉴욕에서 보내는 엽서

∧

샐리 코슬로*

　의료 영웅들에게 밤중에 깡통을 두드려 고마움을 표하는 것을 제외하면 우리 도시는 조용해졌다. 안에서는 포코노[1]의 타임셰어[2]를 위해 20분마다 울리던 로보콜(자동 녹음 전화)도 더 이상 울리지 않는다. 날씨는 따뜻해지고 있지만, 와글거리던 도로변 식당은 휴업 중이고, 잔을 맞부딪치는 소리나 만족한 고객들의 웃음소리도 사라졌다. 사람들은 '산적'처럼 마스크를 쓰고 있어서, 밖이나 주변에서 들리는 사람들의 말소리는 희미하고 약하다. 거리를 오가는 차량이 거의 없어서 경적을 울릴 필요도 없고, 귀청이 떨어져

*　　샐리 코슬로(Sally Koslow): 작가·칼럼니스트. 오랫동안 잡지 편집자로 일했으며, 2009년에 뒤늦게 소설가로 데뷔하여 호평을 받았다. 뉴욕에 살고 있으며, 여러 대학과 작가 워크숍에서 가르치고 있다.
1　　펜실베이니아주 북부에 있는 산지.
2　　공동 소유자 여러 명이 일정 기간 동안 돌아가면서 이용하는 휴가용 주택.

나갈 듯한 경보음이 동네 사람들의 잠을 깨우지도 않는다. 비공식적인 조사에 따르면, 겁먹은 주민들이 동해안 휴양지의 별장이나 콘도로 대피했기 때문에 동네의 반은 비어 있다고 한다.

남편과 나는 줄곧 이곳 일대에 머물러 있었다. 뉴욕시는 우리가 있고 싶은 곳이다. 물론 예방 조치는 취하고 있다. 우리는 지금까지는 완전한 제정신을 유지하고 있다. 이제 구급차의 사이렌 소리가 울리는 빈도가 조금 줄어들기 시작하자 가까운 교회의 종탑에서 시간마다 울리는 차임 소리가 들린다. 그 종소리는 시간이 천천히, 아주 천천히 지나가고 있음을 우리에게 일깨워준다.

도시를 좋아하는 여자들이 대부분 그렇듯이 나도 뉴욕 토박이는 아니다. 항의 시위로 시끄러웠던 중서부 지방의 대학교를 졸업했을 때 나는 내 글솜씨를 발휘할 기회와 눈부신 성공을 원했다. 나는 캔자스시티로 이사하여 홀마크[3] 카드를 위해 엉터리 시를 쓰거나 워싱턴 D.C.로 이사하여 국회의사당에서 일하는 건 어떨까 하고 시시덕거렸다. 파고에 있는 우리 집과 훨씬 가까운 미니애폴리스의 한 정부 기관도 선택지의 하나였다. 하지만 나는 단순히 도시를 원하는 게 아니라 '도시 그 자체'인 뉴욕을 원한다는 것을 곧 깨달았다. 물론 캔자스시티나 워싱턴이나 미니애폴리스도 하나의 삶을 일구기에 괜찮은 곳이지만, 모든 사람의 안식처인 뉴욕

---

3   미국 최대의 축하 카드 제조회사. 미주리주 캔자스시티에 본사를 두고 있다.

이 나를 부르고 있었다. '네가 잘 해낼 수만 있다면……' 결과는 분명하다.

　나의 이사 과정은 마치 '바셰르트'('운명으로 정해진'. 뉴욕시에서는 남부 침례교도들조차 이디시어[4]를 막힘없이 말한다)처럼 순조롭게 진행되었다. 나는 당장 마드모아젤사에 일자리를 얻었지만, 그때는 너무 순진해서 그 잡지사에 들어가려면 모회사인 '콩데 나스트'에 연줄이 있어야 한다는 것을 미처 알지 못했다. 그리고 일자리를 얻은 것만큼 빠른 속도로 센트럴파크 서쪽의 어퍼웨스트사이드에 아파트를 얻었지만, 그 동네는 마약 중독자들이 우글거린다는 것, 그보다는 차라리 바비존 호텔[5]에서 지내는 게 내게는 더 안전했으리라는 것도 알지 못했다. 이런 문제에 무지하기는 노스다코타주에 있는 부모님도 마찬가지였다. 하지만 무지한 것이 늘 행복하지는 않지만 나름대로 보상을 줄 수 있다. 나의 맨해튼 생활은 보상을 받았다. 나는 결혼했고, 두 아들을 키웠고, 여러 잡지사의 돛대머리에 앉아 꼭대기에서 바라다보이는 전망을 즐겼다.

　그동안 줄곧 나는 같은 동네에 살았다. 그 동네는 제2차 세계대전 이전에 지어진 웅장한 건물들과 점점 울창해지는 공원들 덕분에 매력 있는 동네로 바뀌었다. 나도 발전했다. 나는 늘 바쁘고 말

4　　고지 독일어에 히브리어·슬라브어 따위가 섞여서 된 언어로, 유럽 내륙지방과 그
　　곳에서 미국으로 이주한 유대인들이 쓴다.
5　　맨해튼의 이스트 63번가에 있는 여성 전용 호텔. 1927년에 건립되었다.

주변도 좋은 또 한 사람의 뉴요커가 되었고, 지하철에 빽빽하게 채워지는 또 한 마리의 정어리가 되었다. 그러나 나는—미쳤다고 해도 좋지만—지하철을 사랑했다. 지하철을 타면 쉰 블록을 총알처럼 날아가는 10분 동안 책을 읽을 수 있었기 때문이다. 잡지가 쇠락하기 시작한 뒤 나는 책을 쓰기 시작했다. 작가는 뉴욕의 전형적인 직업이다. 글을 쓰는 작업실, 두 개의 북 클럽, 에어로빅 교실과 필라테스 강습, 달리기에 좋은 공원들, 강 건너 브루클린에 사는 어린 손주들이 있는 삶은 즐겁고 유쾌했다.

거기에 팬데믹이 등장한 것이다. '욤 키푸르'(유대교의 속죄일)를 끝내는 요란한 뿔 나팔 소리처럼 뉴욕시의 경보 해제 신호가 울려도 이곳에서의 삶은 전과 똑같지 않으리라는 것을 예언하기 위해 반드시 무녀가 될 필요는 없다. 많은 상점과 식당이 문을 닫을 테고, 문화 관련 기관들의 엄청난 예산 감축은 내가 상상하고 싶지도 않은 변화를 가져올 것이다. 뉴욕을 버리고 떠난 친구들과 이웃들 가운데 일부는 인구밀도가 높은 도시 환경이 두려워서 다시는 뉴욕에 돌아오지 않을 것이다. 그들은 또한 아직 전속력을 내지 못하는 도시를 위해 비싼 공공요금을 내고 싶어 하지도 않는다.

하지만 나는 달아나지 않는다. 나는 플랜-B를 상상하려고 애썼다. 이제 내 마음은 텅 비어가고 있다.

코로나19 경보와 이제 다 자란 아들들 덕분에 내가 그렇게 젊지 않을 뿐만 아니라 갑자기 '늙은이'가 되었다는 것도 지겹도록 상기하게 된다. 게다가 주민 대다수가 60세 이상인 우리 동네는 사회학자들에게 'NORC'[6]로 알려지게 되었다. 나 같은 사람은 그 자리에서 늙어가고 있다. 하루하루가 다음날로 녹아들고 결코 허풍스럽지 않은 뉴욕 주지사의 브리핑이 가끔씩 그 흐름을 중단시키고 있는 지금은, 그 자리에서 늙어가고 있다는 말이 지나칠 만큼 사실에 충실하게 느껴지기 시작했다. "우리는 강인한 뉴욕입니다." 앤드루 쿠오모 주지사는 우리에게 상기시킨다. 그는 다른 형용사들—똑똑한, 창의적인, 친절한, 다정한—도 덧붙이지만, '강인한(tough)'은 잘 먹히는 슬로건이다.

나는 누군가가 나에게 '강인한'이라는 형용사를 붙이는 것을 결코 바라지 않았을 것이다. 나뿐만 아니라 여자라면 누구나 그럴 것이다. 하지만 우리가 봉쇄 조치에서 풀려나 바나나 빵을 또 하나 굽거나 책의 다음 챕터를 읽거나 연속극의 다음 회를 보거나 다음 페이지를 쓰는 것 말고 다른 할 일이 생긴 뒤에도 이 동네에 붙박여 있으려면 나는 강인해져야 할 것이다. 백신이 나올 때까지는 당분간 지하철을 타지 않겠지만, 나는 이 아름다운 도시를 계속 어슬렁거리며 돌아다닐 것이다. 왜냐하면, 제기랄! 뉴욕을 사랑하니까.

---

6   Naturally occurring retirement community(자연히 생겨난 은퇴자 공동체). 주민 대다수가 노인이 된 동네나 아파트를 말한다.

믿음을 멈추지 마

∧

샤나 머하피[*]

어느 안개 낀 토요일 아침, 남편 앨런과 나는 샌프란시스코 푸드 뱅크의 음식을 노인들에게 배달하러 가는 길이었다. 우리는 한 번도 이 일을 해본 적이 없었지만, 팬데믹은 많은 사람이 전에 해보지 않은 일을 하도록 부추겼다. 우리가 101번 국도로 들어섰을 때 '저니'[1]가 부른 〈돈 스톱 빌리빙(믿음을 멈추지 마)〉의 후렴의 분명한 피아노 선율이 차 안을 가득 채웠다. 이 노래는 한때 샌프란시스코 자이언츠 야구단의 응원가여서, 점수가 동점이거나 뒤지고 있을 때는 여덟 번째 이닝 내내 연주되곤 했다.

"101번 국도가 이렇게 텅 비어 있는 건 처음 봐." 앨런이 말했

---

[*]   샤나 머하피(Shana Mahaffey): 작가. '카스트로 작가 협동조합'의 공동 설립자.
     남편 및 두 고양이와 함께 샌프란시스코에 살고 있다.
[1]   1973년에 샌프란시스코에서 결성된 4인조 록 밴드.

다. 남편은 코로나바이러스가 퍼지기 전에는 새너제이[2]로 출근하기 위해 오전 여섯시 전에 집을 나서야 했다. 한 시간만 늦게 출발해도 교통 체증에 걸려 지각할 수밖에 없었다.

차가 포트레로힐과 푸드 뱅크 쪽으로 달리고 있을 때 나는 오라클 파크를 돌아보았다. 지역 주민들은 아직도 이 야구장을 'AT&T' 파크라고 부르는데, 내가 여기서 자이언츠팀의 경기를 마지막으로 본 게 2012년이었다. 여덟 번째 이닝 중반에 이르렀을 때 점수는 동점이었다. 219섹션의 마지막 줄을 스포트라이트가 비추었다. 그 자리는 '저니'의 리드 싱어인 샌프란시스코 토박이 스티브 페리의 지정석이었다. 피아노 전주가 시작되자 스티브가 자리에서 일어났다. 관중은 환호성을 지르며 모두 일어났고, 스티브의 선창에 따라 스타디움 전체가 한마음으로 노래를 불렀다. 그해에 우리는 믿음을 멈추지 않았고, 자이언츠는 월드 시리즈에서 우승컵을 차지했다.

그 기억은 내 목과 눈시울에 그 익숙한 감각을 가져왔다. 내 신경이 슬픔에 반응하여 목이 메고 눈시울이 뜨거워진 것이다. 그때 스타디움을 가득 채운 4만여 관중이 스티브 페리와 하나가 되었듯이, 몸이 마음과 완벽하게 조응하는 것은 기묘한 일이다.

나는 운동화를 대시보드 위에 올려놓았다. 그것은 앨런이 싫어

2   샌프란시스코 동남쪽에 있는 도시로, 실리콘밸리의 중심지.

하는 짓이다. 나는 눈물을 훔치고 싶지 않아서 차창 밖을 내다보고 있었기 때문에, 앨런은 내 운동화를 바닥으로 미끄러지게 했다. 코로나19는 모든 것을 바꾸어놓았고, 아직도 끝나지 않았다.

포트레로힐 너머에 도착하자, 푸드 뱅크의 자원봉사자들이 식료품 봉지로 가득 찬 커다란 플라스틱 상자 쪽으로 가라고 손짓했다. 우리는 장부에 기록한 다음, 무거운 봉지 열다섯 개를 차에 실었다.

"고맙습니다." 자원봉사자들 가운데 한 사람이 말했다.

"당신들이 더 고맙죠." 우리가 대답했다. 우리는 두어 시간 동안 식료품을 배달하는 일만 하고 있었지만, 자원봉사자들은 일주일 내내 일하는 사람이 대부분이었다.

우리의 배달은 샌프란시스코의 수많은 동네 가운데 엑셀시오르라는 곳에서 시작되었다. 이름은 들어본 적이 있지만 한 번도 가본 적이 없는 곳이었다.

"재미있는 건……" 나는 남편에게 말했다. "1906년 지진[3] 이후 엑셀시오르 개발에 참여한 이매뉴얼 루이스라는 사람이 여러 나라의 수도 이름을 따서 이 동네의 도로 이름을 지었다는 거야."

"내 정신을 산만하게 하지 마. 여긴 초행이라서 목적지를 찾으려고 애쓰고 있으니까." 앨런이 다정하게 말했다.

---

3   1906년 4월 18일 새벽에 캘리포니아 북부 해안을 강타한 지진으로, 샌프란시스코의 80%가 파괴되었고, 최소 3천여 명이 희생되었다.

그는 운전하는 동안 내가 재잘거리는 데 익숙해져 있다. 하지만 우리는 지금 낯선 동네에 와 있었고, 경로는 좌회전과 우회전이 계속 바뀌었고, 길은 기복이 많고 험했다. 나는 입을 다물고 목적지를 찾기 위해 도로 오른쪽을 살펴보기 시작했다.

밝은 노란색 문이 달린 새파란 색깔의 집이 우리의 첫 번째 목적지였다. 나는 초인종을 두 번 누르고 식료품 봉지를 현관 앞 계단에 내려놓고 뒤로 물러났다. 사회적 거리 두기 때문에 노인들이 너무 허약해서 15킬로그램짜리 봉지를 나를 수 없어도 식료품을 집 안으로 옮기는 일을 우리가 도와줄 수는 없었다.

잠시 후 문이 천천히 열렸다. 작은 몸집의 아시아계 할머니가 지친 얼굴로 방충망을 통해 밖을 내다보았다.

"푸드 뱅크에서 왔어요." 나는 목에 걸고 있던 배지를 들어 올리고 식료품 봉지를 가리켰다.

그녀는 환하게 미소를 지었다. "고마워요. 고마워."

나는 한결 가벼워진 걸음으로 차로 돌아갔다.

그다음에 식료품을 받은 여자는 손뼉을 치며 "어머, 이건 나를 위한 거로군요" 하고 말했다.

배달을 절반쯤 끝냈을 때 우리는 자줏빛 실내복 차림에 어울리는 색깔의 푹신한 슬리퍼를 신은 라틴계 할머니를 만났다. 그녀는 고맙다면서 차 안에 있는 앨런에게 손 키스를 날렸고, 영국적 금욕주의자로 알려진 이 남자는 차창을 내리고 열정적으로 할머니에게 손을 흔들었다.

"그들은 식료품을 받고 무척 기뻐했다"라는 말을 듣는 것과 직접 그것을 경험하는 것은 다르다.

마지막 목적지는 낡은 나무 계단 양쪽에 화분이 줄지어 놓여 있는 집이었다. 거기서 나는 다림질을 한 회색 바지에 하얀 칼라를 댄 셔츠를 입고 연푸른색 카디건을 걸친 노신사를 만났다. 집을 떠날 수 없는데도 그날을 위해 그렇게 차려입은 것이다. 식료품을 보자 그의 반짝이는 눈은 즐거운 웃음 속으로 사라졌다. 그를 보자 2년 전에 돌아가신 삼촌이 생각났다.

우리는 차창을 내린 채 집으로 차를 몰았다. 해가 졌다. 내 두 발은 바닥에 닿아 있었고, 두 팔은 하늘로 올라가 있었다. 〈돈 스톱 빌리빙〉이 차 안에 울려 퍼졌다. 우리는 목청껏 따라 불렀다.

지금 우리는 식료품을 배달하고 다시는 만나지 못할 사람들과 인사 이상의 것을 나누면서 매주 토요일을 보내고 있다. 우리는 일시적인 접촉점을 경험하고, 거기서 서로의 삶을 잠깐 들여다본다. 그곳을 떠날 때는 죽은 친척들이 그리워지기도 하지만, 아무리 늙어도 자기보다 더 늙은 사람이 있고 남에게 위안을 주는 능력과 지혜를 가진 누군가가 있다는 것도 새삼 깨닫게 된다. 이 노인들은 대부분 몸무게가 50킬로그램도 안 되지만, 무거운 식료품 봉지를 거뜬히 들어 올리고 소박한 감사 인사로 우리의 두려움을 가라앉혀준다.

팬데믹은 끝날 것이다. 우리 앞에 무엇이 놓여 있는지는 알 수 없다. 우리가 아는 것은 우리가 뒤에 남기고 온 것뿐이다. 하지만

우리는 그 미지의 미래 속으로 미소와 허공에 날리는 손 키스와
감사의 말과 희망의 선물을 가져갈 것이다.

희망이 노래한다

∧

애나 헤브라 플래스터[*]

나는 아버지한테 말을 시키려고 밤마다 전화를 한다. 우리 아버지는 귀가 잘 들리지 않기 때문에, 나로서는 45분 동안의 모놀로그를 그냥 듣기만 하는 게 더 편하다. 그런데 이따금 나는 그것을 잊고 질문을 하려고 애쓴다. 우리가 옛날 쿠바에서 살았던 시절과 아버지가 미국의 마이너리그 야구단에서 선수로 뛰었던 시절에 대한 이야기는 쉽게 열중해 들을 수 있다. 내 목표는 아버지의 주의를 다른 데로 돌리는 것, 코로나19와 미국에서 일어나고 있는 혼란과 증오—그 모든 것의 불확실성으로부터 아버지의 관심을 떼어놓는 것이다. 몇 가지 문젯거리가 칵테일처럼 섞여 있는 지금

---

[*]   애나 헤브라 플래스터(Ana Hebra Flaster): 작가·저널리스트. 쿠바 출신. 미국 내 쿠바 문화를 진작시키기 위한 활동으로 여러 매체에 글을 기고하고 있다. 매사추세츠주 렉싱턴에 살고 있다.

상황은 아버지가 과거에 겪었던 어려운 시기, 아버지의 세계가 산산조각으로 무너져버린 그때를 생각나게 한다.

우리 부모님은 내가 다섯 살 때인 1967년에 쿠바—그리고 부모님이 한때 지지했던 혁명—에서 탈출했다. 우리는 정치적 망명자로서 미국에 도착하여 결국 뉴햄프셔주의 내슈아에 정착했다. 뉴햄프셔주의 모토인 '자유롭게 살 것이냐 죽을 것이냐'는 우리 부모님에게는 찬송가처럼 들렸다. 캐나다가 가깝다는 것도 위안이 되었다. 공산주의가 미국까지 퍼지면 캐나다로 쉽게 탈출할 수 있을 테니까. 혁명이 실패한 것을 겪어본 사람은 항상 플랜-B를 갖고 있는 법이다.

아버지는 지금 내슈아에서 북쪽으로 조금 떨어진 마을에서 살고 있다. 아버지는 여든일곱 살이고, 아직도 아내를 여읜 슬픔에 잠겨 있는 홀아비이고, 전에는 공장 노동자였다. 아버지가 혼자 살고 있는 마을에는 라틴계 남자가 거의 없고, 아버지의 이상한 영어를 알아듣는 사람도 몇 명 안 된다. 엄마는 아버지보다 아홉 살이나 아래였지만, 우주의 섭리는 그런 것을 개의치 않았다. 엄마는 6년 전에 세상을 떠났다. 빌어먹을 암이란 녀석이 낚아채 간 또 하나의 아름다운 영혼이었다. 그래서 아버지는 추억 속에 살면서 도시락 배달 봉사를 받고, 이따금 찾아오는 가족과 옛 친구들을 보는 낙으로 산다.

나는 맏이로서 최고 결정자 역할을 맡았다. 나는 실제 문제와 상상 속의 문제를 해결하고, 남동생과 여동생을 감독하고, 건강하고 만족스러운 생활로 아버지를 이끌어가려고 애쓴다. 팬데믹 전에도 이것은 지그재그 미사일을 타고 있는 것 같았다. 아버지는 하고 싶은 대로 했다. 너무 많은 음식을 너무 빨리 먹었고, 정기적으로 탈수증에 걸렸고, 단순한 이유로 약 복용을 중단했고, 사다리를 기어 올라갔고, 아버지의 집만이 아니라 이웃집에 있는 온갖 전기기구와 모터까지도 어설프게 만지작거렸다. 팬데믹이 시작된 뒤에 나는 아버지에게 설명하고 상기시키고 성가시게 굴지만 아무 소용도 없다. 아버지는 장갑과 마스크를 잊어버린다. 그리고 아버지와 마찬가지로 새로운 규칙을 존중하지 않는 사람들을 방문하고, 그들은 아버지를 당장 집 안에 맞아들인다. 나는 아버지를 안전하게 지키려는 노력을 그만두었다. 거의. 나는 소용없다는 것을 알면서도 아버지와 통화할 때 가능하면 그것을 슬며시 상기시킨다.

오늘 밤에도 대화를 나누는 시늉을 하기 전에 우선 아버지가 텔레비전을 끄게 해야 한다. 아버지는 언제나 텔레비전의 볼륨을 귀청이 떨어져 나갈 정도로 높여둔다. 나는 손을 컵처럼 오므려 송화기에 대고 고함을 지른다. "바하 엘 볼루멘!(볼륨 좀 줄이세요!)"

그러면 아버지도 마주 고함을 지른다. "께(뭐라고)? 께?" 하지만 결국에는 나와 같은 생각을 하게 된다. "잠깐 기다려." 아버지가 고함친다. "이 녀석 소리를 좀 줄일 테니까."

내가 허공을 지나 폭포수처럼 떨어지는 그들의 노랫소리를 듣는 것은 바로 그때다. 그들은 떨리는 목소리로 노래하고 서로 화음을 맞춘다. 마흔 마리가 넘는 아버지의 카나리아들은 세상 사람들이 모두 들을 수 있도록 저녁 노래를 힘차게 부르고 있다. 집에서는 마치 열대우림 같은 소리가 난다. 짹짹, 삑삑, 날개 퍼덕이는 소리, 휘파람처럼 지저귀는 소리—그것은 이 고통의 계절에 아버지를 살아 있게 해주는 밤의 합창이다.

* * *

엄마는 돌아가시기 직전에 아버지가 다시 카나리아를 키우게 해달라는 내 부탁을 받아들였다. 아버지는 1970년대에 가욋돈을 벌기 위한 부업으로 카나리아를 키웠지만, 새가 백 마리에 이르자 엄마는 불평하기 시작했다. 하지만 아버지는 새들을 너무 사랑해서 도저히 팔 수가 없었다. 엄마는 새의 수를 줄이라고 아버지를 계속 졸랐고, 결국 아버지는 새를 모두 팔아치웠다. 엄마가 세상을 떠난 뒤에 우리는 새를 다시 키우라고 아버지를 부추겼지만, 아버지는 카나리아에 대해 생각하는 것조차 힘들어했다. 카나리아는 더 행복했던 시절을 생각나게 했기 때문이다.

남동생은 대학에 진학해서 집을 떠난 딸에게 줄 선물인 것처럼 카나리아 한 마리를 아버지 집에 슬며시 들여놓았다. 딸애가 대학에서 돌아올 때까지 아버지가 카나리아를 돌봐주실 수 없을까요? 아버지도 버틸 재간이 없었다. 그뿐만 아니라 다음 주에는 카나리아를 몇 마리 더 사들였다. 번식이 시작되었고, 오래지 않아 아버지의 집 지하실에서는 노란색, 하얀색, 빨간색의 건강한 솜뭉치들이 바닥에서 천장까지 닿는 새장 속을 날아다니고 있었다. 아버지는 누가 누구에게 노래를 불렀는지, 어떤 암컷이 부리로 짚을 날랐는지(이건 녀석들이 보금자리를 짓고 싶어 한다는 신호였다), 어떤 수컷이 제 짝에게 맛있는 브로콜리를 먹였는지, 어떤 아빠와 엄마가 제 새끼들에게 세심한 주의를 기울였는지에 대해 자세한 도표를 기록했다. 아버지는 온종일 지하실 계단을 오르내렸고, 다시 건강해졌다. 아버지에게는 이제 보호해주고 양육해야 할 아름답고 천진난만한 존재들이 있었다. 그리고 새들은 밤마다 아버지에게 노래를 불러주었다.

카나리아들은 아버지를 슬픔에서 완전히 벗어나게 해주지는 못했다 해도 조금은 슬픔을 덜어주었다. 우리 눈에는 옛날의 아버지 모습이 어렴풋이 보이기 시작했다. 하지만 코로나바이러스가 우리를 덮치고 이어서 인종 문제로 사회 불안이 시작되자 아버지 내면의 무언가가 쇠락하기 시작했다. 아버지는 쿠바혁명 이후 가장 암울했던 시절, 모든 것이 거꾸로 뒤집혀 엉망진창이 되고 가족과 고향을 영원히 떠난다는 있을 수 없는 생각이 현실적인 것으로 굳어졌을 때에 대해 말할 때가 더 많아졌다. 그러다가 갑자기 새들을 팔겠다고 선언했다. 새를 모조리 팔겠다는 거였다. 그런 일이 일어나게 내버려둘 수는 없었다. 새가 없으면 아버지는 무엇으로 하루를 채우겠는가? 슬픔이나 두려움과 어떻게 안전거리를 유지할 수 있겠는가?

　　　　　　　　　　　　＊　＊　＊

　아버지는 아직 전화로 이야기하고 있다. 지금은 새로운 이야기
로 넘어가는 중이다. 아버지가 1955년에 게인스빌에서 워싱턴 세
너터스 2군 팀의 투수로 뛴 경기에 대한 이야기다. 나는 아버지 이
야기에 슬며시 끼어들어, 코로나19 예방 수칙을 잘 지키고 있느냐
고 묻는다.

　"그래, 그래." 아버지는 말한다. "넌 네 남편을 미치게 하고 있
을 거야. 내가 저 아랫동네 사는 포르투갈 녀석한테 카나리아 열
마리를 팔았다고 말했던가?"

　"뭐라고요? 언제요?"

　"오늘. 그 사람이 아무짝에도 쓸모없는 사위랑 함께 왔더라. 나
는 그가 마음에 안 들어. 그래도 어쨌든 새 값으로 마리당 30달러
를 받았어. 그리고 그 돈을 어떤 인기 가수들한테 주었는데……."

　나는 대답을 알기 때문에 누가 인기 가수의 가면을 쓰고 있었느
냐고 묻지 않는다. 그리고 내가 그 일로 화가 난 것을 아버지는 알
고 있다. 나는 숨을 깊이 들이마신다.

　아버지는 한숨을 내쉰다.

　"진정해라. 그들은 여기 오래 있지 않았어. 우리는 부엌에서 쿠
바 커피를 한 잔 마셨을 뿐이야. 맛있다고 좋아하더라. 그 사람들
은 새들도 봤어. 지금부터라도 새를 키워보라고, 새 모이로 쓸 씨
앗을 좀 주었지."

나는 화를 내지 않으려고 애쓰지만 소용이 없다. 도저히 화를 억누를 수가 없다. 나는 전화기에 대고 고함을 지른다.

"팬데믹이 한창인데 설마 카나리아를 팔지는 않겠죠?"

"왜 안 돼?" 아버지도 소리를 지른다. "난 네가 원하는 대로 살 수는 없어. 나는 무언가를 해야 해! 날 그냥 내버려둬!"

한동안 이런 대화가 계속된다. 이윽고 카나리아 한 마리가 분홍색 입을 벌려 격정적으로 노래를 부르기 시작하자 우리는 입을 다문다. 카나리아의 노랫소리는 아버지의 집을 가득 채우고 창공을 지나 내 귀에까지 들어온다. 아버지도 나도 입을 열지 않는다. 우리는 노래하고 있는 새의 활기와 그 아름다운 음악에 매혹되어 숨도 거의 쉬지 않는다.

마침내 카나리아의 노랫소리가 잦아들고, 나는 용기를 내어 묻는다.

"아빠, 정말로 새들을 모두 팔 작정이세요?"

"내가 새들을 팔 거라고 누가 그러든? 너희는 항상 모든 걸 과장하고 있어."

나는 그 이야기를 꺼낸 사람이 바로 아버지라는 것을 굳이 상기시키고 싶지 않다. 남부에서 코로나19 확진자가 급증하여 새로운 유행이 시작되었고, 또 다른 흑인이 애틀랜타 경찰과 맞서다가 사망했다는 소식[1]과 함께 그것은 그날 밤 특별히 나쁜 소식이었다. 우리는 이 새로운 세상을 이해하려고 애쓰면서 서로에게 소리 내어 물었다. 아버지는 한참 동안 입을 다물고 있다가 말했다.

"나는 내 새들을 팔 거야. 한 마리도 빠짐없이 몽땅…… 그래, 뭐가 문제야?"

나는 삶이 우리를 때로는 발로 걷어차고 때로는 질질 끌면서 다음 날로 데려간다는 사실을 기억했어야 한다. 우리는 절대 불가능할 거라고 생각하면서도, 엄마가 돌아가신 뒤의 암흑 속에서 기어나왔다. 하지만 지금 우리는 여기에 있다. 새로운 고통과 불확실성과 두려움에 직면해 있다. 아버지는 우리가 뉴스를 본 그 암담한 순간에 카나리아를 팔겠다고 위협했을 뿐이다. 희망은 어딘가로 가버렸다. 이제 그 희망이 돌아왔다. 그리고 지하실의 그 카나리아는 우리보다 먼저 그것을 알고 있었다.

---

1   조지 플로이드 사망(5월 25일)에 항의하여 미국 전역에서 시위가 계속되는 가운데, 6월 13일 밤에 조지아주 애틀랜타에서 흑인 남성이 경찰의 총격에 사망하는 사건이 발생했다.

이야기해줘

∧

미셸 윌젠*

내 딸은 계속 이야기를 해달라고 나를 조른다. 우리는 단조로운 격리 생활을 견디기 위해 하루에 두세 번씩 집 근처 공원으로 산책을 하러 가는데, 그때마다 홀리는 이야기를 청한다. 하지만 전에는 내가 언제든지 그 요구에 응할 수 있을 만큼 충분한 재고를 갖고 있었지만, 지금은 묵히고 있는 밭밖에 갖고 있지 않다.

"지금은 좋은 생각이 떠오르지 않아." 내가 솔직히 인정하면, 딸은 한숨을 내쉰다.

내가 부모 노릇을 시작한 지 9년이 지났는데. 그동안 내가 이야기꾼의 재능을 사용한 것은 정말 놀랍게도 몇 번 되지 않는다. 딸

---

* 미셸 윌젠(Michelle Wildgen): 소설가·편집자. 세 권의 소설을 썼으며, 첫 작품 『You're Not You』(2006)는 2014년에 영화로 만들어졌다. 위스콘신주 매디슨에 살고 있다.

이 두 살 반쯤 되었을 때였다. 나는 조명도 없고 전자장비에 접속할 방법도 없는 야간 비행기에서 홀리를 무릎 위에 안고 있었기 때문에 닻을 올린 배처럼 어쩔 줄 모르고 허둥댔다. 우리는 어둠 속에 앉아 있었는데, 눈이 말똥말똥한 이 아이의 마음을 도대체 어떻게 사로잡는단 말인가? 내 머릿속에서 어떤 목소리가 "바보 같으니라구, 넌 전문적인 이야기꾼이잖아" 하고 속삭일 때까지는 무척 오랜 시간이 지난 것처럼 느껴졌지만, 아마 내 기억 속에서 느끼는 만큼 오래 걸리지는 않았을 것이다.

그때도 나는 속삭이는 소리로 딸에게 옛날이야기를 해주었고, 작가로서는 내 능력에 자신감을 갖고 있었지만 부모로서는 그만한 자신감을 전혀 느끼지 못했다. 그런데 아마 그 순간 어떤 관문이 열린 것 같다.

홀리가 자라면서 서서히 다른 이야기들이 등장했다. 지금도 진행 중인 '휘핑크림 도둑 체스터' 연작도 있었다. 몸집이 작고 대머리에 콧수염을 기른 체스터는 이 마을 저 마을 돌아다니면서 휘핑크림과 관련된 행사를 열라고 어리숙한 마을 사람들을 설득한다. 그들이 장만하는 휘핑크림을 갖고 도망쳐서 자기가 먹기 위해서다. 이어서 우리는 맥길리커디라는 소년으로 옮아갔다. 끊임없이 거창한 프로젝트를 시작하지만 항상 힘에 겨워서 허덕이는 이 열 살짜리 아이는 축제일 식사를 개혁하고, 동네의 스노우 빌딩 대회와 패션쇼와 부활절 달걀 찾기 대회를 공동 주최했다. 그는 끝없는 에너지를 가진 반면에 사회적 한계는 전혀 없이 본능적 충동에 따라 행동하는 순수한 아이다. 나는 그를 트릭스터[1]와 아멜리아 베델리아[2]와 데이비드 보위[3]가 한데 섞인 인물로 생각한다. 의상은 맥길리커디 이야기에서 가장 중요한 부분이지만, 음식도 중요한 역할을 한다. 홀리는 내가 언제 배가 고프고 언제 활력이 없는지, 금세 알아차린다. 배가 고프면 이야기가 뜬금없이 음식 이야기로 넘어가서 내가 먹고 싶은 음식을 정성껏 자세히 묘사하기 때문이다. 홀리는 내가 어떤 음식을 좋아하고 먹고 싶어 하는지 알고 있다.

맥길리커디 이야기는 우리가 걸어서 학교에 가거나 학교에서 집으로 돌아올 때 시간을 보내는 방법이었다. 그러다가 홀리가 설사병에 걸려 병원에 입원하자 맥길리커디가 좀 더 많이 필요하게 되었다. 전해질을 주입할 때나 다른 고통스러운 치료를 이겨낼 수 있게 해준 것은 바로 맥길리커디였다. 맥길리커디는 일주일 동안 동물원을 접수해 기린의 목을 문질러주거나 침팬지들에게 화이트보드와 마커를 제공하는 따위의 일을 했다. 침팬지들은 그것을 이용해 영장류 내부의 전투를 구상하기도 했다. (우리는 힘든 일주일을 보내고 있었다. 상황이 암울해졌다.)

내가 딸애와 이야기하는 것, 내가 문자 그대로 무에서 지어낸 이야기를 딸에게 해주는 것을 제외하고는 아무것도 필요 없는 이

---

1   신화와 전설에서 신과 자연계의 질서를 깨고 장난을 좋아하는 장난꾸러기 인물.
2   미국에서 나온 어린이 그림책 시리즈의 제목이자 주인공.
3   영국의 가수·배우.

오래된 과정은 놀랄 만큼 간단하다. 나는 아기를 돌봐주는 일을 해본 적도 없고, 젖먹이나 아장아장 걸어다니는 아이들과 무엇을 해야 하는지도 전혀 알지 못한 채, 내가 무능하고 무지한 이 분야에서 남편은 아마 그렇지 않으리라 믿고 아이를 키우는 일에 착수했다. 하지만 확실히 알 수 없는 것들 속에서 그래도 딸에게 이야기를 해주는 것만은 나도 할 수 있다.

나는 이야기를 지어내는 일에 헌신하면서 거의 평생을 보냈지만, 그런 나도 때로는 이게 과연 실제로 효과가 있는지 의문이 들 때가 있다.

하지만 앞에서도 말했듯이 나는 요즘 딸에게 어떤 이야기를 해주어야 할지 몰라서 어려움을 겪었다. 나는 모든 사람과 똑같은 문제로 지쳐 있고, 지난 몇 주나 몇 달 동안 내 뇌의 일부가 닫혀버렸는지도 모른다. 하지만 문제의 일부는 바로 절망이다. 2010년이 아니라 지금 아이를 낳을지 말지에 대해 고민하고 있다면, 나는 아이를 낳지 않는 쪽을 택했을지도 모른다는 생각이 든다. 내 딸을 낳은 것을 조금이라도 후회하기 때문이 아니라, 어려운 과제에 도전하고 생산적인 지도자를 선택하고 서로에게 귀를 기울이고 자신뿐만 아니라 타인들을 위해서도 행동하는 우리의 능력에 대해 갖고 있던 낙관적인 생각을 지금은 많이 잃어버렸기 때문이다.

하지만 딸은 지금 여기에 있다. 딸은 커다란 갈색 눈을 가지고 있고, 나무와 현관 앞 난간과 바위를 타고 오르는 능력을 가지고 있고, 마시는 약을 마구 섞어서 집 안 곳곳에 놔두는 미치게 짜증

나는 버릇을 가지고 있다. 그렇게 방치된 약병들은 물에 향신료를 넣은 것처럼 변한 채 먼지만 뒤집어쓰게 된다. 딸의 요정 같은 커트 머리는 자가 격리 동안 길게 자라서 개구쟁이 소년 같은 머리가 되었다. 언젠가 딸에게 세상에서 가장 나쁜 이름을 지어보라고 했더니, 딸은 별로 생각해보지도 않고 당장 "퍼버트 스퀠치"라고 대답했다. 딸은 여기 있고, 하루에 23시간 동안 내 눈앞에 있지만, 너무 예뻐서 그냥 내버려둘 작정이다.

우리는 올봄 들어 천 번째 산책을 하러 나간다. 그리고 딸이 대략 삼천 번쯤 기어오른 나무들이 있는 곳에서 걸음을 멈춘다. 딸은 그 나무들한테 조금 싫증이 나기 시작했지만, 싸움닭처럼 덤벼들어 또 용감하게 나무를 탄다.

그 후 우리는 계속 걷는다. 딸은 맥길리커디 이야기를 해달라고 조른다. 이 우스꽝스러운 이야기가 딸에게 중요한 의미를 갖는 것이 나는 좋다. 내가 그것을 모두 기록하려고 애쓰면 맥길리커디의 천방지축을 기죽이게 될까 봐 두렵다. 그리고 날마다 다른 사람들의 이야기 속에서 사는 평일이 지난 뒤에는 내 뇌의 그 특수한 부분—전기와 주스를 채워줘야만 움직이기 시작하는 부분—이 모래처럼 완전히 죽어버릴 수도 있다.

하지만 아마 이 이야기들은 결국 같은 지리학을 이용하지 않을까 하고 나는 생각한다. 내 뇌의 전혀 다른 부분이 크리스마스트리 밑에서 빈둥거리며 포도주 잔으로 우유를 마시는 맥길리커디를 만들어낸 책임이 있을 가능성도 있어 보인다. 실제로 내가 이것을 조사해본 적은 없지만, 좀 더 유망한 다른 신경 접합부 덩어리에서 우리가 할 수 있는 일에 대한 어떤 종류의 비전, 우리가 아직 해낼 수 있다는 어떤 믿음이 솟아난다 해도 이치에 어긋나지는 않을 것이다.

"내가 맥길리커디 이야기를 지어낼 새로운 아이디어를 갖고 있는지 어떤지 잘 모르겠어." 나는 딸에게 말한다.

"그럼, 내가 엄마한테 아이디어를 줄게." 딸이 말한다. 그러고는 정말로 아이디어를 준다. 그 아이디어는 정말로 내가 꼭 필요로 하던 바로 그것이다.

반짝이는 길

∧

재뉴어리 길 오닐*

나는 요즘 일어난 기적들을 받아들일 것이다.
어떻게 보이든 상관없다―반짝이는 거미줄,

포장도로 위로 고개를 내민 도롱뇽, 이 계절에 처음
모습을 드러낸 파랑지빠귀의 충격적인 푸른색 코트.

몰리 바와 매켈로이의 모퉁이, 오른쪽으로 구부러지는
골목길 모퉁이에서 굵은 무언가가 지나간

반짝이는 자국을 발견했다―푸크시아 꽃.

*   재뉴어리 길 오닐(January Gill O'Neil): 시인. 매사추세츠주 베벌리에 살고 있다.
    세일럼 주립대 조교수이며, 여러 문인 단체와 창작 워크숍에 운영위원으로 참여
    하고 있다.

한낮의 햇빛을 굴절시키는 짙은 아지랑이는

무지개의 색조를 평평하게 눕혀놓은 것 같다.
페인트도, 피도, 활기를 퍼뜨리는 퍼레이드도 아니다.

얼룩진 반점이 되어 길게 꼬리를 끌다가 사라질 때
그것은 아이새도의 색바랜 줄무늬다.

나는 이 순간을 지나가는 자동차들을 생각한다—
그 차들의 차대는 가능성으로 벌겋게 달아올라 있다.

반짝이는 물결을 타면서 좋은 기분을 느끼지 않기는 어렵다.
내 타이어는 지금 자줏빛 광택으로 얼룩져 있다.

그것은 제거하거나 씻어내기 어렵다.
이 일시적인 광택이 앞길을 아름답게 해준다.

잎떨림병

∧

로빈 블랙[*]

I.

높이가 겨우 1미터밖에 안 되는 가문비나무 다섯 그루. 6년 전에 우리는 집에서 굽이치듯 뻗어 있는 잔디밭에 그 나무들을 심었다. 푸른 나무들로 이루어진 작은 숲. 웅크린 듯이 땅딸막한 나무들이 상냥한 마녀들의 집회처럼 서로 바싹 달라붙어 있다. 이곳에서 그 작은 나무들 사이에 펼쳐지는 옛날이야기를 상상할 수도 있을 것이다. 그 나무들이 손을 맞잡고 둥글게 원을 그리며 즐겁게 춤추는 광경을 상상할 수도 있을 것이다.

맨 처음 죽은 나무는 너무 빨리 떠났다. 늦여름의 어느 날, 그 나

---

[*] 로빈 블랙(Robin Black): 작가. 전업주부로 살면서 취미로 그림을 그리다가 2001년에 글을 쓰기 시작했고, 2011년에 소설가로 데뷔했다. 펜실베이니아주 필라델피아에 살고 있다.

무가 죽은 것을 우리는 둘 다 갑자기 알아보았다. 줄기는 흑갈색으로 변하고 이파리가 다 떨어져 앙상한 가지를 드러내고 있어서 이미 갈 데까지 간 게 분명했지만, 마치 겉으로만 그렇게 보이는 것 같았다. 나무가 병들었다는 것을 미처 알아차리기도 전에 그 나무는 이미 해골이 되어 있었다. 이 변화는 하룻밤 사이에 일어난 듯이 보였지만, 그게 정말로 하룻밤 사이에 일어났을 리는 없었다. 그 작은 숲을 볼 때 우리는 그것이 우리에게 의미하는 바와 그 숲에 대한 우리의 사연에 눈이 멀어서, 병이 그렇게 심해질 때까지 나무가 손상된 것을 우리 둘 다 보지 못한 것 같다. 행복한 마법의 나무들! (우리가 실제로 무엇을 보든, 우리가 보는 것은 자기 마음일 때가 있다.) 하지만 이 나무가 죽어가고 있다는 것은 이제 부인할 수 없었다. 아니, 이미 죽은 나무였다.

그리고 지난해 가을에 또 한 그루가 죽었고, 이어서 세 번째 나무가 죽었다. 하지만 두 번째와 세 번째 나무가 죽었을 때는 줄기가 갈색으로 변하기 시작한 것을 일찍 알아차렸다. 그 희미한 색조는 나무에게 내려진 사형선고가 분명했다.

그렇게 한 그루, 두 그루, 세 그루가 죽었다.

II.

죽었다.

내가 이 글을 쓰고 있는 오늘 아침, 코로나19로 인한 미국의 공식 사망자 수는 9만 명이 넘었다. '9만 명 사망.' 너무 많이 되뇌어진 낱말처럼 이것은 더 이상 의미를 전달하지 않는다. 이 숫자는 우리를 무감각하게 만들고, 나를 무감각하게 만들었다. '9만 명 사망.' 한 사람의 죽음은 견디기 힘들 수도 있다. 그 사람이 나와 아무 상관없는 사람일 때도. 하지만 9만 명이나 되는 사람의 죽음을 어떻게 애도하겠는가? 어떻게 그 아픔에 나와 당신의 마음을 열고, 사라진 인간애에 계속 매달려 있겠는가?

Ⅲ.

그것은 가문비나무들만이 아니었다.

역시 지난해 여름, 라벤더가 몇 년 동안 번성한 뒤 '한꺼번에' 우리의 기대를 저버렸다. 독수리들이 아침마다 우리 집 울타리에 떼지어 모여서 불길한 대화를 나누기 시작했다. 뱀들이 풀밭에서, 우리 집 마당의 통로에서, 죽은 잿빛 라벤더 꼭대기에서 모습을 드러냈다. 일찍이 그렇게 많은 수의 뱀을 본 적은 한 번도 없었다.

그때 나는 무언가가 잘못되었다고 생각했다.

이제는 내 생각이 옳았다는 것을 안다.

우리 집은 팬데믹을 넘기기에 좋은 곳이다. 우리는 농부들에게 둘러싸여 있는데, 우리가 아직 정상적인 상태에 둘러싸여 있다는 뜻이다. 암소들은 풀을 뜯고, 기계들은 윙윙거리며 돌아가고, 수탉들은 홰를 쳐서 때를 알리고, 농작물은 자라고 있다.

내가 외견상 이번 사태에 별로 영향을 받지 않은 곳에 살지 않았다면, 도처에서 마법적인 전조와 징후도 보지 못했을 것이다.

동화의 논리.

유리에 비친 자신의 영상을 경쟁자로 착각하고 우리 집 유리창을 끊임없이 쪼아대는 새조차도 때로는 살과 뼈를 가진 실제 새라기보다 오히려 마술처럼 보인다. 격리되어 있는 우리의 봉인을 열기 위해 파견된 악령 같다.

IV.

하지만 내가 그 봉인이 열리기를 바라는 방식은 따로 있다.

'미국인 9만 명 사망. 10만 명 사망……'

우리가 지금까지 한 번도 보지 못한 숫자다.

이 죽음의 고통을 느끼는 것이 중요하다. 그것은 특히 다치지 않고 무사한 우리에게 중요하다. (우리는 아직은 무사하다.) 나는 아무 정보도 받지 못한 채, 일종의 특혜 같은 오리무중 속에서 세월을 보낼 수도 있었다. 10만 명 사망…… 그 숫자, 그리고 앞으로 다가올 그보다 훨씬 많은 숫자의 불가해성에 유혹당할 수도 있다는 것을 나는 안다. 그리고 나는 그것을 원치 않는다. 나는 그것이 부도덕하다고 믿지만, 또한 이 비극을 목격하고도 그 아픔을 느끼지 못하는 것은—감정적으로나 정신적으로나—불건전하다고 믿는다.

우리는 여기 시골집에 고립되어 있지만, 나무들 사이에 있는 우리의 이 비상구로 도망치지 않고 이 시대의 진실과 접속하고 싶다.

V.

나는 우리 가문비나무를 죽인 병의 이름을 알고 있다. 바로 '잎떨림병'이다. 내 동화 속 나무에 어울리는 동화 같은 병명이다. 잎떨림병이라는 마법에 걸린 것이다.

"두 그루는 어떻게 해서 살아남았을까요?"

내가 묻자 전문가는 어깨를 으쓱한다.

"글쎄요. 우리가 모르는 것도 많아요."

남은 나무들은 서로 대조적이어서 색다른 연구 대상이다. 한 그루는 완벽한 대칭을 이룬 전형적인 크리스마스트리, 그야말로 건강의 화신이다. 또 한 그루는 옹이투성이에다 뒤틀려 있어서, 어느 모로 보나 원래의 다섯 그루 가운데 맨 먼저 죽었어야 할, 그러나 온갖 악조건을 무릅쓰고 살아남은 생존의 화신이다.

정말로 우리가 모르는 게 너무 많다.

"잎떨림병." 나는 소리 내어 말한다.

VI.

알고 보니, 동화의 논리는 결코 틀린 논리가 아니다―그것은 시의 논리, 메타포다. 그것은 픽션의 음악이다. 그리고 이따금 그것은 우리가 타인들의 고통을 더 잘 이해할 수 있게 해준다.

어느 날 나는 잔디밭에 해골처럼 앙상하게 남아 있는 세 그루의 나무를 바라본다. 그런 내 눈에 보인다.

요양원에서 혼자 죽어가고 있는 노인.

그날 세 번째 환자를 구하지 못한 의사.

아버지가 방금 인공호흡기 위에 눕힌 아이.

(우리가 실제로 무엇을 보든, 우리가 보는 것은 자기 마음일 때가
있다.)

VII.

9만 명 사망. 10만 명 사망⋯⋯.

옛날 옛적에 무서운 마법이 걸렸다⋯⋯.

VIII.

나는 남아 있는 두 그루의 가문비나무 주위에 다른 나무를 심어
서 다시 작은 숲을 만들고 싶다고 남편에게 말한다. 그리고 나는
미적 이유라기보다는 나무를 보호하기 위해 다양한 종류의 나무
를 심고 싶다. (살아남은 나무들이 친구를 가졌으면 좋겠다고, 그
나무들이 그렇게 외롭게 남아 있는 것은 보고 싶지 않다고, 우리 나
무들을 위로하고 격려해주고 싶다고, 이런 말은 남편에게 하지 않는
다.) 우리는 일본단풍나무 한 그루, 라일락 한 그루, 구주소나무
한 그루, 삼나무 한 그루, 밴더울프 소나무 한 그루, 얼룩 버드나무
한 그루를 고른다.

그리고 나는 이 새로 생긴 작은 숲의 모습, 과거의 숲에 대한 기
억, 살아남은 나무들의 모습이 아직도 나를 울릴 수 있다는 것을
깨달을 때면 뭔가 야릇한 기쁨 같은 것을 느낀다.

옛날 옛적에 무서운 마법이 걸렸다……

(9만 명 사망. 10만 명 사망…….)

그동안 우리는 해야 할 일을 하고 있다.

우리는 적응하고 있다.

우리는 앞으로 나아가고 있다.

우리는 형태를 바꾸고 있다.

우리는 이해하려고 애쓰고 있다.

우리는 거리 두기를 하고 있다.

우리는 손을 내밀고 있다.

우리는 슬퍼하고 있다.

그리고 우리는 나무를 심고 있다. 우리가 일찍이 한 번도 보지 못했을 만큼 많은 나무를.

우리는 마스크를 쓴다

∧

W. 랠프 유뱅크스[*]

우리가 마스크를 쓰고 있는 동안에만

그들이 우리를 보게 하라.

　　　　　　－폴 로렌스 던바¹, 「우리는 마스크를 쓴다」

　무언가가 이상하다는 것을 알아차린 것은 2020년 3월 초, 한때
는 사람들로 북적거렸던 맨해튼의 한 거리에서였다. 그들은 브라
이언트 공원 가장자리에 있었다. 한때 병원과 수술실을 연상시켰
던 하늘색 마스크 세 개가 멋지게 차려입은 세 여자의 얼굴을 부

---

*　　랠프 유뱅크스(Ralph Eubanks): 작가·저널리스트. 1995~2013년에 의회 도서관
　　　출판부장을 지냈으며, 워싱턴 D.C.에 살면서 미시시피 대학에 초빙교수로 나가고
　　　있다.
1　　19세기 후반과 20세기 초에 활동한 미국의 시인·소설가·극작가. 흑인 영어를 사
　　　용한 작품을 썼다.

분적으로 가리고 있었다. 이들 세 사람이 내 의식에 깊이 스며들었기 때문에 나는 몰래 사진을 찍었다. 나는 이 사진을 내 인스타그램에 올리고 '뉴욕의 봄'이라는 제목을 붙였다. "넌 잊을 만하면 빌 커닝햄[2]이 되는구나." 한 친구가 이런 댓글을 달았다. 나는 그 댓글을 보고 자랑스럽게 미소를 지었지만, 시간이 지나자 그 사진 때문에 즐겁기보다는 오히려 슬퍼졌다.

나는 결코 사진작가를 자처하지 않겠지만, 오랫동안 사진이라는 매체를 공부했다. 미국 남부의 이미지에 대해 강의할 때는 학생들에게 우리가 보는 것과 그것을 보는 방식은 결코 수동적인 행위가 아니라는 사실을 끊임없이 일깨운다. 애당초 내가 그 순간을 기록하기로 마음먹은 이유는 사진을 사랑하기 때문이었다. 그 3월에 나를 뉴욕으로 데려간 것도 바로 사진에 대한 사랑이었다. 그때 나는 현대미술관에서 열린 도로시아 랭[3]의 사진전을 보러 갔기 때문이다.

1966년의 인터뷰에서 도로시아 랭은 대공황 시절 농업안전청 소속 사진사로 일할 때 "정말로 거기에 있는 것"을 보라는 지시를 받았을 뿐, 무엇을 찍으라는 구체적인 지시는 전혀 받지 않았다고 회고했다. 그녀가 본 것은 얼굴들이었다. "인간의 얼굴은 보편적인 언어다. 얼굴 표정은 전 세계 어디에서나 이해할 수 있고 읽을

---

2   미국의 사진작가. 뉴욕의 거리 패션을 담은 작품으로 유명하다.
3   미국의 보도 사진작가. 대공황 시대의 실상을 담은 작품으로 알려져 있다.

수 있다." 랭이 한 말이다. 그녀의 사진들은 인간의 얼굴만이 아니라 인간의 조건도 묘사했다. 그녀는 다친 사람들, 패배한 사람들, 소외된 사람들, 뭔가에 사로잡힌 사람들, 아주 침착한 사람들의 사진을 찍었다. "그것은 그림 같은 삽화가 아니라 증거다"라고 언젠가 랭은 자기 작품에 대해 말한 적이 있다. "그것은 인간의 경험에 대한 기록이다. 그것은 역사와 연결되어 있다."

내가 미술관을 떠나 뉴욕의 거리로 돌아갔을 때 마스크를 쓴 사람들이 더 많이 눈에 띄기 시작했다. 얼마 후 나는 그들이 모두 아시아계라는 것을 깨달았다. 혼란스러운 느낌이 내 마음에서 흘러넘친 것은 바로 그때였다. 불과 한 달 전에 어떤 아시아계 여성이 뉴욕시 지하철에서 마스크를 썼다는 이유로 공격당한 것을 나는 기억해냈다. 아시아계들은 마스크를 쓰고 있지 않을 때도 바이러스의 매개체이자 팬데믹의 원흉으로 낙인찍혀 공격당하고 있었다. 워싱턴으로 돌아가는 열차에서 또다시 아시아계들만 마스크를 쓰고 있는 것을 보았을 때 나는 이것이 단순한 우연은 아니라는 것을 깨닫기 시작했다.

이제 우리는 모두 마스크를 쓰고 있다. 워싱턴 D.C.의 우리 동네에서는 거의 모든 사람의 얼굴이 다양한 디자인과 색깔의 헝겊으로 가려져 있다. 도로시아 랭이 그날 뉴욕에서 나에게 상기시켰듯이, 인간의 얼굴은 보편적인 언어다. 하지만 지금은 그 시각적 언어의 일부가 감추어져 있다. 미소, 흥분, 또는 절망이 모두 헝겊 조각에 가려져 있다. 길거리에서 보기 드물었던 마스크, 우리 인구의 일부가 외국인 혐오로부터 자신을 보호하기 위해 썼던 마스크가 어느새 풍경의 또 다른 일부가 되었다. 마스크의 야비한 역사는 아직 알려져 있지만, 지금은 거의 잊힌 상태다.

모든 사람이 마스크를 쓰기 때문에 나는 우리가 정말로 거기에 있는 것을 여전히 볼 수 있을지 걱정되기 시작했다. 또는 한때 거기에 있었던 것을 기억할 수 있을지도 의문이었다.

* * *

미국 흑인들이 모두 그렇듯이, 나도 종이나 헝겊으로 된 실제 마스크를 쓰기 전에 이따금 비유적인 마스크를 썼다. 내 마스크는 시인인 폴 로렌스 던바가 묘사했듯이 웃거나 거짓말을 하지 않았다. 하지만 내 마스크는 진실을 감추었다. 나는 날마다 마주치는 인종차별에 대한 두려움과 분노를 조심스럽게 감추려고 마스크를 사용했다.

내가 「우리는 마스크를 쓴다」라는 던바의 시를 처음 들은 것은 그 당시 '흑인 역사 주간'[4]으로 알려져 있던 기간에 흑인 아이들만 다니던 학교에서 열린 학생 집회에서였다. 그때 나는 겨우 열두

---

4   1926년 미국에서 역사가 카터 G. 우드슨이 제창하여 시작된 공휴일(2월 둘째 주). 처음엔 몇몇 주와 시에서만 승인을 받았으나, 1979년에 연방 정부는 '흑인 역사 월간'(2월)으로 확대할 것을 승인했다.

살이었고,[5] 그 시가 무슨 뜻인지를 정확히 알지는 못했다. 인간의 간계가 뭘까? 나는 궁금했다. 그리고 작가는 무엇으로부터 숨어 있는가? 2년 뒤, 미시피주에서 흑인 학교와 백인 학교가 통합되기 시작한 초기에 나는 마스크를 쓰는 것이 무엇을 의미하는가를 배웠다. 일부 선생님들에게 불평등한 대우를 받고 때로는 친절한 무시를 당할 때 느낀 고통을 드러내는 대신, 나는 단호하게 버텨나갔다. 내가 정말로 느끼는 감정이 어떤 것이든, 나는 그 감정을 내 안에 감추는 데 익숙해졌다. 내 얼굴은 내가 읽고 있는 책으로 가려졌고, 그것은 내가 학교에서 맞닥뜨리는 인종차별의 모욕으로부터 나를 지켜준 내면생활을 계발하는 데 도움이 되었다. 나는 마스크를 썼다.

몇 년 뒤, 내가 졸업한 고등학교에서 강연을 해달라는 요청을 받았을 때 나는 더반의 시를 낭송하는 것으로 강연을 시작했다. 그날 나는 고등학교 시절에 내 감정을 계속 억누르는 것이 어떤 느낌이었는지를 털어놓았다. "여기 있는 분들은 아무도 마스크를 써야 할 필요성을 느끼지 못할 겁니다." 그 시에 대한 반응이 좀 미적지근했기 때문에, 그들이 내 메시지를 제대로 이해했는지는 알 수 없었다. 그때 모인 청중을 보니 학교의 인적 구성비가 달라진 것을 알 수 있었다. 지금은 학생들 대다수가 흑인이고 백인은

5   유뱅크스는 1957년에 미시피주 마운트 올리브에서 태어났다.

드문드문 섞여 있을 뿐이었다. 게다가 그 백인들도 대부분 너무 가난해서 백인 학생들이 주로 다니는 가까운 사립학교에 가지 못한 학생들이었다. 이어서 나는 학생들의 4분의 3 이상이 점심을 무료 급식으로 해결하거나 급식비의 일부만 부담한다는 것을 알았다. 흑백 재분리는 평등과 공정을 둘러싼 그 자체의 쟁점들을 수반한다. 내가 이야기한 마스크는 그들의 경험을 반영하지 못했을지도 모른다.

그 강연을 한 지도 벌써 10년이 넘었고, 그때 강연을 들은 학생들은 이제 모두 성인이 되었다. 그들 대부분은 아직도 내가 사는 소도시에 살면서, 가난한 약자들에게 무자비함을 보여주고 있는 우리 주의 코로나19 팬데믹을 헤쳐 나아가고 있다. 그날 내가 본 불평등은 이 위기로 더욱 증폭되었을 게 확실하다. 미시시피주의 공공 정책은 사회적 진화론과 융합된 우생학의 현대판으로 변형된 것 같다. 그것은 가난한 주민들을 방치하여 박멸하려는 시도처럼 느껴진다. 총액이 9400만 달러인 복지 기금은 유력자들의 삶을 더욱 향상시키기 위해 가난한 자들을 등친 복잡한 계획에 유용되었다. 권력을 가진 자들은 마스크와 보호장구로 자신을 보호할 수 있지만, 위험한 상태에 있는 사람들—주로 흑인과 빈민, 무보험자, 음식과 의료를 안정되게 확보할 수 없는 사람들—은 그냥 쇠약해져서 죽도록 방치되어 있다.

오늘 우리는 모두 마스크를 쓰라는 요구를 받고 있다. 하지만 우리의 마스크는 평등하지 않다.

* * *

보는 것은 우리가 어떻게 증거를 모으고 우리의 삶을 이해할 것
인지를 아는 방법 가운데 하나다. 지금 나는 내가 태어나서 자란
미시시피주와 제2의 고향인 워싱턴 D.C.를 오가며 살고 있는데,
미시시피주에서 살았던 내 과거의 삶과 현재의 삶은 내가 보는 모
든 것에 영향을 미친다. 표면상으로는 이 두 곳의 공통점이 거의
없는 것처럼 보이지만, 둘 다 경계선 안에 강한 불평등이 존재한
다. 미시시피주 사람들이 델타 지역[6]과 눈에 보이게 가난해진 그곳
사람들과 풍경을 피할 수 있듯이, 워싱턴에 살면서도 애너코스티
아 같은 가난한 동네에는 절대로 가지 않을 수도 있다. 두 곳 모두
가장 힘없는 사람들을 별개의 영역에 격리시키고 있다.

워싱턴에서 빠르게 고급 주택지로 변하고 있는 우리 동네를 걷
다 보면 마스크를 쓴 사람과 쓰지 않은 사람들이 보인다. 내가 아
직 미치지 않고 정신이 멀쩡하다는 환상을 유지하기 위해 필요해
진 명상적인 산책을 하는 동안 내가 주의해서 관찰하는 것은 바로
그것이다. 하지만 그 사람이 마스크를 쓰고 있든 아니든, 사회적
거리 두기의 규칙은 항상 지켜진다. 그래서 나는 마스크를 쓰지

---

6   미시시피주 북서부의 미시시피강과 야주 강 사이에 긴 영역이다. 이 지역은 '지구
   상에서 가장 남부(미국 남부)적인 장소'라고 일컬어진다. 흑인 노예를 특징으로
   하는 인종적·문화적·경제적 역사가 있기 때문이다.

않은 이웃 사람들도 바이러스의 위협이 사실이라는 것을 알고 있다고 믿는다. 하지만 무엇 때문인지는 모르지만, 그들은 사정이 달라졌다는 것을 인정하는 방식으로 자기 생활을 바꾸지 못하는 것 같다.

우리가 더 이상 마스크를 쓸 필요가 없게 되면 그때 우리의 삶은 어떨지 궁금해진다. 내 얼굴을 가려야 하는 이 시기에 나는 이 위기가 드러낸 불평등을 통렬하게 인식하게 되었다. 나는 내가 보고 싶은 것이 아니라 실제로 존재하는 것을 보려고 훨씬 더 열심히 노력한다. 하지만 아무것도 변하지 않은 것처럼 행동하는 사람들을 생각하면, 내가 보는 것을 그들도 보고 있는지 의심스럽다. 마스크가 그들의 눈을 가리고 있는 걸까? 그리고 나는 겉으로는 눈에 보이지 않는 이 바이러스를 만날까봐 걱정하는 만큼, 우리 미국인들이 또 무엇을 보지 못하고 있는지를 걱정한다.

엘레우테리아

∧

메이저 잭슨[*]

재판소나 또는 허약한 어휘처럼 감추어져 있는 비밀의 건축물,

또는 겨울이 지나고 눈과 얼음이 녹으면 침수되는 우상들,

외로움 때문에 감추어졌던 모든 것들 위를 맴돌던

무지개 빛깔의 찌르레기에 대해서는 말할 게 거의 없었다.

하지만 밤에 내린 비 때문에,

살갈퀴가 우거진 덤불숲 사이의 오솔길에서 취해버린 벌들 때

문에,

우리 지식의 숨결 속으로 조금씩 더 깊이 다가오는,

파리에 시달린 블레이크의 송가 때문에,

---

*   메이저 잭슨(Major Jackson): 시인. 다섯 권의 시집을 냈으며 다수의 문학상을 받
     았다. 버몬트주 벌링턴에 살면서 버몬트 대학 영문과 교수로 가르치고 있으며,
     『하버드 리뷰』의 시 편집을 맡고 있다. 제목 '엘레우테리아'는 그리스어로 '자유'
     라는 뜻.

한 번이라도 우리가 변했다면 어떻게 될까?

이것은 하나의 꿈을 가진 나라다—

모든 군과 모든 읍의 모임과 모든 시위가 결국 하나의 창조물이 된다.

어젯밤에 나는 우리 그림자가 인간의 형체에서 해방되는 것을 상상했다.

우리는 자유의 색깔을 어떻게 알까?

나는 아무도 읽지 않는 다른 세기의 책 속에

회람장처럼 눌린 단풍잎 색깔의 얼굴을 갖고 있다.

나는 당신의 손톱, 당신 프로필의 중요한 가능성을,

구름 속에서 굴러 나오는 나의 가장 부드러운 목소리를

당신이 어떻게 듣지 못할 수 있는지를 상상하고 있다.

이따금 우리는 그것을 아름다움이라고 부른다,

우리, 순교자들은.

감사의 말

이 책을 펴내는 데에는 정말로 마을 하나가 필요했습니다. 내가 감사를 드려야 할 분들의 명단 맨 위에는 '센트럴 애비뉴 출판사(CAP)'의 미셸 핼컷이 있습니다. 그녀는 경험이 풍부하고 박식하며 창의적인 출판인일 뿐만 아니라, 자기가 가치를 인정하는 책을 펴내는 데에 자신의 에너지를 백 퍼센트 쏟아붓는 투명하고 믿을 만한 파트너입니다. 나는 2년 전 CAP가 내 데뷔작인 『1만 개 언덕의 그늘 속에서』를 출간했을 때 그것을 알았습니다. 나는 이 책에 대한 아이디어가 떠오르자마자 잠시도 망설이지 않고 그녀에게 전화를 걸어, 코로나19로 말미암아 경제적 타격을 입은 서적상들을 돕기 위한 기금을 마련하기 위해 에세이집을 출간하고 싶은데, 관심이 있느냐고 물었지요. 나는 미셸이 자신의 시간과 노력을 기부할 뿐만 아니라 '독립출판협회'와 그 밖의 사업 파트너들에게 연락하여 이 일에 동참해달라고 부탁까지 할 줄은 미처 예상치 못했습니다.

다정하고 정직하고 품위 있게 자신의 이야기를 들려준 70명의 저자들(오늘 아침까지)에게도 감사를 드리고 싶습니다. 그분들과 함께 일한 것은 큰 기쁨이었습니다. 70명이나 되는 저자들에 대해 말하는 것은 쉽지 않습니다. 게다가 나중에 추가된 저자들[1]도 있습니다. 미셸 윌드젠은 내 파트너로서 나와 함께 이 이야기들을 정리하고 책으로 만들었습니다. '포레스트 애비뉴 프레스'의 뛰어난 출판인인 로라 스탠필은 초기에 도착한 작품들을 읽어주었을 뿐만 아니라 지침을 제공해주기도 했습니다. 페이스 아디엘, 안드레아 킹 콜리어, 소노라 자, 데비 S. 라스카는 다양한 부류의 작품을 확보하는 데 도움이 되도록 자신의 문학 서클에 속해 있는 다른 작가들과 나를 연결해주었습니다. 나의 시애틀 문단의 모범적인 문학자이고 인간으로서도 더없이 훌륭한 제니 쇼트리지와 가스 스타인은 처음부터 끝까지 수많은 방법으로 이 프로젝트를 지원하고 자신의 재능을 빌려주었습니다. 그 밖에 제나 블럼, 지나 프란젤로, 리즈 헤인스, 캐럴라인 리빗, 애나 퀸, 던 라펠, 샌드라 사르, 데니 샤피로, 스티브 야르브로, 리디아 유크나비치, 루이스 알베르토 우레아는 이 프로젝트를 초기에 도와주었습니다.

코로나바이러스와의 싸움과 아버지를 여읜 슬픔 속에서도 에세

---

1   이들 20명의 글은 종이책 이후에 발행된 전자책과 오디오북에 실려 있다.

이를 써서 보내준 수전 헨더슨에게 특별한 감사를 드립니다. 그녀는 15년 전에 '작가 공동체 하계 워크숍'에서 처음 만난 이래 지금까지 줄곧 내 문학적 수호천사 가운데 하나였고, 내가 아는 문인들 가운데 가장 재능 있고 너그러운 분입니다.

끝으로, 나라 전역의 독립 서점주 여러분에게 끝없는 감사를 드립니다. 독자와 저자로서 나의 가장 즐거운 순간은 독립 서점에서 저자의 강연을 듣거나 서점의 무대 위에서 강연을 하고, 여러분의 카페에서 친구들과 커피를 마실 때였습니다. 나는 여러분의 서가에서 새로운 목소리를 다시 발견하게 되기를 기대합니다.

그리고 우리의 모든 이야기에 마음과 가슴을 열어준 독자 여러분들에게도 감사드립니다. 콰미 알렉산더가 적절하게 말했듯이, 우리는 우리 자신의 경험을 계속 공유하면서 남의 경험에 귀를 기울일 필요가 있습니다. 데이비드 셰프가 말했듯이, 우리가 우리의 슬픔과 분노를 활동으로 돌리면, 우리는 우리의 고통을 치유하고 변화를 만들어낼 수 있습니다. 제발 멈추지 마세요.

제니퍼 하우프트(편집자)

옮긴이의 덧붙임

∧

더 나은 세상을 꿈꾸며……

사람에게 팔자가 있듯이 책에도 팔자가 있다는 게 나의 믿음입니다. 사람이 태어나 살다가 죽을 때까지의 한 생애가 저마다 타고난 운명의 과정인 것처럼, 책도 기획과 편집을 거쳐 출간된 뒤, 혹은 누군가의 사랑을 받아 책꽂이에 한 자리 차지하거나, 혹은 눈길 한 번 받지 못한 채 파지로 실려 나가거나 할 때까지, 그 한생에는 나름의 팔자소관이 어려 있는 것이지요.

이 책은 미국 북서부 태평양 연안의 아름다운 도시 시애틀에서 태어났습니다. 한때는 우리에게 영화〈시애틀의 잠 못 이루는 밤〉의 배경으로 알려졌지만 이제는 '마이크로소프트'와 '스타벅스'의 본거지로 더욱 이름난 도시에 살고 있는 한 작가의 참신하고 훈훈한 아이디어에서 잉태되었으니까요.

이 책의 어머니랄 수 있는 제니퍼 하우프트는 25년 동안 저널리스트로 활동했고 15년 동안 소설가로 경력을 쌓은 작가입니다. 다

알다시피 작년에 코로나 팬데믹이 덮치면서 세상 곳곳이 이런저런 고통을 당했고, 그 고통은 갈수록 더욱 심해졌습니다. 이런 세상을 살다 보면 누구나 제 한 몸 건사하기 위해 움츠리는 게 보통이겠지요. 더구나 자가 격리와 외출 금지령이 사회생활을 극도로 위축시켰으니 더욱 그럴 것입니다.

그러나 작가란, 세상이 힘들고 암담해질수록 그 세상을 향해 눈을 더욱 크게 떠야 하는 존재들이지요. 제니퍼 하우프트의 경우, 코로나19 때문에 곤경에 빠진 독립 서점들이 우선 눈에 들어왔습니다. 도시마다, 동네마다, 큰길가에 또는 길모퉁이에 자리 잡고 있는 서점들은 저자와 독자를 이어주는 '문화적 허브'이기도 하고, 지역 주민들이 대화를 나누며 (북카페 같은 데서는 커피를 나누며) 소통과 유대를 맺는 공동체의 사랑방이기도 합니다. 이런 공간들이 팬데믹으로 문을 닫으면 그 피해는 고스란히 작가들에게 돌아올 수밖에 없지요. 그러니 이제는 작가들이 나서서 서점을 도와야 할 때라고, 그래서 그동안 받은 고마움을 갚아야 할 때라고 생각한 하우프트는, 저널리스트와 작가로 활동하면서 알게 된 동료 작가들에게 이메일을 보냅니다. "요즘 독립 서점들이 큰 어려움을 겪고 있다. 그들을 돕기 위한 자금을 마련하기 위해 작품집을 구상하고 있는데, 여기에 당신의 '코로나19' 경험담을 기고해줄 수 있는가?"

이 요청의 메시지는 사람의 다리를 건너면서 널리 퍼졌고, 한 달 남짓한 사이에 무려 70명의 다양한(인종과 지역과 장르를 뛰어

넘는) 필자들이 호응하고 참여함으로써, 70편의 '코로나19 경험담'(이야기, 에세이, 시, 인터뷰 등)으로 이루어진 앤솔로지가 만들어지게 됩니다. 여기에 실린 글들은 미국에서 코로나19를 겪으며 보고 느끼고 생각한 바를 토로하고 있지만, 사람 사는 세상이란 어디나 엇비슷해서, 그들의 이야기는 우리가 여기서 겪는 이야기와 크게 다르지 않습니다.

아마 다른 게 있다면, 이 책에 실린 이야기들이 팬데믹 초기의 반응을 보여주는 반면에 우리는 지금 일 년 넘게 지속된 팬데믹의 와중에 (그 끝이 어디인지, 언제인지도 모른 채) 빠져 있다는 점일 것입니다. 그래서 우리는 어느결에 코로나19를 일상화한 가운데, 때로는 담담하게, 때로는 허덕이며, 사막인지 산길인지 알 수 없는 길을 터벅터벅 걸어가고 있는 것이지요.

이제는 누구나 외출할 때는 마스크를 먼저 챙기고(전에는 휴대폰을 먼저 확인했는데), 길거리를 걷거나 사람을 만날 때는 예의를 갖추듯 마스크로 얼굴을 가립니다. 날마다 발표되는 확진자 숫자에도 무덤덤해진 지 오래고, '집콕'을 자발적 유폐로 여겨, 그런 처지를 자연스럽게 받아들이기도 합니다. 나도 마찬가지여서, 여느 때라면 한 달에 한 번은 상경해서 손주들도 보고 친구들 만나 밥술도 먹고 출판사에 들러 편집회의도 하고 그랬을 텐데, 공항을 거치고 비행기를 타고 전철역을 오르내리고 하는 과정들이 못내 불안하고 불편하여, 작년 봄에 잠깐 다녀온 뒤로는 서울 나들이를 아예 접어버린 것입니다.

새해 들어선 뒤에는 내가 이메일을 보낼 때 말미에 덧붙이는 인사말도 "늘 평안하시기를…"에서 "잘 견디시기를…"로 바뀌었습니다. 칠순을 맞은 노파심 때문만도 아닌 것이, 삶 자체가 이제는 하루하루 견디는 일이 되고 말았기 때문입니다. 연초에 어머니가 돌아가셨을 때도, 정부와 지자체의 엄격한 방역 지침에 따르느라, 장례식장을 찾은 조문객들에게 식사는커녕 술 한잔 대접할 수 없었습니다. 디스토피아에서나 일어날 법한 '가상현실'이 실제로 벌어져, 이른바 '뉴노멀'이라는 이름으로 우리의 일상을 지배하고 있는 것입니다.

책 뒤에 덧붙이는 이 글을 나는 몽블랑 만년필로 쓰고 있습니다. 무슨 생뚱맞은 소리냐 싶겠지만, 이런 사실을 굳이 밝힌 까닭은, 이 소중한 만년필이 시애틀의 어느 한국인 할머니한테 선물로 받은 것이기 때문입니다. 사연을 털어놓자면 이렇습니다.

2005년 어느 가을날 전화가 왔는데, 수화기를 들고 "여보세요?" 하자, 나이 지긋한 여자 목소리가 "김석희 선생님 계시면 바꿔주세요" 하는 것이었습니다. "제가 김석희인데요" 했더니, "아, 그래요? 여자분인 줄 알았어요" 하더군요. 이름 때문에 종종 그렇게 오해받는 경우가 있다고 했더니, "어떡하나?" 하면서 좀 머뭇거리는 기색이었지요. 그래서, '김석희 선생'을 찾았다면 번역하는 김석희를 원한 게 아닐까 싶어, 그러냐고 물었지요.

"그렇긴 한데……."

"괜찮습니다. 번역에 관한 거라면 제가 답변해드릴 수 있으니까요."

번역가로 살다보니 내가 번역한 책에 대해, 또는 번역과 관련한 문제에 대해 전화나 이메일로 문의해오는 경우가 종종 있고, 거기에 대해 나름대로 성의껏 대답하는 게 도리라고 여기고 있습니다.

"여기 시애틀인데요……."

"미국에 있는 시애틀요?"

이렇게 해서 대화가 시작되었는데, 내가 번역한 『살아 있는 역사』(힐러리 클린턴 자서전)를 읽었다면서, 그래서 번역을 부탁하려고 전화를 걸었다는 겁니다. 그 내용인즉, 몇 달 뒤면 손자가 첫돌을 맞는데, 축시를 써서 읽어주고 싶다. 손자가 나중에 커서 읽게 하려면 영어로 써야 하는데, 그러지 못해서 한글로 쓴 시를 영어로 번역해줄 수 있겠느냐는 것.

"손자가 있으면, 아드님이나 며느리가 있을 거 아네요?"

해서 그분의 배경마저 듣게 되었는데, 1970년대에 남편을 따라 미국으로 이민을 갔다. 그 남편이 일찍 세상을 떠나는 바람에 간호사로 일하면서 아들 하나 키웠다. 그런 형편이다 보니 아들에게 한글을 제대로 가르치지 못했고, 며느리도 미국 여자여서, 아들 부부에게 영역을 부탁할 수 없는 처지라는 겁니다.

내가 평소 영어를 한글로 번역하지만 한글을 영어로 번역한 적이 별로 없어서 좀 난감하긴 했지만, 이 할머니의 간청을 뿌리칠 수도 없는 노릇이었지요.

며칠 뒤에 원고가 이메일로 보내져 왔더군요. '너의 하늘이 언제나 맑고 따뜻하기를 – 나의 사랑하는 손자 제이든의 첫 생일을 축하하며'. 손자의 행복한 미래를 축원하는 할머니의 애틋하고 간절한 마음을 헤아리며, 나름껏 열심히 번역해서 보냈습니다. 몇 달 뒤에 제이든의 할머니가 소포를 보내왔는데, 상자 안에는 축시 두루마리와 '몽블랑 만년필과 볼펜 세트'가 들어 있었습니다.

전에도 나는 글을 쓸 때면 만년필로 초고를 썼는데(번역은 그냥 자판을 두드리지만), 그 후에는 몽블랑으로 쓰는 게 버릇이 되었지요. 지금 이 글을 쓰면서 여느 때와 다른 기분이 드는 것은, 시애틀에서 태어난 책을 번역한 감회와 시애틀 할머니에 대한 추억이 함께 떠올라, 내 가슴에 저릿한 감흥을 일으키기 때문입니다.

이 책을 편집한 하우프트는 "더 나은 세상에서 살고 싶다"고 말합니다. 더 나은 세상? 그게 어떤 세상일까요? 코로나 이전의 세상이 그런 세상일까요? 아니, 코로나 이전의 삶으로 다시 돌아갈 수는 있을까요? 아니, 돌아간다 해도, 편견과 증오와 폭력으로 얼룩진 역사가 정말 우리가 소망하는 미래일 수 있을까요?

백신이 나오기 시작했으니, 코로나도 언젠가는 가라앉겠지요. 그 이후의 세상을 살아가는 우리의 삶은 어떻게 될지, 그건 누구도 아직은 알 수가 없습니다. 다만, 이제는 인간이 좀 더 겸손해지지 않으면 안 된다는 깨달음 – 여기에 대해서는 대체로 공감하는 것 같습니다. 그러나 욕망의 덩어리인 인간이 '코로나, 그까짓 것'

하나로 그렇게 개과천선하게 될지, 그건 두고 봐야겠지만, 그래도 이 책의 역자로서, 이 책을 집어들었을 미지의 독자들에게 감히 말하건대, 그런 기대마저 버린다면 너무 허망하지 않을까요?

2021년 이른 봄, 제주 애월에서

김석희^^

옮긴이 김석희

서울대학교 불문학과를 졸업하고 대학원 국문학과를 중퇴했으며, 1988년 한국일보 신춘문예에 소설이 당선되어 작가로 데뷔했다. 영어·프랑스어·일본어를 넘나들면서 허먼 멜빌의 『모비 딕』, 헨리 소로의 『월든』, F. 스콧 피츠제럴드의 『위대한 개츠비』, 알렉상드르 뒤마의 『삼총사』, 앙투안 드 생텍쥐페리의 『어린 왕자』, 쥘 베른 걸작 선집(20권), 시오노 나나미의 『로마인 이야기』 시리즈 등 많은 책을 번역했다.

안부를 전합니다

초판 1쇄 인쇄 2021년 3월 17일
초판 1쇄 발행 2021년 3월 29일

지은이 제니퍼 하우프트 외 69인 지음
옮긴이 김석희
펴낸이 정중모
펴낸곳 도서출판 열림원

출판등록 1980년 5월 19일(제406-2000-000204호)
주소 경기도 파주시 회동길 152
전화 031-955-0700   **팩스** 031-955-0661
홈페이지 www.yolimwon.com   **이메일** editor@yolimwon.com
페이스북 /yolimwon   **인스타그램** @yolimwon

주간 김현정   **편집** 황우정 최연서
디자인 강희철   **마케팅 홍보** 김선규 김승욱
제작 관리 윤준수 이원희 고은정 원보람

ISBN 979-11-7040-039-4 03840